서울의 만가 1

서울의 만가

김성종 장편소설

1

도서출판 남도

차 례

사라진 소녀 …………………… 7
무서운 밤 ………………… 33
기다리는 밤 ………………… 49
돌아오지 않는 소녀 ………………… 65
어두운 거리 ………………… 81
미 행 ……………… 97
거 래 ………………113
살 인 ………………129
수 사 ………………145
김 교수 ………………161
교수와 소녀 ………………175
소녀의 눈물 ………………189

차 례

애꾸눈 ····················· 205
몽타주의 여인 ····················· 219
빨간 티셔츠 ····················· 235
유 인 ····················· 249
살인자의 손 ····················· 265
범인들 ····················· 281
아 기 ····················· 297
납 치 ····················· 314
이상한 사람들 ····················· 330
팔려 가는 여자들 ····················· 346
눈에는 눈 ····················· 363

사라진 소녀

 책가방을 어깨에 걸친 한 떼의 소녀들이 참새 떼처럼 재잘거리며 밖으로 우르르 쏟아져 나왔다.
 하나같이 기쁨에 넘친 얼굴들이었다. 교문 앞은 작열하는 태양빛 속에서 하얗게 부서지는 그들의 신선하고 건강한 웃음으로 하여 한동안 시끌벅적했다.
 "아저씨, 안녕."
 소녀들은 평소와는 달리 낭랑한 목소리로 수위 아저씨에게 인사를 보냈다. 수위 역시 만면에 웃음을 가득 담은 채 소녀들에게 일일이 고개를 끄덕여 주었다.
 이제 막 길고 긴 여름방학이 시작되려 하고 있었다. 학생들에게 있어서 그것은 일 년 중 가장 큰 선물이었다. 그리고 그것은 학생들에게 빠짐없이 고루 돌아가고 있었다. 학생들의 얼굴에 기쁨이 쳐 나는 것은 아주 당연한 일이었다.
 한 떼의 소녀들 가운데서 유난히 뛰어나 보이는 소녀가 한 명 있었다.

조숙한 몸매에 얼굴은 우윳빛처럼 희었고 티 없이 맑은 까만 눈동자는 흡사 보석처럼 반짝이고 있었다.

열여섯 살의 중학교 3학년 여학생치고는 몸가짐도 단정해 보였다.

길 가던 남자들이, 나이가 많든 적든 상관없이 홀린 듯이 그녀의 미모를 훔쳐보며 지나갔다. 사춘기의 소녀는 그것을 의식했는지 낯선 남자들과 시선이 부딪칠 때마다 살짝 볼을 붉히면서 얼굴을 돌리곤 했다.

"장미야!"

맨 뒤에서 따라오던 소녀가 그녀를 불렀다.

장미는 뒤돌아서서 동희가 다가오기를 기다렸다. 장미와는 달리 동희는 몸집도 조그마했고 얼굴도 별로 예쁜 편은 아니었다. 그러나 웃을 때면 볼우물이 지는 것이 꽤 귀염성이 있는 소녀였다.

그들은 제일 친한 사이로 방학 때 함께 지낼 계획까지 짜 놓고 있었다. 그 계획이란 동희네 외가가 있는 제주도에 약 1주일 정도의 예정으로 함께 놀러 간다는 내용이었다. 장미는 그것을 위해 이미 부모를 졸라 허락을 받아 놓고 있는 터였다.

소녀들은 학교 앞 버스 정류장에서 뿔뿔이 흩어졌다. 내일부터 시작되는 여름방학으로 한 달 동안 헤어져 있는 것이 섭섭한 일부 소녀들은 바로 집으로 가지 않고 학교 앞에 있는 제과점으로 몰려 들어가 가지고 있는 돈들을 털어 내어 팥빙수나 아이스크림을 사 먹었다.

　손을 맞잡고 길을 건너간 장미와 동희도 버스 정류장 쪽으로 가는 대신 주춤하고 서서 제과점 쪽을 바라보았다. 장미가 먼저 멈춰 서서 그쪽을 바라보았기 때문에 동희도 자연 그쪽으로 시선을 돌렸던 것이다.

　장미는 녹색 물방울무늬의 화려한 원피스를 입고 있었기 때문에 눈에 띄게 예쁘고 환한 모습이었다. 반면 동희는 밤색 체크무늬의 남방에 수수한 진 스커트 차림이어서 별로 드러나 보이지 않았다.

　무더운 바람이 불어왔다. 소녀들의 스커트 자락이 바람에 펄럭이면서 하얀 종아리가 드러났다.

　"아이, 더워! 얘, 우리도 팥빙수 하나씩 먹고 가자."

　장미의 말에 동희는 기다렸다는 듯이 대꾸했다.

　"나는 아이스크림 먹을래."

　그들은 뛰다시피 제과점 쪽으로 걸어갔다.

　제과점 안은 학교에서 쏟아져 나온 소녀들로 와글거리고 있었다. 그들의 재잘거리는 소리는 계곡의 물소리처럼 신선하고 끊임이 없었다.

　장미와 동희는 겨우 빈자리를 찾아 앉아 팥빙수와 아이스크림을 시켰다. 조금 후에 먹음직스럽게 생긴 팥빙수와 아이스크림이 날라져 왔다. 장미와 동희는 왕성한 식욕을 보이면서 각자 자기 몫을 먹기 시작했다.

　장미는 한동안 정신없이 팥빙수를 먹다 말고 책가방 속에서

빨간 가죽 지갑을 꺼내더니 돈을 헤아려 보았다. 그리고 나서 눈을 반짝이며,
"얘, 우리 영화 보러 갈래? 내가 보여 줄게."
하고 물었다.
"무슨 영화?"
동희가 입가에 허옇게 묻은 아이스크림을 휴지로 얼른 닦아 내며 물었다.
"지바고."
"닥터 지바고 말이야?"
"응."
그 영화는 재수입되어 지금 M극장에서 재 상영되고 있었고, 학생들이 관람해도 좋다는 허가가 나와 있었다.
"그렇지 않아도 나 그거 보고 싶었는데……"
동희는 발을 굴렀다.
"그럼 보러 가자 얘."
"오늘은 안 돼. 이따가 사촌 언니 약혼식에 가기로 약속해서 꼭 가 봐야 해."
"그럼 할 수 없지 뭐. 혼자 가서 볼 수밖에 없지 뭐."
장미가 조금 실망이 섞인 표정으로 말하자 동희는 눈을 크게 떴다.
"혼자 영화를 보러 간다는 거야? 그건 말도 안 돼."
"왜 안 되니?"
장미에게는 좀 엉뚱한 데가 있었다. 그것을 알고 있는 동희는

걱정스럽기도 하고 속도 상했다.

"여자가 어떻게 혼자 영화를 보러 가니? 남자라면 또 몰라도. 그러지 말고 내일 나하고 함께 보러 가자 얘."

"넌 내일 교회에 가야 하지 않아."

"오전에 빨리 교회에 갔다 와서 오후에 만나서 극장에 가면 되잖아."

"아이, 그 때까지 어떻게 기다리지."

그들은 그 문제로 옥신각신하다가 다음 날 오후에 만나 영화를 보기로 하고 다시 먹는 데 열중했다.

그들이 제과점을 나온 것은 그 곳에 들어간 지 반 시간쯤 지나서였다.

그들이 제과점을 나와서 버스 정류장 쪽으로 몇 걸음 옮겨 놓았을 때,

"학생들, 나 좀 봐요."

하는 소리가 뒤에서 들려 왔다.

그늘이 돌아보니 남루한 차림의 중년 여인 한 사람이 땀을 뻘뻘 흘리며 서 있었다. 새까맣게 탄 얼굴하며 보따리를 들고 있는 것 등이 첫눈에도 시골에서 올라온 아낙네라는 것을 알 수 있었다. 거기에다 그녀는 등에 아기까지 업고 있었다. 아기는 쉰 목소리로 울어 대고 있었다.

"학생들, 여기가 어디쯤 되는지 봐 줄래요?"

아낙은 꼬깃꼬깃 접은 종이쪽지를 장미에게 내밀었다.

장미와 동희는 호기심으로 눈을 반짝이며 그 닳아빠진 종이쪽

지를 펴 보았다.

　거기에는 주소와 전화번호 같은 것이 적혀 있었다.

　"새벽에 서울에 도착했는디…… 여태껏 이 주소를 못 찾아 가지고 이러고 헤매고 있어라우. 학생들, 어쩌면 좋지?"

　아낙의 눈에 눈물이 어리는 것을 보고 학생들은 당황했다. 그녀의 모습은 너무도 측은해 보였다. 감상적이고 동정심이 많은 소녀들이 도저히 뿌리칠 수 없는 강한 호소력을 그녀는 지니고 있었다.

　"불쌍하다 얘."

　동희가 귀에 대고 재빨리 속삭였다.

　"거기에 뭐라고 주소를 쓴 모양인디…… 글을 읽을 줄 알아야제. 아기는 이렇게 보채 쌌고, 아무리 이 사람 저 사람한테 물어 봐도 주소를 못 찾겠어. 학생들이 주소를 좀 찾아 주면 참말로 고맙겠는디……"

　그녀는 끝내 눈물을 찔끔찔끔 흘리기까지 하면서 하소연하는 듯 소녀들을 바라보았다.

　착한 소녀들은 누가 강제로 붙잡은 것도 아닌데 차마 발길을 돌릴 수가 없었다. 도와 달라고 손을 내민 불쌍한 사람을 외면한다는 것은 그녀들의 여린 감정으로서는 도저히 용서할 수 없는 짓이었다.

　아낙의 등에 업힌 아기가 숨이 넘어갈 듯 울어댔다.

　아기는 온통 땀투성이였다. 아기의 얼굴은 뜨거운 햇볕에 빨갛게 익어 있었다.

"어떡하지?"

장미는 난처한 표정으로 동희를 바라보았다. 동희 역시 난감한 표정이었다.

"글쎄, 어떡하지."

"여기가 어디쯤이지?"

그들은 종이쪽지에 연필로 서툴게 끄적거려 놓은 주소를 들여다보았다.

"모르겠어."

"나도 모르겠어."

나이 어린 소녀들이 드넓은 서울의 구석진 동네를 알 리 없었다. 아낙은 자기를 도와 줄 수 있는 사람들을 마침내 발견했다고 생각했는지 더욱 애처로운 모습으로 소녀들에게 사정을 호소해 왔다.

"이건 전화번호예요?"

장미가 마침내 적극적인 반응을 보이기 시작했다.

쪽지에는 주소와 함께 전화번호가 적혀 있었다.

"요건 동생네 전화번호인디…… 내가 서울 전화를 걸 줄 알아야제. 아까 딴 사람한테 부탁해 전화를 걸어 봉께 아무도 전화를 안 받더래. 전화를 안 받을 리가 없는디…… 어디 잠깐 나간 모양이여."

아낙은 전라도에서 새벽에 상경했는데, 나와 있기로 한 동생이 나오지 않는 바람에 이 지경이 됐다고 한숨을 내쉬며 또 눈물을 찔끔거리는 것이었다.

장미는 손목시계를 보았다. 시간은 이미 오후 2시가 지나고 있었다. 새벽에 도착해서 그 때부터 주소를 찾아 헤매 다녔다면 무척 오랫동안 고생했겠다는 생각이 들었다.

"제가 전화를 걸어 드릴게요."

"아이구, 고마워라! 이런 고마울 데가……. 돈은 여기 있응께……."

아낙이 꼬깃꼬깃 접혀진 지폐를 꺼내 주는 것을 마다하고 장미는 부근에 있는 공중전화 부스로 달려갔다. 동희와 아낙도 그 뒤를 따라갔다.

공중전화 부스 안으로 들어간 장미는 쪽지에 적힌 대로 다이얼을 돌려보았다. 다르르 하고 신호가 가기 무섭게 기다렸다는 듯 찰칵 하고 신호가 떨어지면서,

"여보세요."

하는 젊은 여자의 목소리가 들려 왔다.

"잠깐 기다리세요."

장미는 아낙에게 빨리 안으로 들어오라고 손짓했다.

아낙은 부스 안으로 허겁지겁 달려 들어와 장미로부터 수화기를 받아 들었는데 그것을 다른 손에 바꾸어 들면서 거꾸로 쥐고 소리를 질러 댔다. 그것을 보고 장미와 동희는 그만 웃음을 터뜨렸다.

"아줌마, 그렇게 들면 안 돼요. 거꾸로 드셨어요."

장미가 수화기를 바로 돌려주자 아낙은 목에 힘줄을 세우며 악을 써 댔다.

"옥녀냐? 니 왜 안 나왔냐? ……뭐라고? ……아이고, 말도 마라. 내가 느그 집을 찾을라고 새벽부터 지금까지 헤매 다녀도 못 찾았어! 뭐라고? 저런! 영등포에서 내려야 하는 것을…… 나는 그것도 모르고 서울역에서 니를 얼마나 기다렸는지 모른다. ……아이고, 말도 마라. 애기는 울어 쌌제 설사는 자꼬 하제……. 난 전화도 할 줄 몰라 착한 학생들이 전화를 걸어 줘서 이렇게 전화를 건 것이제. ……어디라고? 아이고, 난 아무것도 몰라. ……니가 나와. ……기다리고 있을께 니가 나와! ……집이 비어서 안 된다고? 그럼 어짜지? ……나는 니가 말하는 거 통 모르겄다. ……영등포에서 내려서 ……뭐라고? 어디? ……아이고, 난 모르겄다. 잠깐 기다려, 학생들한테 전화를 받아 보라고 할께."

아낙은 수화기에서 입을 떼고 장미를 흘끔 바라보았다.

"어디로 오라고 말하는디 나는 통 무슨 말을 하는지 못 알아듣겠네. 미안하지만 학생이 좀 받아 볼랑가."

장미는 수화기를 받아 들었다.

"여보세요."

"아, 학생이에요? 언니한테 이야기 들었어요. 정말 고마워요. 우리 언니는 시골에서만 살았기 때문에 서울 지리를 통 몰라요. 영등포역에서 만나기로 했는데 서울역에서 내렸지 뭐예요. 그래서 서로 못 만났어요. 학생 정말 고마워요."

그런데 전화가 끊어졌다. 통화 시간이 다 지나갔던 것이다. 장미는 동전을 모두 써 버렸기 때문에 동희가 대신 동전을 내 주었다. 장미는 동전을 집어넣고 다시 다이얼을 돌렸다. 조금 전의 그 여자가 다시 전화를 받았다.

"학생, 정말 고맙고 미안해요. 내가 지금 나가야 하는데 집이 비어서 나갈 수가 없어요. 내가 위치를 가르쳐 줄 테니까 우리 언니한테 잘 좀 가르쳐 줘요. 정말 미안해요."

"괜찮아요, 말씀해 보세요."

장미는 재빨리 볼펜과 메모지를 꺼내 들었다.

그녀는 상대방 여자의 목소리가 마음에 들었다. 무척 아름다운 목소리라는 생각이 들었다.

"지금 있는 데가 어디지요?"

"마포예요."

"영등포 로터리 알아요?"

"네, 알아요."

"거기서 택시를 내리면 H은행이 있어요. 그 은행 맞은편에 보면 길이 하나 있어요. 그 길로 쭉 오면, 한 1백 미터쯤 쭉 오면 세탁소가 하나 있어요. 그 세탁소를 끼고 오른쪽으로 골목이 하나 있어요. 그 골목으로 쭉 오면 담배 가게가 하나 있어요. 그 담배 가게를 끼고 이번에는 왼쪽으로 돌아야 해요. 왼쪽으로 계속 오면 여관 간판이 하나 붙어 있을 거예요. 남일이라는 여관이에요. 그 바로 옆집이에요. 파란 대문 집이에요. 찾기가 아주 쉬워요. 언니한테 잘 좀 가르쳐 주세요."

"네, 알겠어요."

장미가 막 전화를 끊으려 하자 상대방 여자가 다시 말을 걸어

왔다.

"참, 학생은 고등학생이에요?"

"아니에요, 중학생이에요."

"아, 그래. 그런데 말하는 것이 어쩌면 그렇게 어른스럽지? 어느 학교에 다녀요?"

"K여중 3학년이에요."

"아, 그래. K여중이면 좋은 학교지. 참, 오늘 여름 방학하지 않았나요?"

"네, 맞아요."

"그러면 학생, 내 하나 부탁할 게 있는데 들어줘요. 우리 언니는 아무리 가르쳐 줘도 혼자서는 여기에 찾아오지 못할 거예요. 틀림없이 또 헤매 다닐 거예요. 내가 마중 나가야 하는데 지금은 집이 비어서 그럴 수가 없어서 그러니까 수고스럽지만 학생이 좀 우리 언니를 데려다 줄 수 없을까? 택시 타고 오면 금방이니까 그렇게 좀 해 줄 수 없겠어요? 그렇게만 해 주면 내가 수고비는 충분히 주겠어요. 2만 원 줄 테니까 그렇게 해 줘요. 아니 3만 원 주겠어요. 학생, 꼭 그렇게 해 줘요. 부탁이에요! 아기가 몹시 아픈 모양인데 부탁해요."

장미는 당황했다. 그녀는 구원을 청하듯 동희를 한번 쳐다보고 나서,

"네, 알았어요."

하고 조금은 떨떠름한 표정으로 말했다.

그녀가 그런 표정을 지은 것은 시골 아주머니를 안내해 주기

싫어서가 아니라 그렇지 않아도 마음속으로는 할 수 있는 한 최대의 친절을 베풀어야겠다고 생각하고 있던 참에 전화 저쪽의 여인이 먼저 그 아주머니를 데려다 줄 것을 요구하고 나왔기 때문이었다.

"꼭 좀 부탁해요!"

전화 저쪽의 여인은 다시 한번 당부하고 나서 전화를 끊었다. 그러나 장미는 여인이 3만 원을 주겠다는 말이 마음에 걸렸다. 마치 이쪽을 어린애로 알고 돈으로 자신을 꾀는 것 같아 기분이 언짢았다.

그러나 시골 아낙의 초라한 몰골을 보니 그런 마음은 도로 쑥 들어가 버리고 말았다. 아낙의 피로에 지친 두 눈은 호소하듯 그녀를 바라보고 있었다.

아낙의 두 눈은 여느 시골 여자들처럼 더없이 선한 빛을 띠고 있었다. 장미는 메모지에 적은 내용을 아낙에게 보이며 전화를 통해 들은 대로 그녀에게 동생의 집을 찾아가는 방법을 이야기해 주었다.

그러나 아낙은 장미의 이야기가 끝나기도 전에 고개를 설레설레 흔들었다.

"아이고, 난 무슨 이야기인지 통 모르겠네. 어디가 어딘지 정신이 엇갈려서……"

말도 말라는 듯이 그녀는 손을 휘휘 내젓기까지 했다.

사실 그녀가 그러는 것도 무리는 아니었다. 장미가 보기에도 아낙의 동생이 설명해 준 내용은 쉽게 알아들을 수 있는 것이 아니었다. 장미 자신도 알아들은 척하긴 했지만 그 집을 쉽게 찾을 수 있을 것 같지는 않았다. 아낙의 동생은 찾아오기가 쉽다고 말했지만 그것은 어디까지나 그쪽에서 본 사정이고 처음 찾아가는 사람의 입장에서는 결코 그 곳이 찾기 쉬운 곳일 것 같지는 않았다.

장미는 난감한 표정으로 동희를 바라보았다. 동희 역시 난처한 얼굴로 손목시계를 자꾸만 들여다보고 있었다. 장미는 동희 곁으로 가까이 다가가서 귀엣말로 속삭였다.

"어떡하지?"

"글쎄, 난 약혼식에 가 봐야 해."

두 소녀는 약속이나 한 듯 아랫입술을 깨물었다. 난처할 때면 하는 버릇이었다.

"나에게 좀 데려다 달래. 저 아줌마 동생이라는 여자가 전화를 받았어."

"기다리고 있을 테니까 이쪽으로 오라고 하지 그랬어. 아니면 중간쯤에서 만나기로 하든가 말이야."

"그렇게 할 수가 없대. 집이 비어서 나올 수가 없대."

장미는 돈 이야기를 할까 말까 망설였다. 처음에는 대수롭지 않게 생각했었는데 3만 원이라는 돈이 결코 적지 않은 돈이라는 것을 깨닫게 되었다. 사실 그녀는 용돈이 궁했다. 집이 가난해서라기보다는 부모가 1주일마다 주는 용돈이 그녀의 씀씀이에 비해 너무 적었던 것이다.

"아줌마를 데려다 주면 3만 원을 주겠대. 아줌마 동생이 전화로 그랬어."

동희는 놀란 듯이 장미를 쳐다보았다. 장미는 마침내 마음의 결정을 내렸다.

"함께 가자 얘."

"난 안 돼. 언니 약혼식에 가 봐야 해."

동희는 단호하게 머리를 내저었다.

"택시 타고 빨리 갔다 오면 되잖아. 영등포 로터리니까 얼마 안 걸려."

장미는 어떻게 해서든 친구와 함께 가고 싶었다. 혼자서는 어쩐지 내키지가 않았다. 그러나 동희는 함께 갈 의사가 없음을 분명히 했다.

"지금도 늦었단 말이야. 빨리 가 봐야 해."

"그럼 난 어쩌지? 혼자 갈 수도 없고……"

"혼자 가도 되잖아."

"난 혼자는 그런데 자신이 없단 말이야. 너하고 함께 간다면 몰라도……"

소녀들이 우물쭈물하고 있는데 아낙이 울상을 한 채 그녀에게 다가왔다.

"학생들, 우리 동생 집까지 나 좀 데려다 줘요. 나 좀 데려다 주면 우리 동생이 섭섭하게 하지는 않을 거야. 길 잃은 사람 길 좀 안내해 주는 것도 얼마나 좋은 일이우. 미안하지만 그렇게 좀 해 줘요."

그러자 안 되겠다 싶었는지 동희가 나섰다.

"전 언니 약혼식에 가야 하기 때문에 안 되고요, 제 친구한테 부탁해 보세요."

장미는 야속한 듯 동희를 잠시 쳐다보다가 아랫입술을 깨물고 말했다.

"좋아, 나 혼자 갔다 오겠어. 아줌마, 가요. 제가 모셔다 드릴게요."

"아이구, 이런 고마울 데가……. 학생은 생긴 것도 곱지만 심성은 더 곱구만. 학생은 천당 갈 거유."

장미는 손을 들어 택시를 불렀다.

지나가던 택시가 끼익 소리를 내며 급정거했다.

장미는 시골 아낙을 택시 뒷자리에 태우고 자신은 앞자리에 올랐다.

"미안해. 잘 다녀와."

동희가 문을 잡고 말했다.

"걱정하지 마. 내일 봐!"

차가 앞으로 미끄러져 갔다.

장미가 뒤돌아보니 동희는 열심히 손을 흔들고 있었다. 마치 오랜 이별이나 되는 것처럼.

"어디 갈 겁니까?"

운전사가 누구에게랄 것 없이 물었다.

"영등포 로터리에서 내려 주세요."

장미는 익숙하게 말했다.

"학생, 정말 고마워요. 세상에 이리 고마울 데가 어디 있을까.

뭘로 이 은혜를 갚을까잉?"

시골 아낙은 입에 침이 마르게 장미를 칭찬했다.

장미는 그녀의 칭찬이 듣기에 좋았다. 자신의 행위는 참 보람 있는 일이라고 스스로 생각하기까지 했다.

운전사도 사정을 알았던지,

"학생, 참 좋은 일 하는군."

하고 칭찬해 주었다.

그 운전사는 꽤 늙어 보였다. 살기가 어려운지 꾀죄죄한 몰골에 몹시 말라 보였다. 거기다 안경까지 끼고 있었다.

얼마 후 택시는 영등포 로터리에 닿았다.

장미와 아낙은 로터리 한쪽에 내려섰다. 장미는 주머니를 털어 택시비를 지불했다.

"차비는 아주머니가 내야 하는 거 아닙니까? 학생이 여기까지 안내해 준 것만도 고마울 텐데 더욱이 차비까지 내게 해서야 되겠습니까?"

"아이고, 말씀 안 해도 다 알고 있어라. 내가 돈을 가진 게 없응께 그러제 왜 그러겠소. 이따가 동생 만나서 차비 다 계산해 줄 것인께 걱정하지 말고 가시요. 이렇게 고마운 학생한테 차비만 주겠소."

"그야 그래야지요."

운전사는 끄덕하고 나서 장미를 다시 한번 눈여겨보았다. 그녀의 미모에 찬탄의 눈길을 보내고 나서,

"나중에 크면 좋은 처녀가 되겠구나."

하고 중얼거리면서 역 쪽으로 차를 몰았다.

"여그가 어딩가?"

아낙은 행여 떨어질세라 장미 곁에 바싹 따라붙어 걸으며 주위를 두리번거렸다.

"영등포예요."

"아이고, 여그가 말로만 듣던 영등포구만. 워메, 무슨 차가 이렇게 많고 무슨 사람도 이렇게 많당가이."

장미는 웃음이 나오는 것을 참으며 H은행을 찾았다.

"서울은 어디를 가나 사람도 많고 차도 많아요."

"워메, 이 사람들이 다 뭘 묵고 살까이?"

"그래도 굶는 사람은 없나 봐요. 아, 저기 있구나."

장미는 H은행 건물을 손으로 가리켰다.

"벌써 찾았어?"

"아니에요, 이제부터 찾아야 해요."

"이렇게 복잡한 디서 어떻게 살까이?"

"살다 보먼 그렇지도 않아요."

장미는 제법 어른스럽게 말했다.

마침내 H은행 앞에 이르렀다. 맞은편을 보니 과연 작은 골목길이 하나 있었다. 차가 한 대 드나들 수 있는 너비의 골목이었다. 그들은 길을 건너갔다. 그 골목으로 들어서니 여관이며 여인숙 간판이 즐비했다. 어딘지 지저분하고 불결한 느낌이 드는 골목이었다.

장미는 꺼림칙한 기분을 느끼며 골목 안으로 계속 걸음을 옮겨 놓았다.

골목 안 그늘진 곳 여기저기에 젊은 여자들이 허벅지를 드러내 놓고 앉아 부채질을 하고 있었다.

그녀들의 대부분은 짙은 화장을 하고 있었고 가슴이 깊이 패고 팔이 없는 셔츠를 입고 있었다. 한 마디로 자극적인 모습들을 하고 있었다.

장미는 어린 마음에도 뭔가 잘못된 것 같은 기분을 느끼며 불안한 눈으로 골목을 살폈다. 그 때 호들갑 떠는 목소리가 들려왔다.

"어머, 언니이!"

어디서 나타났는지 젊은 여인 하나가 시골 아낙에게 달려들어 그녀를 껴안고 발을 굴렀다.

"아이구, 두 번 다시 서울에 안 올란다. 이 학생이 없었으면 너도 못 만나고 갈 뻔했다."

"언니가 올 시간이 됐는데도 안 오기에 나와서 기다리고 있던 참이에요."

목소리가 아름다운 그 젊은 여인은 노리끼리한 눈으로 장미를 바라보았다.

"이 학생이 아까 전화 건 학생인가? 어머! 예쁘기도 해라. 정말 고마워요."

어깨를 잡고 흔드는 그녀가 장미는 어쩐지 싫었다.

생각했던 것과는 달리 아름다운 목소리의 주인공은 얼굴이 부은 듯 누르께하고 광대뼈가 툭 튀어나온 것하며 눈까지 노리끼리한 것이 사납고 징그러워 보였다.

"자, 집에 가서 좀 쉬었다가 가요. 수박 사다가 얼음에 재어 놨으니까 그것 좀 들고 가요."

"아니에요, 그냥 갈래요."

장미는 뒤로 몸을 뺐다. 그러자 젊은 여인이 냉큼 그녀의 책가방을 빼앗아 들었다.

"여기까지 왔는데 그러면 안 되지. 아까 내가 전화로 학생에게 말한 것도 있고 하니까 그것도 받을 겸 잠깐 우리 집에 들렀다 가요."

"학생이 그냥 가믄 안 되지. 이리 고마운 학생을 그냥 보내면 안 되여. 차비도 학생이 냈으니까 동생이 다 계산해서 줘야 히여. 참말로 이 학생이 없었으믄 나는 이 서울에서 오도 가도 못 했을 판 이랑께."

시골 아낙이 당연하다는 듯 동생을 거들고 나왔다.

"가방 이리 주세요. 그냥 가겠어요."

장미는 가방을 도로 뺏으려고 했지만 젊은 여인은 이미 저만치 앞서 걸어가고 있었다. 장미는 울상이 되어 잰 걸음으로 그 여인을 따라갔다.

"가방 이리 주세요."

"그러지 말고 잠깐 들렀다 가요. 너무 고마워서 그러니까 잠깐 땀 좀 식혔다 가요. 그리고 돈도 받아 가야지. 나는 약속을 지키는 사람이니까 학생한테 3만 원을 주겠어. 얼마 안 되지만 받아 가요."

"돈은 안 주셔도 괜찮아요."

"무슨 소리! 우리 언니를 여기까지 데려다 줬는데. 그리고 약속은 약속이야. 나는 약속을 지키는 사람이야. 약속을 지키지 않는 사람을 나는 제일 싫어해요."

장미는 그만 입을 다물었다. 3만 원이라는 금액이 갑자기 그녀를 무기력하게 만든 것이다. 조금만 참자. 조금만 참으면 3만 원이 생긴다. 그 돈은 바캉스 비용에 보태 써야지.

장미는 뒤를 돌아보았다. 아까까지만 해도 시골 아낙네의 모습을 한 채 갖은 궁상을 다 떨었던 그 아주머니는 언제 그랬느냐 싶게 눈을 반짝이며 따라오고 있었다.

길가에 앉아 있는 여자들에게 눈을 흘기기도 하고 살짝 웃어 보이기도 하는 것이 그녀들과 잘 아는 사이인 듯했다. 그러다가 장미와 시선이 마주치자 그녀는 재빨리 눈을 아래로 내리뜨면서 부지런히 따라붙는 것이었다.

그것을 보고 장미는 조금 이상한 생각이 들었다.

뭔가 잘못되어 가고 있는 것 같은 예감이 문득 들었다.

그러나 사태를 간파하기에는 그녀는 세상을 너무 몰랐고 너무 어렸다. 공교롭게도 그 때 소나기까지 내렸다. 쾌청하던 날씨가 갑자기 어두워지더니 번개와 천둥이 치면서 소나기가 쏴아 하고 쏟아졌다.

"학생, 빨리 와!"

앞서 가던 젊은 여인이 장미를 손짓해 불렀다.

장미는 비를 맞지 않으려고 냅다 뛰었다.

젊은 여인은 어느 낡은 회색 건물 안으로 들어갔다. 장미도 허둥지둥 그녀 뒤를 따라 들어갔다.

그것은 내부 구조가 이상하게 생긴 우중충한 건물이었다. 어두운 복도를 따라가면서 보니 양쪽으로 조그만 방들이 게딱지처럼 다닥다닥 붙어 있었고 그 방 안에서는 거의 반라에 가까운 젊은 여자들이 혼자 벌렁 누워 있거나 남자들과 히히덕거리고 있었다.

장미가 주춤하자 뒤따라온 아낙이 그녀의 등을 밀었다.

"어서 들어가. 여긴 여러 집이 사는갑다."

그들은 좁은 계단을 밟고 2층으로 올라갔다. 2층에서 끝나는 줄 알았는데 3층으로 올라가는 것이었다.

장미는 불안했다. 그래서 주춤거리는데 뒤에서 아낙이 등을 떠밀면서,

"아따, 뭐가 이리 높다냐. 이렇게 높은 디서 어떻게 사냐?"

어쩌고저쩌고 떠벌였다.

"나 왔이요."

아낙의 동생이라는 여인은 3층의 한 방으로 그들을 안내했다. 3층의 맨 구석진 방이었다. 퀴퀴한 냄새가 나는 좁은 방 안은 창문 하나 없이 어두컴컴했다.

"좀 더울 거야. 선풍기를 틀어 줄게 앉아요."

젊은 여인은 전등을 켜고 나서 밖으로 잽싸게 나가더니 선풍기를 하나 들고 들어왔다.

장미는 방 안을 둘러보다가 집 안에까지 따라 들어온 것을 후

회했다.

그러나 후회를 했을 때는 이미 늦은 일이었다. 그녀는 방 안을 살펴보았다.

방바닥에는 비닐 장판이 깔려 있었다. 한쪽에는 땟국이 흐르는 이부자리가 놓여 있었고 벽에는 웬 서양 여자의 알몸 사진이 붙어 있었다. 그리고 거울이 한 개 걸려 있었고 판자로 가로지른 선반 위에는 빨간 비닐 가방이 한 개 놓여 있었다. 벽에는 싸구려로 보이는 여자의 옷가지가 몇 벌 걸려 있었다.

"그렇게 서 있지 말고 앉아요, 앉아."

젊은 여인이 어깨를 찍어 누르듯이 누르는 바람에 장미는 엉거주춤 무릎을 굽히고 앉았다.

"학생, 편히 앉아. 다 엄마 같고 언니 같응께 마음 푹 놓고 쉬었다 가라고. 시원한 것 좀 빨리 가져와 봐!"

"네, 잠깐 기다리세요."

젊은 여인은 시골 아낙에게 눈짓을 보낸 다음 재빨리 밖으로 사라졌다. 그 동안 시골 아낙은 장미에게 자신의 동생 자랑을 늘어놓았다.

"내 동생은 이래뵈도 돈이 참 많다고. 시골에 사는 논만도 스무 마지기가 넘고 소가 쉰 마리나 된다고. 이번에 건물 하나 샀다고 하던디 이 건물인갑다. 동생은 이렇게 건물도 사고 잘 사는디 나는 언제 한번 이렇게 살까잉."

그녀는 아기를 앞으로 끌어안더니 말라붙은 젖을 꺼내 아기 입에 물렸다. 아기는 죽은 듯 눈을 감고 있다가 미친 듯 젖을 빨아 대기 시작했다.

그러나 조금 후에는 젖이 나오지 않는지 칭얼거렸다. 그 때 젊은 여인이 쟁반을 들고 들어왔다.

쟁반 위에는 두 개의 사기그릇이 놓여 있었다.

사기그릇 속에는 얼음 조각과 함께 먹음직스런 수박 조각들이 떠 있었다.

"자, 시원하게 마셔요."

젊은 여인이 그릇 하나를 들어 장미 앞에 내려놓았다.

"언니도 좀 드세요."

"젖이 안 나와서 애기가 배가 고파 울어쌌는데 이거라도 좀 먹여야겠다."

아낙이 숟가락으로 얼음물을 떠서 아기 입에 흘려 넣어 주자 아기는 울음을 뚝 그치고 그것을 받아먹었다.

"어서 먹으라니까!"

젊은 여인이 재촉하는 바람에 장미는 마지못해 숟가락으로 수박 조각을 떠먹기 시작했다.

"참 곱기도 하다. 학생 이름이 뭐지?"

"장미예요."

"장미? 이름도 참 곱다. 아빠는 뭘 하시지?"

"대학 교수예요."

"형제는 몇이나 되고?"

"저 혼자예요."

"오, 외동딸이군. 그럼 부모님 귀여움을 독차지하겠군."

"그렇지도 않아요."
"자, 이거 받아요. 약속대로 돈을 줘야지."
젊은 여인은 만 원짜리 3장을 장미의 무릎 위에 올려놓았다. 장미는 그 돈을 집어 여인에게 돌려주었다.
"괜찮아요."
"그러지 말고 받아요. 어른이 주는 거니까 받아도 괜찮아. 우리 언니를 여기까지 데려다 줘서 정말 뭐라고 감사해야 할지 모르겠어. 자, 사양하지 말고 받아요. 어서!"
"학생, 받아요."
"고맙습니다."
하고 인사하면서 그녀는 그 돈을 손으로 만지작거렸다.
"자, 이거 남기지 말고 다 마셔요."
젊은 여인이 이번에는 사기그릇을 들어 장미의 입에다 갖다 댔다.
"제가 먹겠어요."
장미는 그릇을 받아 들고 가만히 숨을 몰아쉬었다. 사실 그녀는 그것이 먹기 싫었다. 그러나 성의를 생각해서 먹지 않을 수 없다는 것을 알고 있었다.
뿐만 아니라 그것을 빨리 먹어 치워야만 그 곳에서 빨리 나갈 수 있다는 것도 알고 있었다. 하는 수 없이 장미는 그릇을 입에다 대고 얼음물을 꿀꺽꿀꺽 마시다가 그릇을 내려놓고 숟가락으로 수박 조각을 떠먹었다. 그렇게 반쯤 먹고 난 그녀는 더 이상 먹을 수가 없었다.

"배가 불러서 더 이상 못 먹겠어요."

그녀는 그릇을 내려놓다 말고 하품을 했다. 손으로 입을 가리면서 하품을 참으려고 하는데 또 하품이 나왔다. 눈꺼풀이 무거워지면서 눈이 자꾸만 감겨 왔다.

"학생, 피로한 모양이지? 괜찮으니까 좀 누웠다 가요."

젊은 여인이 그렇게 말하면서 이부자리를 폈다.

"아, 아니에요. 가야 해요."

장미는 손을 내저으면서 일어서려고 했다. 그러나 무릎에 힘이 없어 일어서지지가 않았다.

"그러지 말고 좀 누웠다 가라니까."

이번에는 아낙이 장미의 어깨를 잡아 앉혔다.

"안 돼요, 가야 해요."

장미는 힘없이 중얼거렸다. 그녀는 시야가 침침해지는 것을 느꼈다. 시골 아낙과 젊은 여인이 소리 없이 웃고 있는 것이 흐릿하게 보였다. 그녀는 정신을 차리려고 이를 악물어 보았다. 그러나 소용없는 짓이었다.

"자, 그러지 말고 누워요. 천하 없는 장사라도 눕지 않고는 못 배기지."

젊은 여인은 장미의 어깨를 잡아 이부자리 위에 눕혔다. 눕혔다기보다는 어깨를 밀었다는 것이 옳았다. 장미는 이부자리 위에 힘없이 쓰러졌다.

"빨리 가야 해요……. 우리 집에…… 빨리 가야 해요……. 우리 집에……"

장미의 입에서는 들릴 듯 말 듯 중얼거림이 흘러나오다가 그것마저 뚝 그치고 말았다.

그녀의 눈은 거의 감겨 있었고, 그녀는 손끝 하나 꼼짝할 수 없었다. 흐릿하게 두 여자의 모습이 시야에 들어왔다가 사라졌는데 그것은 늙은 악귀처럼 무시무시해 보였다.

"아줌마, 정말 재주 좋아."

"아이고, 말도 마. 요걸 꼬셔서 데리고 오느라고 얼마나 애를 먹었다고."

"이런 애는 부르는 게 값이야."

"그걸 도대체 말이라고 해? 이렇게 싱싱하고 예쁜 것을 어디서 구해?"

두 여인의 말소리가 마치 솔바람처럼 장미의 귓가를 간지럽히다가 멀리 사라져 갔다.

무서운 밤

캄캄하다…… 보이는 것은 캄캄한 어둠뿐이다…… 아무것도 보이지 않는다…… 왜 이렇게 어두울까…… 너무 어두워 무섭다…… 이상하다…… 이렇게 어두운 밤은 처음이다…… 비 내리는 소리가 들려온다…… 억수같이 쏟아지는 빗소리…… 천둥 치는 소리…… 여자의 비명 소리…… 왜 이렇게 어두울까…… 또 여자의 비명 소리가 들려온다…… 여기가 어디일까…… 우리 집은 아닌 것 같다…… 아무리 밤이라 해도 내 방은 이렇게 어둡지 않다…… 이렇게 퀴퀴한 냄새가 나지 않는다…… 무섭다…… 오싹 소름이 돋는다…… 울고 싶다…… 엄마를 부르고 싶다…… 아빠를 부르고 싶다…… 그러나 아무 말도 할 수가 없다…… 얼어붙은 듯 입이 떨어지지 않는다…… 꿈이 아닐까…….

그녀는 주먹을 쥐어 보고 엉덩이를 꼬집어본다. 아프다. 꿈은 아니다.

바로 곁에서 남자의 상스러운 욕설이 들려온다.

벽에 무엇이 부딪치는지 쿵 하는 소리도 들려온다.

소녀는 튕기듯 일어나 앉는다. 머리가 빠개질 듯 아프다. 소녀는 벽을 더듬으며 조심스럽게 몸을 일으킨다.

아, 너무 어둡다. 너무 어두워서 아무것도 보이지 않는다. 오줌이 마렵다. 이상한 냄새가 난다. 여기는 내 방이 아니야. 내 방은 이렇지 않아. 그렇다면 여기가 어디란 말인가.

그녀는 생각을 더듬었다. 그리고 마침내 어떤 시골 아낙을 안내해 주던 일, 어느 우중충한 건물 속에 들어가 얼음물에 잰 수박을 억지로 먹던 일, 3만 원의 돈을 사례비로 받던 것 등이 생각났다.

마지막으로 집으로 가겠다고 일어서다가 이부자리 위에 힘없이 쓰러지던 일도 어렴풋이 생각났다. 그 이상은 생각나지 않는다. 그녀가 생각할 수 있는 것은 그것이 전부였다. 그렇다면 나는 지금까지 그 집에 누워 있었단 말인가. 집에도 가지 못하고 여태까지 그 집에 있었단 말인가!

한참 벽을 더듬어 문이라고 생각되는 부분을 찾았다. 손잡이가 만져졌다. 손잡이를 잡아 비틀며 문을 밀기도 하고 당겨 보기도 했다. 그러나 문은 끄떡도 하지 않았다. 갇혔다는 생각에 소녀는 겁이 덜컥 났다. 그녀는 정신없이 문을 두드려 댔다. 울음을 터뜨리며 문을 흔들고 때렸다.

한참 있자 문고리를 벗기는 소리 같은 것이 들리더니 문이 벌컥 열렸다. 동시에 방 안에 불이 들어왔다. 침침한 불빛이었다.

"왜 그래?"

험상궂게 생긴 젊은 남자가 소녀를 무섭게 쏘아보면서 거칠게 물었다.

소녀는 방구석에 내팽개쳐져 있는 책가방을 챙겨 들고 방에서 나가려고 했다. 출입구를 가로막고 선 사내는 비키려고 하지 않았다.

"비켜 주세요. 나갈 거예요."

소녀는 울면서 말했다.

"어디를 나간다는 거야?"

사내가 눈을 부라렸다.

"우리 집에 갈 거예요."

"집에 간다고? 누구 맘대로 간다는 거야?"

사내의 입에서는 술 냄새가 났다. 나이는 서른이 넘은 성싶었고 험상궂은 인상에 어울리게 몸집이 우람해 보였다. 한쪽 뺨에는 길게 찢어진 흉터까지 있었다. 콧잔등은 움푹 꺼져 있었고 눈매는 가늘면서 날카로워 보였다.

소녀는 사내와 아무 말도 나누고 싶지가 않았다. 그에게 할 이야기도 없었고 그를 쳐다보는 것만으로도 숨이 막힐 것 같았다. 그녀는 고개를 숙인 채 잠자코 남자의 어깨를 밀치면서 밖으로 나가려고 했다.

"가긴 어디를 간다는 거야?"

남자는 위협적으로 말했다.

"비켜 주세요. 우리 집에 갈 거예요."

장미는 훌쩍훌쩍 울었다.

사내는 눈을 부라리다가 장미의 가슴팍을 떼밀었다. 장미는 그만 힘없이 뒤로 나가떨어졌다.

"여기가 어디라고 함부로 나간다는 거야? 여기 일단 들어오면 죽기 전에는 나갈 수 없어. 까불지 말고 가만있어."

소녀는 가방을 다시 챙겨 들고 허둥지둥 일어났다. 그녀는 사내가 왜 그러는지 알 수가 없었다. 사내가 왜 그런 말을 하는지 이해할 수가 없었다. 왜 여기서 나갈 수 없단 말인가. 우리 집에 가겠다는데 왜 안 된다는 것인가.

"아저씨, 집에 갈래요. 비켜 주세요."

사내는 고개를 흔들었다.

"안 돼. 넌 내가 돈 주고 샀으니까 여기서 함부로 나갈 수 없어. 도망칠 생각은 아예 하지도 마. 도망치다가 잡히면 맞아 죽을 줄 알아."

"아저씨, 보내 주세요. 집에서 엄마가 기다려요."

장미는 한 손으로 얼굴을 가리고 엉엉 소리 내어 울었다.

"이제 너한테 엄마 같은 건 없어. 우는 모습이 더 예쁘긴 하지만 지금은 밤도 깊었고 다른 사람들 잠도 자야 하니까 시끄럽게 굴지 말고 얌전히 있어."

"왜 집에 갈 수 없다는 거예요? 저는 나쁜 일 한 거 없어요. 어떤 아줌마가……"

사내는 그녀가 말을 끝내기도 전에 들을 필요 없다는 듯이 손을 휘휘 내저으며,

"다 알아, 다 알고 있어."
라고 말했다.

장미는 아까 낮에 수박을 준 그 여자를 생각했다.

"주인아줌마 불러 주세요. 아줌마는 잘 알 거예요."

이 남자는 지금 아무것도 모르고 있다. 그래서 나를 무턱대고 못 나가게 하고 있는 것이다. 이 남자는 술에 취해 나를 놀리고 있는 것이라고 생각했다.

"아줌마는 지금 자고 있어. 할 이야기가 있으면 나한테 해."

"화장실에 갈 거예요."

사내는 턱으로 구석에 있는 요강을 가리켰다.

"저기다 눠."

장미는 기가 막혀 말이 나오지 않았다. 사람을 가둬 놓고 못 나가게 하다니, 이런 법이 어디 있단 말인가.

"아저씨, 집에 보내 주세요."

"안 된다니까!"

사내는 문을 쾅 하고 닫았다. 이어서 문고리 걸리는 소리가 들려 왔다. 뒤이어 방 안의 불이 꺼졌다.

"문 열어 주세요."

소녀는 공포에 질려 미친 듯이 문을 두드려 대기 시작했다. 그녀는 엉엉 소리 내어 울면서 한참 동안 정신없이 문을 두드려 댔다. 나중에는 손이 아파 더 이상 문을 두드릴 수가 없었다. 그녀는 급한 대로 요강에다 소변을 보았다. 소변을 보면서도 그녀는 울었다.

기가 막힐 노릇이었다. 현대 문명사회에서 사람을 이렇게 가두어 놓고 어쩌자는 것인가. 혹시 돈을 노린 유괴가 아닐까. 그 밖에는 다른 이유란 것이 있을 수가 없다. 거기에 생각이 미치자 그녀는 무서워서 견딜 수가 없었다.

그녀는 땀과 눈물에 범벅이 된 채로 한참 동안 정신없이 울었다. 온갖 무지갯빛 꿈과 행복이 하룻밤 새에 무참히 깨어지고 자신은 영영 집에 돌아가지 못한 채 캄캄한 동굴 속에 갇혀 짐승 같은 생활을 해야 할지도 모른다는 생각이 몰고 온 공포와 절망감에 그녀는 몸 둘 바를 몰랐다.

실컷 울고 난 소녀는 울고만 있어 봤자 아무 소용이 없다는 것을 깨닫고는 다시 문 쪽으로 기어가 이번에는 온몸으로 문을 밀어붙였다. 몇 번 그렇게 어깨가 으스러지게 밀어붙이자 문이 떨어져 나갈 듯 흔들렸다.

그러자 다시 문이 열리면서 방 안에 불이 들어왔다. 아까의 그 사내가 다짜고짜 방 안으로 들어오더니 소녀의 뺨을 사정없이 후려갈겼다. 소녀는 그만 힘없이 나동그라졌다.

"가만있으라는데 왜 지랄이야? 죽고 싶어!?"

소녀는 상대방이 너무 무서워 울 수도 없었다. 너무 세게 얻어맞았기 때문에 얼얼한 기분이었다. 그렇게 따귀를 얻어맞기는 난생 처음이었다.

그 때 젊은 여자가 모습을 나타냈다. 아까 낮에 보았던 그 시골 여인의 동생 된다는 여자였다. 그녀를 보자 장미는 구세주를 만난 듯 엉엉 소리 내어 울었다.

"아줌마, 저 집에 갈래요. 이 아저씨 무서워 죽겠어요. 집에 가겠다는데 저를 여기다 가두어 놓고 때리지 않아요."

장미는 가방을 들고 문 쪽으로 다가섰다. 그러자 여인은 노란 눈에 쌍심지를 켜고 소녀를 노려보았다.

"아니, 이 계집애가 날 언제 봤다고 이래? 나 참 기가 막혀서……"

장미는 그만 주춤하고 서 버렸다. 모든 것이 그녀의 생각과는 달리 반대로 돌아가고 있었다. 이게 어떻게 된 일일까.

"가방 거기 놔두고 얌전히 잠이나 자고 있어. 시끄럽게 쳐울지 말고 말이야. 정말 시끄럽게 굴면 깡패를 들여보낼 거야."

눈이 노란 여인은 무섭게 눈을 굴리며 으름장을 놓는 것이었다. 소녀는 그만 눈앞이 캄캄해져 왔다.

"아줌마, 왜 그러세요? 저 집에 갈 거예요. 집에 가겠다는데 왜 못 가게 하는 거예요?"

"흥, 누구 맘대로 집에 가겠다는 거야? 미안하지만 이 집에 들어온 이상은 맘대로 나갈 수 없어."

그녀는 소녀의 어깨를 안쪽으로 툭 쳤다. 소녀는 공포에 질린 모습으로 뒷걸음질쳤다. 그녀는 그 때까지도 눈이 노란 여인의 말을 이해할 수가 없었다.

"왜 갈 수 없다는 거예요? 이유가 뭐예요? 제가 뭐 잘못한 게 있나요?"

그녀가 잘못한 것이 있다면 집을 찾지 못해 쩔쩔매는 시골 여인을 끝까지 친절하게 안내해 주었다는 것뿐이었다. 소녀는 눈이 노란 여인에게서 받았던 돈을 돌려주기 위해 주머니를 뒤져 보았지만 그 돈은 어디로 가 버렸는지 보이지가 않았다.

"왜 갈 수 없는지 말해 줄까?"

눈이 노란 여인은 야릇한 미소를 띠면서 방 안으로 들어왔다. 그 사이를 틈타 장미는 재빨리 밖으로 빠져 나가려고 했다. 그러나 채 빠져 나가기도 전에 사내의 우악스런 손길이 그녀의 덜미를 낚아챘다.

"요것이 어디를 가려고 그래?"

장미는 방구석에 도로 처박혔다.

"여기서 나가 봐야 아래층에 또 문이 있기 때문에 나갈 수가 없어. 쓸데없는 짓 하지 말고 내 말이나 잘 들어."

눈이 노란 여인은 담배를 꼬나물며 말했다. 장미가 보내 달라고 애걸했지만 그녀는 들은 척도 하지 않고 자기 할 말만 했다.

"여기가 어떤 덴지 모르지? 여기는 사창가야. 사창가가 뭐하는 곳이냐고? 남자들한테 돈 받고 몸을 파는 곳이야. 뭐 그렇게 놀랄 것 없어. 너 같은 애들이 이 근방에는 득실득실하니까. 처음에는 다들 울고불고 하지만 시간이 지나면 다 얌전해져. 넌 내가 산거야. 아까 그 애기 업은 아줌마한테 20만 원이나 주고 샀단 말이야. 넌 나이도 어리고 얼굴도 예쁘고 해서 비싸게 주고 샀단 말이야. 비싸게 주고 산 애를 내가 내보낼 것 같니? 바보 같은 생각일랑 하지도 마."

장미는 벌어진 입이 다물어지지 않았다.

"그럼 그 아줌마는…… 시골에서 올라온 게 아니었나요?"

소녀는 숨넘어가는 소리로 물었다.

"그건 다 거짓말이었어. 너를 데려다가 팔아먹을려고 그랬던 거야. 그렇게 해서 팔려 온 애가 어디 한두 명인 줄 아니? 그 아줌마는 그런 식으로 해서 큰 돈을 벌었다는 걸 알아야 해."

소녀는 머리를 흔들었다. 눈이 노란 여인의 말은 도무지 믿을 수가 없는 내용이었다.

"그러니까 여기서 나가려거든 부지런히 돈을 벌어서 빚을 갚으란 말이야. 난 너를 사느라고 20만 원이나 들었으니까. 여기서 돈 버는 방법은 아주 간단해. 남자 손님을 받으면 되는 거야. 넌 예쁘니까 손님들이 많이 찾을 거야. 손님들하고 놀아 주기만 하면 되는 거야."

비로소 장미는 눈이 노란 여인이 하는 말의 의미를 어렴풋이나마 알 수 있을 것 같았다. 그녀는 완강히 머리를 흔들었다.

"싫어요! 그럴 수 없어요! 엄마한테 전화 걸어서 20만 원 가져오게 하겠어요! 당장 가져오게 하겠어요!"

"안 돼, 그건 안 돼. 내 입장이 거북해지니까 그건 안 돼. 네 엄마가 여기에 오면 나를 가만 놔둘 줄 아니? 그건 안 돼. 넌 손님을 받아서 빚을 갚아야 해."

"싫어요! 그럴 수 없어요! 전 아줌마한테 빚진 일 없어요!"

"내가 너를 20만 원 주고 샀어."

눈이 노란 여인은 20만 원이라는 말에 힘을 주었다.

그 때였다. 젊은 남자 두 명이 문 앞에 나타났다. 두 명 다 술에 취해 있었고 인상이 험악했다.

"아다라시가 왔다고 해서 구경하러 왔지."

말대가리처럼 생긴 자가 문턱에 턱 하니 걸터앉으며 말했다.

눈이 노란 여인이 아니꼽다는 듯 눈을 흘기자 쥐새끼처럼 생긴 자가 엄지손가락을 세워 보였다.

"우리 왕초가 괜찮으면 사겠대."

"안 팔아!"

여인은 앙칼지게 쏘아붙이며 머리를 흔들었다.

"안 판다구? 흥, 웃기는군. 왕초 말씀을 그렇게 함부로 꺾으면 재미없을 텐데……"

말대가리가 이죽거렸다.

"예쁜 애들 겨우 마련해 놓으면 쏙쏙 빼가구……. 우린 어떻게 장사하란 말이야!"

"넘겨줘. 또 구하면 될 거 아니야. 그러니까 내가 뭐랬어. 너무 예쁜 애는 우리 차지가 안 된다고 했잖아."

콧잔등이 움푹 꺼진 사내의 말이었다. 그와 눈이 노란 여인은 부부 사이인 듯했다.

"어디 좀 봅시다. 그렇게 쭈그리고 있으면 보이나. 좀 세워 봅시다."

쥐새끼처럼 생긴 자가 장미 쪽을 바라보며 말했다.

콧잔등이 움푹 꺼진 사내가 장미에게 다가와 그녀를 뒤에서 끌어안고 일으켜 세웠다. 소녀는 사내의 손에서 빠져 나가려고 몸부림쳤다.

"야, 최곤데!"

말대가리가 군침을 흘리며 탄성을 질렀다.
"왔다군! 됐어!"
쥐새끼가 손가락을 퉁겼다.
"바로 왕초가 찾던 애야. 몇 살이지?"
"열여섯이야."
"열여섯이면…… 중 3인가?"
그러는데 여인이 방바닥을 주먹으로 치면서 억울하다는 듯 소리쳤다.
"넉 장 내놔! 넉 장 아니면 안 팔아!"
"다시 한번 물건을 봅시다. 뒤로 돌려 봐요."
장미는 뒤로 돌려졌다.
"음, 몸은 다 컸군. 저만하면 왔다야. 세 장 주지."
쥐새끼는 뒷주머니에서 지갑을 꺼내더니 수표 세 장을 꺼내 여인 앞에 던졌다.
"안 돼, 한 장 더 내놔!"
여인은 수표를 걷어치우며 머리를 세차게 흔들었다.
"이 아줌마 정말 왜 이러지? 이야기 다 듣고 왔는데 왜 이래? 한 장 주고 사서 세 장에 팔면 됐지 뭘 그래?"
말대가리가 정색하고 말하자 그녀는 수그러들었다.
장미에게는 한 마디 말도 없이, 그녀 따위는 안중에도 두지 않고 그들은 어린 소녀를 놓고 물건을 흥정하듯 돈을 주고받았고, 장미는 자신의 운명이 어떻게 돌아가고 있는지 눈을 뜨고 보면서도 아무 힘도 쓸 수가 없었다.

"야, 이리 나와."

쥐새끼처럼 생긴 자가 턱짓으로 장미를 불렀다.

"따라가. 넌 이제 여기 있을 필요 없어. 이분들이 널 샀으니까 이분들을 따라가. 나한테 보내 달라고 말해 봤자 소용없어."

소녀는 흐느껴 울면서 안 가겠다고 버텼다. 그러자 콧잔등이 꺼진 사내가 그녀를 문 쪽으로 밀어붙였다.

"이거 정말 아다라신가? 손대지 않았지?"

쥐새끼가 눈이 노란 여인과 사내를 번갈아 쳐다보며 물었다.

"손 댄 건 따귀 하나 때린 것뿐이야."

"만일 아다라시가 아니면 왕초가 가만 안 둘 거야."

"깨끗해. 보면 몰라? 어제 들어온 그대로 입고 있는 거야."

사내는 장미를 밖으로 밀어냈다.

장미는 울면서 책가방을 들고 밖으로 나갔다.

젊은 남자 두 명이 그녀를 앞뒤에서 감싸듯이 하면서 계단을 내려갔다. 도중에 앞서 가던 자가 멈춰 서서 장미를 노려보며 주의를 주었다.

"만일 도중에 도망치든가 소리치든가 하면 이걸로 얼굴을 그어 버릴 테니까 알아서 해."

눈앞에 흔들어 대는 것을 보니 날이 시퍼런 면도칼이었다. 장미는 기겁을 하고 뒤로 물러섰다. 뒤에 서 있던 자가 그녀의 허리를 쿡 찔렀다.

"여기도 있다는 걸 잊지 마."

장미는 걸음을 옮기기는 했지만 제정신으로 걸어가는 게 아니었다.

밖에는 비가 억수같이 쏟아지고 있었다.

골목에는 차가 한 대 대기하고 있었다. 침침한 가로등 불빛이 마치 빗물을 타고 차 위로 쏟아지는 것처럼 보였다. 장미는 혹시나 해서 차 넘버를 머리 속에 새겨 넣었다.

먼저 쥐새끼가 뒷문을 열고 차 안으로 들어갔다. 말대가리가 장미의 손에서 책가방을 빼앗더니 그녀를 차 안으로 밀어 넣었다. 말대가리는 책가방을 길바닥에다 내던져 버린 다음 뒤따라 차에 올랐다.

"안 돼요! 가방 주세요!"

장미의 애처로운 부르짖음은 부르릉 하는 엔진 소리에 파묻혀 버리고 말았다.

운전석에는 또 한 사내가 앉아 있었다.

뒷좌석에서 두 남자 사이에 끼여 앉은 장미는 옴짝달싹할 수도 없었다.

"아저씨, 부탁이에요…… 집에 보내 주세요…… 부탁이에요…… 보내 주세요……"

장미의 울음 섞인 호소에 그들은 잠자코 웃기만 했다. 그들은 들은 체도 하지 않다가 장미가 더욱 거세게 나오자 그 중의 한 명이 팔꿈치로 그녀의 옆구리를 내질렀다. 장미의 얼굴이 고통으로 일그러지면서 입에서는 신음이 흘러나왔다.

"얌전히 있으란 말이야."

위협적인 한 마디에 장미는 더 이상 보내 달라고 애걸하지 않았다. 다시 얻어맞을까 봐 겁이 났던 것이다.
 갑자기 차 안에 음악이 울려 퍼졌다. 템포가 빠른 팝송이었다. 그들은 음악에 맞춰 어깨를 흔들어 댔다.
 차는 비를 헤치며 한참을 달려갔다. 한 명이 장미의 목을 끌어안고 얼굴을 밑으로 숙이게 했기 때문에 차가 어디로 가고 있는지 그녀는 감도 잡을 수 없었다. 그들은 그녀를 아예 그들의 무릎 위에 엎어 뉘었다. 목적지에 도착할 때까지 그렇게 누워 있으라는 말에 그녀는 구역질이 나는 것을 참으며 그대로 누워 있었다. 그녀는 지금 자신에게 엄습하고 있는 공포를 도저히 감내할 수 있을 것 같지 않았다. 그대로 가다가는 곧 죽어 버릴 것만 같았다.
 그녀가 정신을 차렸을 때 차는 숲 속에 들어와 있었다. 그녀는 차에서 끌어내려졌다. 비바람이 그녀의 얼굴을 후려쳤다.
 비바람에 나뭇가지가 부러질 듯 휘어진 채 몸부림치고 있었다. 저만치 아래로는 시커먼 강물이 흐르고 있는 것 같았다.
 그녀를 기다리고 있는 것은 호화로운 별장이었다. 별장 안에는 불이 환하게 켜져 있었다. 노랫소리와 함께 왁자지껄 떠드는 소리가 들려 왔다. 마치 무슨 잔칫집 같은 분위기였다.
 별장은 2층이었는데 붉은 벽돌로 지어져 있었다. 담쟁이덩굴이 전면을 뒤덮다시피 하고 있는 것으로 보아 지은 지 꽤 오래된 것 같았다.
 소녀는 떠밀려 안으로 들어가 거실에 세워졌다.
 거실에서 떠들고 있던 사람들이 일제히 움직임을 멈추고 그녀를 바라보았다.

"데리고 왔습니다."

쥐새끼같이 생긴 자가 거구의 사나이를 향해 허리를 굽혀 보였다.

"음……"

⊏자형의 긴 소파 중앙에 앉아 있던 거구의 사나이는 탁자 위에 벗어 놓아두었던 안경을 집어 들더니 그것을 코 위에 걸치고 장미를 바라보았다.

"이 앤가?"

"네."

"몇 살이지?"

"열여섯 살이랍니다. 중 3이라고 합니다."

"음, 됐어. 좋아!"

거구의 사나이는 만족한 듯 고개를 끄덕였다.

그는 훈도시만 찬 채 홀랑 벗고 있었다. 레슬러처럼 비대한 몸집의 사나이였다. 거대하게 튀어나온 배는 자기 무게에 못 이겨 밑으로 축 처져 있었다. 그는 멋지게 기른 콧수염 한쪽을 손가락으로 비비면서 장미의 몸을 뜯어보고 있었다. 눈이 너무 작아 감정이 엿보이지 않는 돌대가리 같은 인상이었다. 그의 겨드랑이 속에 인형같이 생긴 조그만 여자가 장식품처럼 끼여 있었다. 그녀는 실오라기 하나 걸치지 않은 알몸이었다.

그 양 옆으로 몇 쌍의 남녀들이 더 있었다. 그들은 거의 벗고 있었다. 수치심 같은 것도 거의 느끼지 못하고 있는 듯이 보였고 눈들은 꿈꾸고 있는 듯 게슴츠레한 빛이었다.

　탁자 위에는 양주병들이 놓여 있었고 주사기와 약병 같은 것들도 뒹굴고 있었다.

　"한 대 놔 줘, 꼼짝 못 하게 말이야."

　훈도시의 사내가 한 마디 하자 장미를 데려온 두 명의 남자가 그녀를 양쪽에서 붙잡았다. 앙탈하는 그녀를 깔고 앉아 한 놈이 어깻죽지를 잡아 찢었다. 녹색 물방울무늬의 옷이 찢겨져 나가면서 우윳빛 하얀 살결이 드러났다. 살결 속으로 주사 바늘이 뚫고 들어갔다.

　소녀의 입이 벌어지면서 가는 신음 소리가 새어 나왔다.

기다리는 밤

양미화(梁美花)는 안절부절못한 채 거실을 왔다 갔다 하고 있었다. 현관 쪽에 귀를 기울이기도 하고, 벽시계를 올려다보기도 하고, 창문을 통해 밖을 내다보기도 하면서 몹시 초조하고 불안한 모습을 보여 주고 있었다.

시간은 이미 7월 20일 자정을 넘기고 있었다.

그런데도 딸 장미는 집에 돌아오지 않고 있었다. 전화 연락도 없었다. 이런 일은 처음이었다. 무슨 사고가 났음이 틀림없다고 그녀는 직감했지만 어떻게 손을 써야 할지 몰라 무작정 딸이 돌아오기만을 기다리고 있었다.

처음에는 장미가 전화 한 통화 없이 늦도록 귀가하지 않고 있는 데 대해 어미 된 입장에서 자못 노여움을 품었지만 지금은 오로지 무사히 돌아오기만을 기다리는 마음뿐이었다.

양미화와 그녀의 남편 김종화(金鍾和)에게 있어서 장미는 하나밖에 없는 자식이었다. 그녀는 장미 하나만을 낳고 어쩔 수 없이 일찍 단산했던 것이다. 그들 부부는 물론 자식을 하나 더 낳기를 바랐지만 장미를 낳고 나서 왠지 더 이상 임신이 되지 않았다. 이상한 생각이 들어 병원에 가서 진찰해 보니 자궁에 근종(根腫)이 생겨 자궁을 들어내지 않으면 안 된다는 것이었다. 그래서 결국 그녀는 자궁을 들어내는 수술을 받지 않을 수 없게 되었던 것이다.

하나뿐인 딸에 대한 사랑은 어머니보다도 아버지 쪽이 더 지극해서 거의 병적일 정도의 애정을 보여 주고 있었다. 가정생활은 장미 중심으로 꾸며졌고, 그녀의 미래를 행복하게 만들어 주기 위한 투자에 전력을 기울이고 있었다.

때로는 남편의 그와 같은 병적인 애정에 미화는 질투를 느끼기도 했고, 그것 때문에 때로는 말다툼을 벌이는 일도 없지 않아 있었다.

밖에 나가 장미를 기다리던 양은화(梁銀花)가 비에 후줄근히 젖은 모습으로 들어왔다. 그녀는 미화의 친정 동생으로 방학을 맞아 형부가 없는 동안 언니네 집에 놀러 와 있었다.

"비가 굉장히 와요. 바람도 세차게 불고 있어서 우산도 소용이 없어요."

은화는 비에 흠뻑 젖은 머리를 타월로 닦으며 언니의 안색을 살폈다.

미화는 비바람 치는 창 밖 어둠 속을 두려운 눈으로 바라보았다. 귀여운 딸이 저 어둠 속 어디선가 울부짖고 있다고 생각하자 견딜 수가 없었다.

"언니, 형부한테 연락하세요."

"안 돼, 좀더 기다려 보고 나서……"

미화는 머리를 흔들었다.

김종화는 유명한 곤충 학자였다. 그는 여름 방학을 이용해 곤충 채집을 위해 울릉도에 가 있었다. 그가 숙소로 정해 놓은 여관의 전화번호를 미화는 알고 있었기 때문에 언제라도 남편과의 연락이 가능했다. 하지만 그녀는 가능한 한 남편에게 걱정을 끼치고 싶지 않았다. 남편이 마음 놓고 연구에 전념할 수 있도록 뒷바라지를 해 주는 것이 자신의 의무라는 것을 그녀는 잘 알고 있었다.

장미가 지금 이 시간까지 아무 연락 없이 집에 안 돌아오고 있다는 것을 알면 남편은 모든 일을 팽개치고 달려올 것이다. 미화는 남편에게 충격을 주고 싶지 않았다. 장미는 돌아올 것이다. 별일 없이.

"아무래도 이상해요. 경찰에 신고하는 게 좋겠어요."

은화가 다시 불안한 표정으로 말했다. 그녀는 대학 3학년 학생이었다. 그다지 눈에 띄는 미모는 아니지만 보면 볼수록 매력적인 데가 있는 아가씨였다.

"아침까지 기다려 봤다가 그 때까지도 안 돌아오면 경찰에 신고해야겠어."

미화는 법석을 떠는 것이 싫었다. 주위 사람들이 걱정해 주는 척하면서 호기심을 충족시키기 위해 몰려드는 것이 못마땅했다. 조용히, 될 수 있으면 조용히 해결하고 싶었다.

"전화라도 걸어 주면 얼마나 좋을까. 장미가 그 정도는 잘 알 텐데……"

"그럴 수 있는 상황이 아닌가 보죠."

"그럴 수 있는 상황이 아니라니, 그게 무슨 말이지?"

"전화를 걸 수 없으니까 연락이 없는 거겠지요. 그렇지 않고서야 이렇게 연락이 없을 수 있어요?"

미화는 전화를 걸 수 없는 상황을 생각해 보았다.

첫째는 유괴되었을 경우이다. 그녀는 그전에도 그런 경우를 생각하지 않은 게 아니었다. 장미가 너무 예쁘다 보니 혹시 나쁜 사람들한테 유괴되지나 않을까 항상 불안했던 것이다. 그런데 장미가 누군가에게 유괴되었다면 범인으로부터 흥정을 위해 협박 전화라도 걸려 와야 이야기가 된다. 그런 전화도 전혀 없지 않은가.

두 번째는 교통사고를 당했을 경우를 생각해 볼 수 있다. 교통사고를 당해 의식이라도 잃고 병원에 입원해 있다면 직접 집에 연락하기는 불가능할 것이다. 그러나 그런 경우라 하더라도 병원이나 가해자 측에서 환자에게 조금만 신경을 써 준다면 얼마든지 집에 연락을 취해 줄 수 있을 것이다. 장미의 소지품 중에는 학생증도 있을 것이고, 노트 같은 것에는 학교명과 학년, 그리고 이름도 적혀 있을 것이다. 병원이나 가해자 측에서 그것을 보고 학교로 연락하면 된다. 학교에서는 즉시 집으로 연락해 줄 것이다.

세 번째는 장미 스스로 가출했을 경우이다. 그녀 역시 사춘기의 소녀이기 때문에 그럴 가능성은 얼마든지 생각해 볼 수 있다. 그러나 장미의 가출이란 상상할 수도 없는 일이다. 아무리 생각해도 장미가 가출할 만한 이유는 없다. 그 애는 행복한 가정에서 풍요롭게 자란 티 없이 맑고 명랑한 소녀이다. 가출할 이유가 없는 것이다.

미화가 불안을 이기지 못해 그런저런 생각을 하고 있을 때 전화벨이 요란스럽게 울었다. 불길한 전화일 것만 같아 미화가 전화를 받기가 두려워 머뭇거리고 있자 은화가 냉큼 전화통 앞으로 달려가 수화기를 집어 들었다. 전화를 받고 난 그녀는 수화기를 언니에게 넘겼다.

"장미 담임선생님이에요."

미화는 두어 시간 전에 장미 담임선생님 댁에 전화를 걸었었는데 그는 마침 집에 없었다. 이제야 집에 돌아온 모양이다. 그를 집에 한 번 초대한 적도 있고 학교에도 두어 번 찾아갔기 때문에 미화는 강기수 선생을 잘 알고 있었다.

"전화를 하셨다구요? 웬일이십니까?"

혀 꼬부라진 소리로 말하는 것이 강 선생은 술에 많이 취한 모양이었다.

"저기…… 좀 난처한 일이 생겨서 전화를 걸었습니다. 밤늦게 죄송합니다."

"죄송하긴요. 무슨 일입니까? 장미한테 무슨 일이라도 생겼습니까?"

"장미가 학교에 갔다가 아직까지 집에 안 들어왔어요. 전화 연락도 없고요."

"네에? 아니, 그럴 수가……!"

강 교사는 깜짝 놀라는 것 같았다. 그는 장미를 유난히 귀여워하고 있었다. 그러나 그 도가 지나칠 정도여서 미화는 조금은 불안해하고 있었다.

"언제 학교에서 나갔나요?"

미화는 침착해 지려고 애쓰면서 조용히 물었다.

"오전 수업만 하고 모두 보냈습니다. 장미는 저한테 따로 와서 인사하고 갔습니다. 전에도 이런 일이 있었습니까?"

"전혀 없었습니다."

"걱정되시겠군요."

"친구들한테 알아보고 싶은데 전화번호를 몰라서 못 알아보고 있어요."

"제가 알아보겠습니다."

그의 혀 꼬부라진 소리는 이제 정상으로 돌아가 있었다. 강 교사는 미화의 말을 듣고 꽤나 놀란 모양이었다. 그는 영어 교사로 아직 총각인데다 미남이기 때문에 학생들 사이에 매우 인기가 좋았다.

"뭐 별일은 없을 겁니다. 경찰에는 연락하셨습니까?"

"아직 안 했어요. 좀더 기다려 보고 나서 하려구요."

"잠깐 기다려 주십시오. 제가 학생들에게 알아보고 다시 전화 드리겠습니다."

전화를 끊고 난 지 20분쯤 지나 강 교사로부터 다시 전화가 걸려 왔다. 그는 꽤 흥분해 있었다.

"장미와 마지막으로 헤어진 학생을 찾았습니다!"

"어떤 학생인가요?"

"마동희라는 학생인데 장미와 단짝입니다."

동희라면 미화도 잘 알고 있는 학생이었다. 공부도 잘하고 착실한 학생인데다 장미와 친하고 해서 호감을 가지고 있었다. 집에도 몇 번 온 적이 있는 학생으로, 이번 방학 때 장미가 그 애의 외가가 있는 제주도로 놀러 가겠다고 하도 졸라 대서 허락해 주기까지 했었다.

"동희라면 나도 잘 알고 있어요. 그렇지 않아도 그 애한테 연락해 보고 싶었는데 전화번호를 몰라서 전화를 못 걸고 있던 참이에요."

"동희하고 장미는 학교 앞에 있는 제과점에서 빙수를 하나씩 먹고 헤어졌답니다. 오늘 오후에 만나 영화 보러 가기로 약속하고 헤어졌답니다. 닥터 지바고를 보기로 했다는군요. 그 때가 오후 1시경이었다고 합니다."

"동희네 집하고 우리 집이 같은 방향인데 왜 애들이 거기서 헤어졌지요?"

동희가 집에 놀러 왔을 때 그녀는 잘 됐다 싶어 너희들 둘은 언제나 꼭 붙어 다녀야 한다고 신신 당부했었다. 함께 다니면 유괴범들의 접근을 막을 수 있지 않을까 해서였다.

"동희는 사촌 언니의 약혼식에 가 봐야 했답니다. 그런데 동희가 이런 이야기를 하더군요. 제과점을 나와 집에 가려고 하는

데 어떤 아주머니가 다가와서는 시골에서 올라왔는데 동생 집을 못 찾아 그런다면서 집을 좀 찾아 달라고 하더랍니다. 아기까지 업고 있는 아주머니가 불쌍해서 장미가 그만 혼자서 그 여자를 안내해 주기로 한 모양입니다. 함께 가고 싶었지만 동희는 약혼 식장에 가 봐야 했기 때문에 장미가 그 여자와 함께 택시를 타고 가는 것을 보기만 했답니다."

갑자기 가슴에 무엇인가 쿵 하고 부딪치는 것 같은 충격을 느끼고 미화는 비틀했다.

"동희 말로는 틀림없는 시골 여자였답니다. 여자가 눈물까지 흘리면서 도와 달라고 하는 바람에 그만 마음이 약한 장미가 뿌리치지를 못하고 안내해 준 모양입니다. 그런데 제 생각에는 바로 거기에 문제가 있는 것 같습니다."

"문제라니요?"

미화는 숨이 가쁘게 물었다.

"아직 확실한 건 잘 모르겠지만…… 그 과정에서 문제가 발생한 것 같습니다. 아무래도 동희를 만나 봐야겠습니다."

"유괴된 거예요. 그 순진한 것이……"

급기야 그녀는 울먹이는 소리로 말했다.

"그럴 리야 있겠습니까. 어린 애라면 몰라도 장미같이 다 큰 애를 어떻게 유괴하겠습니까?"

"아니에요, 그 애가 유괴된 게 틀림없어요! 요새 세상이 어떤 세상이라고 그 어리석은 것이 모르는 사람을 따라나서요. 지가 서울 지리를 얼마나 안다고 생판 모르는 사람을 안내하느냐 말이에요."

"사모님, 진정하십시오. 이럴수록 냉정하셔야 합니다. 날이 새는 대로 동희를 데리고 댁으로 가겠습니다. 그 때까지 기다려 주십시오."

"기다리겠습니다."

전화를 끊고 난 미화는 감정을 억제하지 못하고 바들바들 떨었다.

"언니, 왜 그래? 뭐라고 그래?"

은화가 놀라서 언니의 손을 움켜잡고 물었다.

"그 바보 같은 것이 어떤 여자를 따라갔대."

"따라가다니? 왜?"

은화가 눈이 휘둥그레졌다.

미화는 강 교사한테서 들은 내용을 울면서 이야기했다. 그러고 나서,

"장미는 유괴된 게 틀림없어. 그 시골 여자한테 속아서 따라간 거야."

라고 말했다.

그녀의 직감력은 확실히 놀라운 데가 있었다. 그녀는 강 교사한테서 그 이야기를 듣는 순간 자신의 딸이 유괴된 게 틀림없다고 생각했던 것이다. 그러나 그것은 어디까지나 그녀의 추측이지 확실한 사실은 아니었다. 사실이라면 분명하고 믿을 만한 증거가 필요했다.

"언니, 너무 비약해서 생각하지 마세요."

"비약이 아니야. 나한테는 직감적으로 오는 게 있어."

"장미가 어떤 애라고 유괴를 당해요? 그런 재수 없는 소리 하지 마세요."

"아니야, 아니야."

그녀는 절망적인 표정으로 고개를 흔들었다.

7월 21일, 강기수는 동희를 데리고 새벽같이 장미의 집으로 달려왔다.

동희는 마치 자신에게 책임이라도 있는 듯 잔뜩 겁먹은 표정으로 장미네 아파트로 들어섰다.

무엇보다도 급한 것이 동희로부터 자초지종 이야기를 듣는 일이었다.

동희는 훌쩍훌쩍 울면서 어제 있었던 일을 자세히 이야기했다. 이야기 사이사이에 미화와 강 교사가 질문을 던졌고, 그러면 그녀는 자기가 아는 한 숨김없이 이야기했다.

"……그리고 그 여자 동생이 언니를 집에까지 데려다 주면 3만 원을 주겠다고 했대요. 집이 비어서 나갈 수가 없으니까 꼭 좀 데려다 달라고 신신 당부했나 봐요."

돈 이야기가 나오자 미화와 강 교사는 아연 실색했다. 그것은 유괴의 가능성을 말해 주는 것이었다.

"그 아주머니는 장미가 아무리 동생 집으로 가는 지리를 설명해 줘도 자기는 하나도 못 알아듣겠다고 하면서 장미한테 매달렸어요."

"장미는 어느 쪽으로 갔지?"

"영등포 쪽으로 갔어요. 그 집이 영등포에 있다고 했어요. 장미가 아주머니한테 설명해 주는 것을 들었는데…… 영등포 로터리에서 차를 내려 가지고 H은행 쪽으로 가라고 했어요. 거기서 뭐라고 했는데 잘 기억이 안 나요. 영등포 로터리 부근에서 얼마 멀지 않은 것 같았어요."

장미가 시골 아낙에게 설명해 준 영등포 부근 지리를 동희도 곁에서 들었었다. 그렇다면 동희가 그 내용을 그대로 기억해 주기만 한다면 그 집을 찾을 수 있을 것이다. 그런데 동희는 그것을 제대로 기억해 내지 못했다. 세탁소, 담배 가게, 여관 등을 더듬다가 그녀는 입을 다물어 버리곤 했다. 그런 이름들이 방향도 없이 들먹여졌기 때문에 듣는 사람들로서는 더욱 답답할 수밖에 없었다.

동희의 이야기를 모두 듣고 난 미화는 두 손으로 얼굴을 감싸 쥐고 소리를 죽여 가며 흐느꼈다. 그것을 보고 은화도 동희도 따라 울었다.

눈물을 흘리지 않는 사람은 강 교사뿐이었다. 그는 그래도 남자였기 때문에 얼굴빛만 창백할 뿐 눈물까지 흘리지는 않았다. 그는 약간 뚱뚱한 체격에 둥그스름한 얼굴을 한 스물아홉 살의 청년이었다. 눈이 부리부리하고 코가 뭉툭한 것이 남성다운 모습을 하고 있었다.

미화는 오랫동안 흐느끼지는 않았다. 그녀는 이내 울음을 그치고 나서 강 교사를 바라보았다.

"선생님은 어떻게 생각하세요? 그 여자가 우리 장미를 유괴했다고 보지 않으세요?"

"네, 저도 그런 생각이 드는군요. 하지만 아직은 단정을 내리기가 어렵군요. 지금 경찰에 신고하시겠습니까?"

"경찰에 신고하기 전에 먼저 장미 아빠한테 연락을 해야 할 것 같아요."

"네, 그렇게 하십시오."

미화는 사색이 되어 수화기를 들고 교환에게 울릉도로 장거리 전화를 부탁했다.

전화를 부탁한 지 10분쯤 되어 울릉도가 나왔다.

"여보세요, 거기 갈매기 여관인가요?"

"네, 그렇습니다."

"거기 서울 손님들 중에 김종화 씨 좀 부탁하겠어요."

"잠깐 기다리세요."

잠시 후 낯선 남자의 목소리가 들려 왔다. 그는 김종화와 함께 울릉도에 간 일행 중의 한 사람인 듯했다.

"김 박사님은 아침 일찍 나가셨는데요."

상대방은 심드렁하게 말했다.

"언제쯤 돌아오실까요?"

"아마 저녁때나 돼서야 돌아오실 겁니다."

"급히 좀 연락할 수 없을까요? 집에 무슨 일이 생겨서 그러는데요?"

"뭐라고 말씀드릴까요?"

"별로 좋지 않은 일이에요. 연락이 닿는 대로 급히 집으로 전화를 걸어 주었으면 해요."

"알겠습니다. 저는 지금 몸이 좋지 않아서 누워 있는 상태입니다. 하여간 사람을 사서라도 연락을 취해 보겠습니다. 아마 빨리는 안 될 겁니다."

다음에 미화가 취한 행동은 보다 능동적인 것이었다.

그녀는 동생에게 집을 맡기고 직접 차를 몰아 영등포로 나갔다. 강 교사와 동희가 그녀와 동행했다.

영등포 로터리에서 차를 내린 그들은 H은행을 쉽게 찾을 수 있었다. 그러나 그뿐 더 이상 한 발짝도 앞으로 나갈 수가 없었다. 어디로 가야 할지 방향이 잡히지 않았던 것이다.

"실례합니다. 어제 혹시 이런 학생 보지 못했나요?"

미화는 아무 세탁소나 들러 장미의 사진을 내보였다.

길가의 담배 가게 주인한테도 여관 주인한테도 똑같은 질문과 함께 장미의 사진을 보여 주었다. 소득이 있을 리 없었다. 그러나 그녀는 거의 실성한 사람처럼 영등포 로터리 부근을 배회하면서 딸의 행방을 찾아다녔다. 강 교사와 동희도 열심히 그녀를 따라다녔다.

어제에 이어 그 날도 비가 내리고 있었다.

세 사람은 오전 내내 돌아다녔다.

밤을 꼬박 지새운 데다 어제 저녁부터 아무것도 먹지 않고 돌아다닌 터라 미화의 몰골은 말이 아니게 초라했다. 하룻밤 사이에 자신의 모습이 그렇게 변해 버린 데 대해 그녀는 자못 놀랐다. 그러나 그런 게 문제가 아니었다.

1시쯤에 미화는 공중전화 부스에 들어가서 집으로 전화를 걸어 보았다. 전화를 걸자마자 형부한테서 전화가 걸려 왔었다고 은화가 숨 가쁘게 말했다.

"이야기 했니?"

"네, 이야기 했어요."

"그랬더니?"

"언니가 들어오는 대로 전화를 걸어 달래요."

"그리고?"

"그리고는 아무 말씀 않고 전화를 끊었어요."

그럴 것이다 라고 미화는 생각했다. 남편은 충격적인 일 앞에서는 의외로 담담하다. 그는 놀라울 정도로 침착한 모습을 보여준다. 결코 허둥대거나 놀라는 모습을 보이지 않고 담담하게 사태에 대처한다.

급히 집으로 돌아간 미화는 울릉도의 갈매기 여관으로 전화를 부탁했다.

잠시 후에 남편의 목소리가 들려 왔다. 그 때까지 전화를 기다리고 있었던 모양이다.

"저예요."

미화는 그 말 한 마디밖에 할 수 없었다. 터져 나오는 울음을 손으로 틀어막고 가만히 있었다.

"처제가 한 말 정말이야?"

김종화는 또박또박 끊어지는 목소리로 물었다.

"네…… 어제 학교에 가서는…… 아직……"

그녀는 급기야 흐느끼기 시작했다.

"울지 말고 똑똑히 말해 봐. 어떻게 된 거야?"

"유괴된 것 같아요."

"협박 전화가 걸려 왔나?"

"아니오, 아직 그런 전화는 걸려 오지 않았어요."

"그럼 어째서 그런 말을 하는 거야?"

그녀는 자신이 장미가 유괴를 당했다고 생각하는 이유를 대강 설명했다.

잠자코 이야기를 듣고 난 김종화는,

"유괴라고 단정하지 마."

하고 말했다.

"경찰엔 연락했나?"

"아직 안 했어요. 당신한테 연락하고 말씀 듣고 나서 하려고 아직 안 했어요."

"당장 신고해. 나는 지금 갈 수 없어."

"왜요?"

"일기가 나빠 배가 뜰 수 없어."

그는 차갑게 말했다. 마치 남의 일이기나 한 것처럼…….

"그럼 언제 오시나요?"

"아직은 알 수 없어. 배가 뜨게 되면 연락하겠어. 저녁때 다시 전화 걸어 줘."

미화는 혼자 고도에 떨어진 기분이었다.

그녀의 집은 S경찰서 관할이었다.

미화와 강 교사는 동희를 데리고 S경찰서를 찾아갔다. 동희를 데리고 간 것은 어제 일어났던 일을 보다 상세히 설명해 주기 위해서였다.

경찰서는 거의 텅 비어 있다시피 했다.

"신고해 놓고 가십시오."

제복 차림의 경찰관이 남의 급한 마음은 아랑곳없이 사무적으로 말했다. 그는 더워 죽겠다는 듯이 수건으로 연방 얼굴에 흐르는 땀을 닦고 있었다. 밖에는 비가 내리는데도 실내는 몹시 무더웠다.

돌아오지 않는 소녀

끝없는 기다림은 침묵을 몰고 온다.

대화를 나눈다는 것이 얼마나 쓸모없는 짓인가를 자각한 그들은 벌써부터 침묵 속으로 빠져 들고 있었다. 입을 다문 채 그들은 소식을 기다리고 있었다. 그 기다림은 고통이었다. 무서운 고통이었다.

무거운 침묵으로 집 안에는 질식할 것 같은 정적이 감돌고 있었다. 모두가 기침 소리 하나 내는 것까지 삼가고 있었다.

형사가 장미의 집에 찾아온 것은 오후 4시경이었다. 그 형사는 파출소에서 나온 듯싶은 정복 경관의 안내를 받으며 집 안으로 들어섰다.

집 안에 있던 사람들은 말없이 그 형사를 맞았다.

그는 집 안의 분위기가 너무도 무겁게 가라앉아 있고 거기에 있는 사람들이 하나같이 비탄에 잠겨 있는 것을 보고는 상당히 망설이는 눈치를 보였다.

나이는 마흔 안팎으로 보이는 사나이였는데, 그가 형사라는 것은 형사라고 인쇄된 명함을 받고 나서야 알 수 있었다. 그만큼 그는 전혀 형사 같지 않은 아주 평범한 사람의 모습을 하고 있었던 것이다.

뭐라고 할까. 하여간 그 형사의 모습은 그달그달 월급을 받고 살아가는 일반 직장인 같지가 않았다. 뿌리 없이 직업도 없이 대도시의 골목을 흘러 다니는 백수건달 같은 많은 실직자들 가운데 한 사람 정도라고 하면 옳은 표현일까. 아무튼 그는 차림새나 몰골이 그 정도로 초라해 보였고 몹시 피로에 젖어 있는 모습이었다.

그를 맞은 사람들은 그의 초라한 몰골을 보고 그만 적지 않게 실망하고 말았다. 그의 차림새나 생김새로 보아 형사 같지도 않을 뿐 아니라 도저히 이런 사건을 해결할 것 같지가 않았던 것이다. 모두가 한결같이 도대체 이런 사람이 어떻게 장미를 찾아 낼 수 있단 말인가 하고 한심스럽게 생각했던 것이다.

양미화는 형사가 준 명함을 새삼스럽게 다시 한번 자세히 들여다보았다. 거기에는

'S경찰서 수사과 형사 여봉우'

라고 되어 있었다.

여봉우(呂鳳宇)는 수사과 형사계 소속으로 강력 사건을 맡고 있었다. 그의 동료들은 그의 이름에서 '봉' 자를 빼고 그를 '여우' 라고 부르고 있었다. 그만큼 그는 여우같은 사나이였다. 일단 수사에 임해서는 여우같이 민첩하고 교묘한 데가 있었다. 겉

으로 보기에는 전혀 그렇지 않은데 수사에 임해서는 여우같은 솜씨를 발휘하고 있었다.

그런데 그의 참다운 실력을 모르는 피해자 측 사람들은 그의 겉모습만을 보고는 경찰의 처사에 적이 실망하고 내심 분노를 느끼고 있었던 것이다. 그들이 분노를 느낀 것은 장미의 실종 신고를 한 지 2시간이 훨씬 지난 뒤에야, 그것도 형사라고 보낸 것이 너무도 볼품없는 한심하게 생긴 사람이었기 때문이다. 그러니까 그들은 경찰의 처사를 너무도 성의 없는 것이라고 생각했던 것이다.

형사다운 날카로움은 전혀 느껴지지 않는, 피곤에 젖은 듯한 선량한 두 눈이 거실에 앉아 있는 사람들을 가만히 바라보다가 이윽고 양미화의 얼굴 위에 멎었다.

"김장미 양의 어머니 되십니까?"

부드러운 눈빛이라고 생각했는데 속을 꿰뚫어 보는 것같이 깊은 투시력이 느껴졌다.

양미화는 너무 울어서 퉁퉁 부은 눈을 손으로 문지르면서 고개를 끄덕였다.

그는 실종 사건 경위를 대충 묻고 나서 미화의 답변에 귀를 기울였다.

"장미 양은…… 과거에 외박 같은 걸 한 적이 없습니까?"

마치 담소하듯이 조용한 목소리였다.

"없어요."

미화는 가까스로 알아들을 수 있을 정도의 조그마한 목소리로 대답했다.

"과거에 가출한 적은 없습니까?"

"없어요!"

미화가 갑자기 격하게 말했기 때문에 모두가 깜짝 놀라 그녀를 쳐다보았다.

그녀는 숨을 가쁘게 몰아쉬면서 원망스러운 눈으로 형사를 쏘아보았다. 미화의 충혈된 두 눈에서 뜨거운 눈물이 막 넘쳐흐르고 있었다.

"미안합니다."

그렇게 말은 하면서도 형사의 얼굴에는 전혀 표정이 없었다. 앙상한 턱에는 수염이 거뭇거뭇 자라고 있었다.

"우리 장미는 그런 애가 아니에요. 절대 가출 같은 거 할 애가 아니에요."

벽 한쪽에는 장식장이 놓여 있었는데 거기에 장미의 모습을 찍은 사진 액자가 하나 놓여 있었다. 그것은 책 한 권 크기의 액자였고 사진은 컬러로 찍은 것이었다.

여 형사의 눈이 장미의 사진 위에 한참 머물렀다. 표정이 없던 그의 얼굴에 작은 동요가 이는 것 같았다. 그러나 그것은 워낙 순간적으로 일었다가 사라졌기 때문에 아무도 그 눈치를 채지 못했다.

액자 속의 소녀는 미소를 띤 채 이쪽을 바라보고 있었다. 푸른 바다를 배경으로 줄무늬 티셔츠를 입은 모습으로 서 있는 모습을 찍은 사진이었는데 너무도 예쁜 그 모습에 형사는 그만 현기

증을 느낀 것 같았다.

"이 학생이 장미 양입니까?"

형사는 손을 뻗어 액자를 집어 들며 물었다.

장미의 어머니는 고개를 끄덕여 보이다가 손수건으로 입을 막았다.

"아주 예쁘게 생겼군요."

형사는 무심코 한 말인 것 같았는데 그 말을 들은 미화는 기어코 울음을 터뜨리고 말았다. 울음소리를 내지 않으려고 손수건으로 입을 틀어막은 채 격하게 어깨를 떨어 대는 그녀를 말리려다가 그녀의 동생인 은화도 끝내 흐느끼고 말았다. 장미의 친구인 동희는 엉엉 소리 내어 울었다. 장미의 담인 교사인 강기수도 눈시울을 붉히며 고개를 돌렸다.

여봉우 형사는 장미의 사진을 도로 제자리에 올려놓은 다음 한 손으로 턱을 괸 채 여자들이 울음을 그치기를 끈질기게 기다렸다.

여자들의 울음이 기의 가라앉을 때쯤 담인 선생인 강 교사가 입을 열었다.

그는 자기가 장미 양의 담인 교사라고 여 형사에게 소개를 한 다음 장미가 얼마나 우수한 학생인가에 대해 이야기하기 시작했다. 그의 입에서 '1등'이라는 말이 여러 번 나왔다. 학교 공부는 물론 다방면에 걸쳐 다재다능한 수재라고 그는 거침없이 말했다. 학교와 집에서 잘 밀어 주기만 하면 무한히 뻗어 나갈 수 있는 소녀라고 힘주어 강조했다. 그 말끝에 강 교사는 경찰이 책임지고 어떻게든 하루빨리 장미를 찾아내야 한다고 못 박았다. 그가 그런 말을 하는 동안 장미의 어머니는 더욱 비통하게 흐느껴 울었다.

여 형사는 여자들의 울음소리에 질린 듯 소파에서 일어나 베란다로 나갔다. 그리고 한참 동안 베란다에 서서 비 오는 것을 보고 있다가 여자들이 울음소리가 그치자 그제서야 거실로 도로 들어왔다.

"이 학생이 어제 장미 양과 마지막까지 함께 있다가 헤어졌던 마동희 양입니다. 장미하고는 단짝이지요."
라고 강 교사가 말했다.

형사의 부드러운 시선이 동희의 얼굴에 머물렀다.

동희는 재빨리 눈물을 훔치며 몸을 도사렸다.

"그게 정말인가?"

형사는 그녀에게서 눈을 떼지 않은 채 물었다.

"네, 저하고 함께 있다가 헤어졌어요."

"어떻게 헤어졌는지 좀 자세히 말해 볼까?"

동희는 더듬거리며 어제 오후에 있었던 일을 비교적 상세히 이야기했다.

형사는 짧게 묻고 길게 들었다. 가능한 한 상대방으로 하여금 많은 말을 할 수 있게끔 기회를 만들어 주었다. 그는 동희가 이야기하는 동안 고개를 숙인 채 수첩에다 무엇인가 열심히 적었다. 바로 그 점이 그를 주시하고 있는 사람들에게 그가 보기보다는 성실한 형사라는 인상을 심어 준 것 같았다.

"장미가 타고 간 택시 번호를 혹시 기억하고 있나?"

동희는 눈을 깜박거리다가 택시 번호를 모르겠다는 듯 고개를 흔들었다.

"대강만이라도 기억할 수 없어?"

모두가 안타까운 눈으로 소녀를 바라보았지만 그녀의 반응은 시원치가 않았다.

"번호를 눈여겨보지 않았기 때문에 잘 모르겠어요."

사실 어제 장미가 그 시골 아주머니와 함께 택시를 타고 떠날 때 동희는 장미한테 열심히 손을 흔들어 주느라고 자동차 번호 같은 것에는 조금도 신경을 쓰지 않았던 것이다.

"좋아. 그럼 택시 색깔은 기억하고 있겠지?"

"네, 기억하고 있어요. 초록색 택시였어요."

동희는 처음으로 또렷한 어조로 말했다.

"운전사의 얼굴을 기억할 수 있을까?"

"잘 모르겠어요."

그녀는 힘없이 중얼거리고 나서 열심히 머리를 쥐어짰다. 답답할 정도로 자신의 관찰력이 둔하다는 사실에 그녀는 어쩔 줄을 몰랐다.

"서두르지 말고 천천히 잘 한번 생각해 봐요. 그 택시 운전사의 특징 같은 게 있을 것 아니야. 안경을 끼었다든지 이빨이 빠졌다든지……"

그의 말이 채 끝나기도 전에 동희는 소리쳤다.

"이제 기억나요! 안경을 끼고 있었어요!"

한숨 소리가 여기저기서 들려 왔다.
"나이가 많은 사람이었나, 적은 사람이었나?"
형사는 여전히 무표정하게 물었다.
"나이가 많아 보였어요."
이 정도라면 그 운전사를 찾을 수 있겠다고 형사는 생각했다. 시간이 좀 걸리겠지만 그 운전사를 찾아내는 것이 가능하다는 생각이 들었다.
"유괴된 게 틀림없죠?"
미화가 참을 수 없다는 듯 끼어들었다.
그러나 형사는 아무 반응도 보이지 않았다.
"유괴된 게 틀림없어요. 애가 너무 예쁘다 보니까 이런 일이 일어난 거예요. 그 애를 기르면서 한시도 마음이 놓일 때가 없었어요. 이럴 줄 알았으면 못생긴 애를 낳을걸……"
형사는 생긴 모습까지 조절해 가면서 애를 낳을 수 있게 되면 정말 큰일이라는 생각을 했고, 미화는 또 울었다.
"아직 뭐라고 단정을 내릴 수는 없습니다. 그 동안 협박 전화 같은 걸 받으셨나요?"
"받지 못했어요."
바로 그 때였다. 마치 그들의 말소리를 엿듣기나 한 듯 전화벨이 요란스럽게 울렸다.
미화는 울음을 그치고 재빨리 수화기를 움켜쥐었다.
"여보세요!"
"엄마…… 저예요…… 장미예요."

그 소리는 아주 먼 곳에서 아득히 들려오는 소리 같았다. 그리고 그녀의 목소리는 금방 꺼져 가는 생명처럼 약하디 약하게 들려 왔다.

"장미야! 거기 어디니!? 왜 집에 안 들어오는 거니!?"

미화가 발작적으로 외쳐 대는 바람에 사람들이 소스라치게 놀랐다.

"장미야! 장미야! 거기 어디니!? 빨리 말해 봐! 거기 어디냔 말이야!?"

장미의 어머니는 울부짖고 있었다.

그러나 들려오는 소리는 장미의 끊어질 듯 말 듯 이어지는 흐느낌뿐이었다.

"엄마…… 엄마…… 난 집에 갈 수 없어…… 집에 갈 수 없어…… 엄마가 보고 싶어…… 엄마…… 나 기다리지 마…… 엄마…… 잘 있어…… 무서워…… 엄마…… 나를 데려가 줘…… 무서워 죽겠어…… 엄마…… 엄마…… 나를 구해 줘…… 엄마……"

"장미야! 장미야! 그게 무슨 소리니!? 어디 있는지 알아야 구해 줄 거 아니야!? 지금 있는 데가 어디니!? 말해 봐! 거기가 어디야!?"

전화 끊어지는 소리가 찰각하고 들려 왔다.

미화는 미친 듯 딸의 이름을 부르며 울부짖다가 가슴을 쥐어뜯으며 까무러쳤다.

S경찰서 형사 2반은 강력 사건만을 맡아 왔기 때문에 강력반이라고도 불린다. 강력반 구성원은 모두 열 명인데 하나같이 베테랑 형사들이다.

여봉우 형사가 본서에 돌아와서 장미 실종 사건에 대해 첫 번째 보고를 올린 것은 그 날 오후 6시경이었다. 6시경이면 특별한 일이 없는 한 모든 형사들이 돌아와 그 날 하루의 수사 결과를 보고한다.

"…… 여러 가지 점으로 비추어 볼 때 아마도 유괴된 것 같습니다. 그 학생이 걸어 온 전화 내용으로 보아 어디에 억류되어 있는 것 같습니다."

그의 말이 끝나기가 무섭게 형사 계장이,

"큰일 났군, 큰일 났어."

하고 큰 소리로 말했다.

"엎친 데 덮친 격인데요."

형사 2반 반장이 걱정스런 표정으로 그의 말을 받았다.

그도 그럴 것이 강력반은 지금 관내에서 두 건의 살인 사건이 발생한 바람에 반원 전원이 눈코 뜰 새 없이 돌아가고 있는 판이었다. 그런데 그것들이 채 해결도 되기 전에 이번에는 장미 양 유괴 사건이 발생한 것이다. 그러니 그들이 걱정하는 것도 무리는 아니었다.

"세상이 어떻게 되려나? 도대체 왜 이 모양이지? 왜 자꾸만 이런 사건이 발생하는 거지?"

계장이 투덜거렸고 반장은 이맛살을 찌푸리며 손가락으로 책상을 문질러 댔다. 나머지 형사들은 벙어리라도 된 듯 피곤한 표정으로 담배 연기만 뿜어 대고 있었다.
"바로 이 학생입니다."
여 형사는 봉투에서 장미 양의 사진 한 장을 꺼내 계장에게 내밀었다.
그것은 장미네 집 장식장에 놓여 있던 사진이었는데 여 형사가 장미의 어머니에게 양해를 구하고 빌려 온 것이었다. 그는 사진을 여러 장 뽑기 위해 필름도 빌려 왔다.
"야아, 아주 예쁘게 생겼군. 그대로 자라면 정말 최고의 미인이 되겠는데!"
계장의 말에 모두가 그쪽으로 시선을 집중했다. 미인이라는 한 마디에 모두가 정신이 번쩍 드는 모양이었다. 사실 그 한 마디는 피로가 풀리는 말이라고 할 수 있었다.
"정말 예쁘군요."
반장도 사진을 보고는 똑같은 말을 했다.
사진이 한 바퀴 도는 데는 상당한 시간이 걸렸다. 사진의 주인공이 밉상이었다면 거들떠보지도 않았을 텐데 예쁘다 보니 그것을 한참씩 들여다보게 되었고 그래서 시간이 많이 걸릴 수밖에 없었다.
"뭐 하는 집안이지?"
반장이 물었다.
"장미 양 아버지는 대학 교수랍니다. 지금 울릉도에 가 있는데 날씨 때문에 배가 뜨지 않아 못 오고 있답니다."

여 형사는 사건 경위에 대해 동희에게서 들은 바대로 하나도 빼지 않고 이야기했다.
 이야기를 듣고 난 반장이,
 "낚시에 걸렸군. 쯧쯧……"
하면서 이맛살을 찌푸렸다.
 "낚싯밥이 요새 유행이야."
 나이 든 형사 하나가 중얼거렸다.
 "그게 무슨 말이죠?"
 여 형사는 그 늙은 형사와 반장을 번갈아 쳐다보았다.
 "바로 그 시골 아낙한테 이 학생이 속아서 끌려간 거야. 요새 서울에서 그런 사건이 심심치 않게 발생하고 있나 봐. 반반한 애들을 그런 식으로 꾀어다가 시장에 내놓고 팔아먹는 거야. 물건처럼 말이야."
 반장은 이미 사건 내용을 파악해 버린 듯 거침없이 자신의 생각을 말했다.
 여 형사는 사창가의 인육시장을 생각했다. 그 곳이야말로 가장 접근하기 싫은 곳이었다.
 "그렇게 끌려간 애들은 찾기가 어려운가요?"
 "거의 불가능해. 제 발로 도망쳐서 돌아오기 전에는 말이야. 그렇다고 경찰이 무한정 그 애들만을 찾아다닐 수도 없는 일 아니야. 강력 사건이 계속 빈발하고 있는데 말이야."
 맞는 말이었다.
 "아까운 앤데……"

형사들의 손을 한 바퀴 돈 사진을 계장이 다시 한 번 들여다보면서 중얼거렸다.

"정말 아깝습니다."

여 형사는 가슴이 저려 오는 것을 느끼며 말했다.

"아까워도 하는 수 없지."

반장이 체념 조로 말했다.

"그래도 찾는 데까지는 찾아야 하지 않습니까?"

여 형사는 계장과 반장을 번갈아 쳐다보았다.

반장은 어깨를 으쓱했다.

"잘 알고 있으면서 왜 그래? 인원이 없어. 거기에 매달릴 인원이 없어."

그것은 사실이었다. 형사들은 벌써 일주일이 넘게 집에도 못 들어가고 있는 판이었다. 그만큼 그들은 정신없이 돌아가고 있었던 것이다.

나머지 형사들은 관심이 없다는 듯 가만히 앉아 있었다. 그들의 표정에서 여 형사는 거부의 뜻을 읽을 수가 있었다. 그러나 여 형사는 왠지 그들에게 호소하고 싶은 기분이었다.

"저 혼자라도 맡아 보겠습니다. 모두 바쁠 테니까, 그렇다면 제가 혼자서 장미 양을 찾아보겠습니다."

"우리 팀에서는 한 명도 차출할 수 없어."

반장이 딱 잘라 말했다.

아무도 그 사건을 맡겠다고 자진해서 나서는 사람이 없었다.

"여 형사가 초조해 하는 걸 보니까 그 애한테 단단히 반한 모양이지?"

짓궂은 형사 하나가 그렇게 말하는 바람에 모두가 킬킬거리고 웃었다. 그러나 여봉우 형사는 얼굴에 아무 표정도 나타내지 않았다. 그는 계장에게 말했다.

"한 사람만 차출해 주십시오."

"한 사람이면 되겠나?"

계장이 넌지시 물어 왔다.

"네, 한 사람만 붙여 주십시오."

"그렇다면 수사계에 의뢰해 봐야겠군."

수사계 직원들은 벌금형 정도의 사소한 사건들을 처리한다. 소재 수사를 하기도 하고 사건을 검찰에 송치하기도 한다. 그들이라고 한가한 것은 아니다.

그런데 정작 여 형사와 함께 일하게 된 사람은 조사계 직원이었다. 수사계에서 마땅히 차출할 사람이 없어서 하는 수 없이 조사계에서 한 명을 빼낸 것이다. 조사계는 고소나 고발 사건 따위를 처리하는 부서였다.

"안녕하십니까? 조사계의 지치수입니다."

함께 일하게 될 조사계 직원이 여 형사를 찾아와서 꾸벅 하고 고개를 숙이기에 보니 지 형사는 처음 보는 얼굴이었다. 아주 젊은 친구였다.

"어? 처음 보는데……"

"네, 어제 처음 이 곳으로 왔습니다."

지치수(池治洙)는 그 동안 파출소에만 근무하다가 본서로 들어오게 되었다고 말했다. 키가 크고 몸집도 좋아 보였다. 얼굴은 둥그스름한 것이 무골호인 같은 인상이었다. 꽤나 애를 먹이겠구나 하고 여 형사는 생각했다. 하지만 없는 것보다는 나을 것이라고 생각을 고쳐먹었다.

"아주 젊어 보이는데…… 결혼은 했나?"

"아직 못 했습니다."

그는 멋쩍은 듯 머리를 긁었다.

"몇 살이지?"

"서른한 살입니다."

"고생깨나 할 텐데 괜찮겠어?"

"네, 얼마든지 괜찮습니다."

치수는 자신 있게 말했다.

"우선 택시 회사들을 뒤져야 해."

여 형사는 앞으로 수사해야 할 사건에 대해 조사계 직원에게 설명하기 시작했다.

밤이 되어서도 비는 여전히 내렸다.

대충 설명을 끝낸 여 형사는 지치수를 데리고 경찰서를 나와 가까운 설렁탕 집으로 향했다.

거기서 설렁탕을 먹으면서 여 형사는 앞으로 조사해야 할 부분에 대해 젊은 형사에게 이야기해 주었다.

"이 사진을 보라구. 우리가 이제부터 찾아야 할 소녀야. 중학교 3학년 여학생이지."

여 형사가 꺼내 준 사진을 들여다본 지치수는 장미의 미모에 놀란 듯 눈을 크게 떴다.

"귀엽게 생겼군요."

"음, 그래. 아주 예쁘게 생긴 학생이야. 지금 중학교 3학년 학생이야. K여중에 다니고 있지. 그 애 아버지는 대학 교수야. S대 교수라는데 곤충 학자래. 지금 울릉도에 가 있는데 날씨 때문에 배가 뜨지 못해 못 돌아오고 있나 봐."

"이런 애를 유괴하다니 나쁜 놈들 같으니!"

지치수의 얼굴이 벌겋게 달아올랐다. 지 형사는 보기보다는 다혈질인 것 같았다.

"이건 그 사진 필름이야. 식사 끝나는 대로 그 필름을 사진관에 맡겨. 한 스무 장 뽑아 달라고 해."

"스무 장이나요?"

여 형사는 답답한 듯 젊은 형사를 묵묵히 바라보다가 숟가락을 들었다.

어두운 거리

"빌어먹을…… 웬 비가 이렇게……"

여우는 투덜거리며 건널목에 서서 로터리를 바라보았다.

7월 22일, 아침부터 비가 많이 오는 바람에 교통 체증이 말이 아니었다. 영등포 로터리에는 차들이 빽빽이 들어차서 도대체 움직이려고 들지를 않고 있었다.

베이지색의 신형 국산차가 아슬아슬하게 다른 차들을 스치면서 그가 서 있는 앞으로 미끄러져 들어왔다. 그 차는 건널목을 숫제 가로막아 버린다.

운전석에는 선글라스를 낀 젊은 여자가 껌을 짝짝 씹으며 앉아 있다. 부메랑 스타일의 퍼머 머리가 흡사 까치집 같다. 담배를 꼬나물더니 라이터를 찰칵 켜서 불을 붙인다. 건방진 년, 비 오는 날 선글라스는 왜 끼고 있지. 얼굴이 반반하게 생긴 것 하며 거기서 풍기는 것으로 보아 여자는 요정의 접대부 같았다. 요즘엔 피땀 흘려 돈을 벌기보다는 웃음과 몸을 팔아 팁을 우려내려는 젊은 여자들이 독버섯처럼 늘어나고 있었다. 밤의 꽃들은 낮에 운전을 배우고, 그리하여 팁을 모아 자가용을 사고, 마치 출세를 한 양 한껏 멋을 부리며 차를 몰고 다닌다.

그는 구토를 느끼며 미간을 찌푸린다. 아내의 찌들린 얼굴이 떠오른다. 아이들의 못생긴 얼굴이 보인다.

그는 건널목에 들어서 있는 차량들 사이를 누비며 길을 건너갔다.

길을 건너서 왼쪽 편으로 조금 걸어가자 H은행 영등포 지점이 있었다. 장미의 친구인 마동희 양을 통해 얻어들은 지점이었다. 이 지점에서 동희 양의 기억력은 단절되고 말았다.

어디로 갔을까. 두리번거리던 그의 시선은 자연 사창가 쪽으로 향했다. 그는 다시 길을 건너갔다.

사창가라고 할 수 있는 지역은 상당히 드넓다. 그리고 음습한 곰팡이처럼 퍼져 나가고 있기 때문에 그 지역에 대해 선을 긋기가 매우 모호하다.

좁은 골목으로 들어섰다.

처마가 낮은 블록 집들이 서로 이마를 맞대고 골목 위로 빗물을 흘려 내리고 있었다. 마치 불쌍한 창녀들의 눈물과도 같은 빗물을……

비가 오기 때문인지 골목에 사람이 보이지 않는다.

커브를 돌자 미니스커트 차림의 아가씨가 비닐우산을 받쳐 든 채 처마 밑에 서 있었다. 열댓 살 정도밖에 안 돼 보이는 앳된 얼굴이 짙은 화장으로 얼룩져 있다. 빨간 티셔츠 위로 가슴이 불룩하게 솟아 있다.

"아저씨, 놀다 가세요."

아무렇지도 않게 말하면서 그에게 다가선다.

아침부터 사창가에 들어선 남자라면 그 목적이 물어 보나마나 뻔하다. 어린 창녀는 그의 팔짱을 끼었다.

"놀다 가세요. 잘 해 드릴게요."

어린 것이 무얼 잘 해 주겠다는 것인지.

그가 머리를 흔들어도 어린 창녀는 팔을 놓지 않는다.

"놀다 가세요. 싸게 해 드릴게요."

그를, 가진 돈이 별로 없는 실업자쯤으로 짐작한 모양이다. 싸게 해 주겠다니 말이다.

"얼마?"

"5천 원만 내세요."

"좋아."

"이리 따라오세요."

그는 어린 창녀를 따라 꼬불꼬불 이어진 좁은 골목길을 걸어갔다.

그녀는 어느 블록 집으로 들어갔다.

조그만 방들이 다닥다닥 붙은 집이었다.

둘이 누우면 딱 알맞을 것 같은 좁은 방 안에 들어가자 그는 숨이 막힐 것만 같았다.

"화대 주세요."

창녀가 손을 내밀었다. 조그만 손이었다. 그 손에 오천 원짜리

지폐 한 장을 쥐어 주자 그녀는 잽싸게 밖으로 나갔다가 다시 들어오더니 훌렁훌렁 옷을 벗었다. 조금도 스스럼없이 그렇게 옷을 모두 벗은 다음 그를 빤히 쳐다본다.

그는 벽에 기대앉아 멍하니 그녀의 벌거벗은 몸을 바라보고 있었다. 여자의 나체를 보고서도 조금도 흥분을 못 느끼는 자신이 왠지 이상하게 생각되었다. 흥분을 느끼기는커녕 마음은 싸늘하게 식어 가고 있었다.

"뭘 그렇게 쳐다보세요?"

그녀가 허리를 틀면서 한쪽 다리를 흔들었다. 그래도 그가 멍청하게 쳐다보기만 하자 짜증스럽다는 듯이 그를 재촉했다.

"아이, 빨리 벗으세요. 시간 없어요."

"됐어, 옷을 도로 입어."

"왜요?"

그녀는 요 위에 벌렁 드러누워 천장을 바라본다.

"옷을 도로 입으라니까."

"싫어요, 더워요."

"그럼 할 수 없지."

그는 담배를 피워 물면서 창녀의 몸을 내려다보았다. 앳된 얼굴과는 반대로 그녀의 몸은 시들어 있었다. 마치 피다 말고 비에 젖어 떨어진 꽃송이처럼.

"저도 담배 한 대 줘요."

"담배도 피우나?"

"전 골초예요."

그는 한숨을 내쉬며 담배 한 개비를 그녀의 두꺼운 입술 사이에 꽂아 주고 불까지 붙여 주었다.

어린 창녀는 담배를 빨아들였다가 천장을 향해 기분 좋게 담배 연기를 뿜어 올렸다.

언뜻 보기에 그녀는 자신의 불행한 처지에 둔감하거나 별로 관심이 없는 것처럼 보였다. 마치 우리 속에 갇힌 돼지처럼. 그러나 가만 보니 그게 아니었다. 둔감한 것 같기도 하고 무관심해 보이는 것 같기도 한 그런 표정은 자포자기와 체념에서 비롯된 것 같았다.

"안 할 거예요?"

그녀가 한쪽 무릎을 세우며 물었다. 나이가 어린 탓인지 그녀의 음모는 조금밖에 자라 있지 않았다.

"음, 하고 싶지 않아."

"참 이상하다. 그럼 왜 들어왔어요?"

그녀가 몸을 엎드렸다. 둥그스름한 엉덩이가 보기 좋았다.

"뭐 하나 알아볼 게 있어서 왔어."

그는 품속에서 사진을 꺼내 그녀에게 보였다.

"이 학생 본 적 없어?"

사진을 받아 든 그녀는 눈을 크게 떴다.

"어머나, 참 예쁘다!"

"그래, 아주 예뻐. 본 적 없어?"

"아뇨."

그녀는 사진에서 눈을 떼지 않은 채 머리를 흔들었다.

"나도 한번 이만큼 예뻐 봤으면 좋겠다. 이 아가씨 누구예요? 아저씨 딸이에요?"

"아니, 어느 귀한 집 딸인데 이 곳으로 붙잡혀 왔다는 말을 듣고 찾으러 온 거야. 난 형사야."

"어머나!"

그녀가 놀라서 상체를 일으키려는 것을 여우는 어깨를 눌러 제지했다.

"그대로 가만 누워 있어."

그는 새 담배에 불을 붙였다.

"너 이름이 뭐지?"

"명자요."

"성은?"

"서가요."

어느 새 그녀의 표정은 굳어 있었다.

"이 학생의 이름은 장미야. 김장미. 지금 중학교 3학년 학생이야. 어린 학생이 이런 데서 인생을 망치면 되겠어? 찾을 수 있게 협조해 줘."

"몰라요, 제가 어떻게……"

그녀는 완강히 머리를 흔들었다. 그리고 의심스럽다는 듯이 그를 쳐다보았다.

"아저씨, 정말 형사예요?"

여봉우의 몰골이 초라한 것이 아무리 봐도 형사 같지가 않은 모양이다.

"믿지 않아도 좋아."

"어디, 증명 좀 봐요."

그녀가 턱을 내밀었다.

"너한테까지 그런 걸 보이고 싶지는 않아."

"피이, 형사도 아니면서 형사라고……"

"어떻게 하면 이 학생을 찾을 수 있을까?"

"그걸 제가 어떻게 알아요!"

"그러지 말고 도와 줘."

"모르는 걸 어떻게 도와 줘요?"

"정말 그럴 거야?"

부드럽던 눈빛이 갑자기 차갑게 변했다. 어린 창녀는 몸이 얼어붙는 것 같았다.

"정말 몰라요."

"그럼 알아볼 수는 있겠지?"

"제가 어떻게……"

"수소문해서 알아보란 말이야. 아무것도 모르는 어린 소녀들을 꾀어 가지고 데리고 오는 아주머니가 있다고 들었어. 장미도 그 여자 손에 걸려서 이 곳에 끌려왔단 말이야."

"이 골목에 들어온 게 틀림없어요?"

"이 골목인지 저 골목인지는 몰라도 하여간 이 일대 어딘가에 끌려 온 것은 분명해."

"그래 가지고는 못 찾아요. 몸 파는 아가씨가 어디 한둘인가요, 뭐? 일단 여기 들어오면 찾는 건 불가능해요."

그녀는 어림없는 소리 하지도 말라는 듯 머리를 설레설레 흔들었다.

"웃기지 마, 얼마든지 찾아 낼 수 있어. 사람이 사는 곳에서 왜 사람을 못 찾아 내? 찾아 낼 수 있어. 명자가 협조만 해 주면 찾아 낼 수 있어."

"전 자신 없어요."

"만일 명자가 협조만 해 주면…… 내가 책임지고 명자를 여기서 빼내 주겠어."

그녀는 발딱 상체를 일으켜 세웠다.

"정말이에요!?"

"정말이야."

"하긴 형사 아저씨라면 저 같은 거 충분히 빼내 줄 수 있어요. 정말 아저씨, 형사세요?"

그는 하는 수 없이 명함을 한 장 꺼내 주었다.

"그래. 형사야. 내 이름은 여봉우야. 좋은 소식 있으면 이리로 전화해 줘."

"저는 전화하기 힘들어요. 전화를 할 수도 있지만 아저씨가 자꾸 와 줘요."

"알았어. 이 사진은 네가 가지고 있어. 이 사진이 있어야 장미를 찾을 거 아니야."

"그런데 뭘 어떻게 알아보죠?"

"장미가 있는 곳을 알아내면 더욱 좋고…… 그렇지 못하면 장미를 본 사람이 있는지, 그리고 누가 데려 왔는지…… 하여간 장미에 관한 것이면 무엇이든지 좋아."

"알았어요. 제가 한번 알아보긴 하겠지만 저한테 너무 기대를 걸지는 마세요. 요렇게 예쁜 애라면 아마 이미 여기에는 없을 거예요."

"그게 무슨 말이지?"

"요렇게 예쁘고 나이 어린 애는 최고로 인기가 있어요. 그래서 오자마자 다른 데로 금방 팔려 가요. 돈을 많이 받을 수 있는 데로 팔려 가요."

"그런 데가 어디지?"

"어딘지는 잘 모르지만, 하여간 그런다고 들었어요."

"잘 좀 부탁해."

용건을 끝낸 형사는 갑자기 횡 하니 나가 버렸다.

그 곳을 나온 여우는 큰길가로 나오지 않고 한참 동안 이 골목 저 골목을 돌아다니다가 다시 어느 창녀에게 걸렸는데, 그녀는 꽤나 나이 들어 보이는 창녀였다. 그는 그녀가 이끄는 대로 어느 컴컴한 집 안으로 따라 들어갔다.

그녀의 이름은 이순이라고 했다. 그런 곳에 있는 여자는 본명을 알려주는 게 아니겠지만 그는 그 이름을 기억해 두기로 하고 1시간쯤 지나 그 집을 나왔다.

마지막으로 그가 포섭한 창녀의 이름은 김수경이라고 했다. 그녀는 스물서너 살쯤 된 창녀였다. 그녀에게도 물론 장미의 사진과 자신의 명함을 주는 것을 잊지 않았다.

7월 23일은 날씨가 더욱 나빴다.

폭우와 함께 태풍 주의보까지 내려 모든 배들의 운항이 중지되었다.

비바람이 몹시 치고 있었기 때문에 개인택시를 가지고 있는 유기태는 나갈까 말까 망설이다가 아침 10시가 지나서야 집을 나섰다.

그는 쉰세 살로 일곱 식구의 가장이었다. 일곱 식구 모두가 그의 택시 한 대에 목숨을 걸고 살아가고 있었다. 그는 아내와 사이가 나쁜 노모를 모시고 있었고, 슬하에 딸만 넷을 두고 있었다. 큰딸은 스물다섯 살로 혼기를 놓칠까 봐 걱정이 이만저만 아니었다.

노모와 아내는 아침에도 다투었다. 노모는 말이 많고 사사건건 트집을 잡는 버릇이 있었고, 아내는 성질이 괄괄해서 시어머니의 말을 다소곳이 들어주려고 들지를 않았다. 그러니 하루에도 몇 번씩 두 사람은 충돌할 수밖에 없었다.

두 사람이 말다툼을 벌일 때마다 그는 귀를 막고 도망치고 싶었다. 처음에는 아내를 나무라기도 하면서 싸움을 말리기도 했지만 하도 자주 다투다 보니 이젠 진력이 나서 이제는 싸울 테면 얼마든지 싸워 보라는 식으로 내버려 두고 있었다. 하지만 싸우는 소리를 잠자코 듣고 있다는 것도 보통 고역스러운 일이 아니었다.

10시가 지나서 택시를 몰고 나온 것도 그러한 고역을 피하기 위해서였다. 노모와 아내가 아침부터 싸우지만 않았어도 이렇게 비바람이 치는데 굳이 차를 몰고 나오지는 않았을 것이다. 그는 하루쯤 푹 쉬고 싶었던 것이다.

오래 전부터 그는 만성 위장병으로 고생하고 있었다. 거기다 눈까지 더욱 나빠져 이제는 안경도 꽤 도수 높은 것을 끼지 않으면 안 되었다. 도수 높은 것을 끼다 보니 안경알도 그만큼 두꺼워지고, 그래서 안경을 낀 얼굴 모습이 찌그러져 보였다.

이래저래 그의 앞날에는 희망적이랄 수 있는 것은 아무것도 보이지 않았다.

그는 비탈길을 천천히 내려가 오른쪽으로 차를 돌렸다. 이런 날은 사고 없이 무사히 귀가하는 것만도 다행으로 여겨야 한다. 괜히 욕심을 부릴 필요는 없다.

여관 앞에서 그는 최초의 손님을 태웠다. 젊은 남녀 한 쌍이었는데 구별하기 어려울 정도로 머리 모양이며 옷차림이 비슷해 보였다. 이른바 펑크족이라는 것들인 모양이다. 여관에서 늘어지게 자고 나서 이제야 일어났는지 둘이서 번갈아 가며 하품을 해댄다. 계집애는 차에 오르자마자 남자의 품에 안겨 버린다. 운전사 따위는 안중에도 없다는 식이다.

'빌어먹을 것들…… 아침부터 재수 없게……'

그는 라디오의 볼륨을 크게 틀었다.

눈앞을 분간하기 어려울 정도로 점점 더 심한 비바람이 몰아치고 있었다.

윈도 와이퍼가 삐걱삐걱 소리를 내면서 바쁘게 빗물을 훑어 내고 있었지만 워낙 비가 세차게 내리고 있어서 미처 깨끗이 닦아 내지는 못하고 있었다.

  그가 점심 식사를 하기 위해 항상 가는 퇴계로 5가에 있는 기사 식당에 들른 것은 12시 10분경이었다. 아침을 뜨는 둥 마는 둥 했기 때문에 일찍 배가 고팠던 것이다.

  식당 안은 이미 반쯤 자리가 차 있었다. 비 때문에 일찍들 식당을 찾은 것 같았다.

  그는 몇몇 아는 운전사들과 인사를 나누면서 빈 자리를 찾아서 앉았다. 안면이 있는 사람이라면 자연 그들과 합석하지 않을 수 없었다.

  맞은편에는 30대은 젊은 운전사 두 명이 앉아 식사를 하고 있었는데, 그들은 식사를 하다 말고 열심히 종이를 들여다보고 있었다.

  "예쁘지?"

  "음, 예쁜데……"

  그들이 종이를 보며 주고받는 말을 듣고 있자니 유기태는 호기심이 동했다.

  "뭔데 그래?"

  그가 고개를 앞으로 빼면서 종이를 들여다보려고 하자 상대방이 그것을 내주면서 말했다.

  "보고 반하지 마세요."

  그것은 경찰에서 배포한 수배 전단으로 가운데에 앳된 소녀의 사진이 실려 있었다.

  30대의 젊은 운전사들이 감탄할 정도로 그 소녀는 아주 예뻐 보였다. 유기태는 문득 그 소녀를 어디서 본 듯한 느낌이 들었지만 확실히 감이 잡히지는 않았다. 그는 사진 밑에 나열되어 있는 글귀를 읽었다.

〈위 사진의 소녀는 K여자중학교 3학년에 재학 중인 김장미 양으로 지난 7월 20일 실종되었습니다. 지난 7월 20일 오후 1시경 김장미 양을 영등포 로터리 쪽으로 태워다 준 운전기사를 찾습니다. 그 때 김장미 양은 시골에서 올라온 낯선 여인(아기를 데리고 있었음)과 동행이었다고 합니다. 김장미 양을 태워다 준 운전기사 분은 다음 연락처로 연락해 주시기 바랍니다.〉

연락처는 S경찰서 수사과 형사계 형사 여봉우였다. 이름 옆에 전화번호가 적혀 있었다.

유기태의 표정이 굳어졌다. 그는 침을 삼키고 나서 안경을 벗어 닦았다. 당황할 때면 하는 버릇이었다.

"이 종이, 내가 가져도 되지?"

"필요하시면 가지세요."

"사실은…… 내가 이 학생을 태워다 주었지."

운전사들의 시선이 일제히 그에게 쏠렸다.

그는 여러 사람들의 주목을 받는 데 대해 기분이 좋아졌다.

"어떤 아낙네가 시골에서 올라왔는데 집을 못 찾았나 봐. 그래서 그 학생보고 집을 찾아 달라고 매달린 모양이야. 두 사람이 하필 내 차를 탔는데 정말 예쁘게 생긴 애였어. 이 담에 크면 정말 좋은 처녀가 되겠더라구. 그런데 이 학생이 실종되었다니 참 이상한데……"

그는 안경을 도로 끼면서 고개를 갸우뚱했다.

"신고하실 겁니까?"

젊은 운전사가 잔에 소주를 따르며 물었다.

"신고해야지."

그는 시래깃국에다 밥을 말았다. 된장을 풀어 끓인 시래깃국을 그는 좋아했다.

"신고하지 마세요. 신고하면 오라 가라 귀찮다구요. 뭐 하러 신고합니까? 장사 다 할려구요? 그렇다고 경찰이 일당을 주는 줄 압니까. 하루 종일 앉혀 놓고 진이나 빼지요."

저만치서 앉아 있던 뚱뚱한 기사가 왕방울 눈을 굴리며 큰 소리로 말했다.

"맞는 말이에요. 신고하지 마세요."

맞은편에 앉아 있는 젊은 기사가 맞장구를 쳤다.

유기태는 식사하는 동안 경찰에 신고하는 문제를 놓고 곰곰이 생각해 보았다.

식사를 끝냈을 때까지도 그는 경찰에 신고하는 문제 결정을 못 내리고 있었다.

식사를 끝낸 다음 1시간쯤 차를 몰고 다니다가 그는 마침내 신촌 로터리 부근에 있는 공중전화를 발견하고 부스 옆에 차를 세웠다. 그리고 부스 안으로 들어가 동전을 넣고 S경찰서 수사과로 전화를 걸었다.

여봉우 형사는 자리에 없었다.

"김장미 양을 태워다 준 택시 운전사를 찾는다고 해서 전화를 걸었습니다. 제가 바로 그 운전사입니다."

"아, 그러세요? 마침 담당자가 모두 나가고 없군요. 존함하고 연락 전화번호를 좀 가르쳐 주시겠습니까?"

"두 시간 후에 제가 다시 전화를 걸겠습니다."

"그러시지 말고……"

그는 상대방의 말을 듣지 않고 전화를 끊어 버렸다.

두 시간 동안 그는 또 그 문제를 놓고 갈등을 겪어야 했다. 원래 소심한 사람이기 때문에 별 대단치 않은 문제를 놓고도 심각하게 생각하는 버릇이 있었다.

결국 두 시간쯤 지나 그는 어쩔 수 없이 다시 S경찰서 수사과로 전화를 걸어 여봉우 형사를 찾았다.

"네, 제가 여봉우입니다."

매우 부드러운 목소리가 대답해 왔다.

유기태는 왠지 가슴이 두근거렸다. 김장미 양의 실종 사건에 자신이 관계가 있다고 혐의를 받으면 어쩌나 싶어 더럭 겁이 났던 것이다.

"여보세요. 여보세요."

이쪽에서 가만 있자 상대방은 거듭해서 불렀다.

"저기…… 저는…… 택시 기사인데요…… 김장미 양에 관한 전단을 보고 전화를 걸었습니다."

"아아, 아까 전화를 거신 분인가요?"

"네, 그런데요."

"그러니까 지난 20일에 장미 양을 직접 태워다 준 운전기사 분이십니까?"

"그, 그렇습니다."

"그럼 대단히 미안합니다만 시간을 좀 내주실 수 없을까요? 운전하시는 분을 오래 붙잡아 두고 싶은 생각은 없습니다. 꼭 좀 만나 뵙지 않으면 안 되기 때문에 그렇습니다."

상대방은 형사답지 않게 아주 공손히, 그리고 정중하게 부탁을 해 왔다.

"전화로 말씀드리면 안 되나요?"

"전화로는 얘기하기가 좀 곤란합니다. 잠깐이면 되니까 시간을 좀 내주십시오."

"그 학생이 정말 실종됐나요?"

"네, 그 날 바로 실종됐습니다. 그 아이는 대학 교수의 따님으로 정말 아까운 소녀입니다. 그 학생을 찾는 데 기사님께서 꼭 좀 협조해 주십시오."

침묵이 흘렀다. 그러나 긴 침묵은 아니었다.

미 행

여봉우와 유기태는 S경찰서 부근에 있는 다방에서 만났다.

개인택시 운전사 유기태 씨가 다방 앞에 차를 세워 놓고 안으로 들어가니 여봉우 형사가 먼저 와서 기다리고 있다가 그를 알아보고 손을 쳐들면서 일어섰다.

"오시게 해서 미안합니다."

"괜찮습니다."

수인사가 끝난 후 여우가 먼저 장미 양이 실종된 경위를 자신이 알고 있는 대로 설명해 주었다.

이야기를 듣고 난 유기태 씨는 머리를 크게 끄덕이면서 비로소 사정을 정확히 파악한 것 같은 표정을 지었다.

"그러니까 바로 아기를 업은 그 시골 아낙네가 그 학생을 유괴했군요?"

"전후 사정으로 봐서 그렇게 생각됩니다만 아직은 확정적으로 단정할 수가 없습니다."

"어쩐지 그 여편네가 유난히 호들갑을 떨더라구요. 옷 입은 것이라든지 말하는 것이라든지 행동거지가 영락없이 시골에서 갓 올라온 여편네 같더라구요. 나 참, 그런 줄 알았으면 그 여편네를……"

유기태 씨는 사뭇 분개해서 말했다.

"처음부터 이야기해 주십시오. 언제 어디서 그들을 태웠고 어디서 그들을 내려 주었는지 자세히 좀 말씀해 주십시오. 아, 그럴 게 아니라 아예 저하고 함께 현장으로 갑시다."

형사가 가자는데 못 가겠다고 뒤로 뺄 수도 없는 노릇이었다. 택시비나 받을 수 있으면 다행이라고 생각하며 유기태 씨는 앞장서서 밖으로 나갔다.

그 곳에서 K여중 앞까지는 사뭇 먼 거리였다. 거의 1시간 가까이 걸려서야 그들은 거기에 도착할 수 있었다. 유기태 씨는 장미와 시골 아낙네를 태웠던 장소를 정확히 기억하고 있었다. 그 곳에다 차를 세운 다음 그는 입을 열었다.

"바로 여기서 차를 세웠지요. 여학생이 손을 들기에 차를 세웠습니다. 학생이 두 명이었는데, 그 예쁘게 생긴 학생만 차에 탔지요. 그보다 먼저 뒷자리에 그 시골 아낙네를 태우더군요. 그 여편네는 등에 아기를 업고 있었습니다. 그 시골 아낙네를 태우고 나서 학생은 앞자리에 타더군요. 하도 예쁘게 생겨서 자꾸만 그 학생을 쳐다봤지요. 어디로 갈 거냐고 하니까 그 여학생이 영등포 로터리로 가자고 하더군요. 그래서 거기까지 태워다 줬습니다."

"자, 그럼 영등포 로터리로 갑시다."

차가 달리는 동안 유기태 씨는 장미의 미모에 대해 입에 침이 마르게 칭찬을 늘어놓았다.

"지금까지 많은 학생들을 봤지만 그렇게 잘생긴 여학생은 처음 봤습니다. 솔직히 말해 차비도 받기 싫더라구요. 그대로 크면 참 좋은 처녀가 되겠던데……. 그런 어린 학생을 유괴하다니, 그런 년은 잡아서 죽여야 합니다. 착한 여학생의 마음 이용해서 유괴하는 그런 년은 악질 중의 악질입니다. 보십시오, 사람이 너무 많지 않습니까. 남한테 해를 끼치는 인간은 좀 솎아 내야 합니다."

"가는 동안 차 속에서 두 사람이 무슨 말들을 주고받았는지 말씀해 주십시오."

"여자가 계속 호들갑을 떨었지요. 학생한테 고맙다고 하면서 학생을 잔뜩 추켜세웠지요. 그래서 저는 무슨 일로 여자가 고맙다고 그러는지 들어 보았지요. 그 여자가 이야기를 해 주기에 들어 보니까 징말 훌륭한 일이었습니다. 그런 일이 어디 말이 그렇지 쉬운 일입니까? 그래서 그 학생한테 참 좋은 일을 한다고 말해 주었지요."

"장미 양은 뭐라고 하던가요?"

"하도 칭찬을 하니까 쑥스러워 하더군요. 말은 하지 않았습니다. 영등포 로터리에 도착하니까 학생이 주머니를 털어 택시비를 냈습니다. 그래서 제가 그랬지요. 안내해 준 것만도 고마운데 차비는 아주머니가 내셔야지 학생이 내게 해서야 되겠느냐.

그랬더니 그 여자 하는 말이 자기는 돈 가진 게 없으니까 이따가 동생 만나서 학생한테 차비를 다 계산해 주겠다는 거였습니다. 차비만 주겠느냐 하는 것이 그 학생한테 수고비라도 줄 것같이 말했습니다."

"그 밖에 다른 말은 하지 않았나요?"

"뭐 별로 하지 않았습니다."

이윽고 그들이 탄 택시는 영등포 로터리에 도착했다. 차는 로터리를 왼쪽으로 돌아가다가 길 한쪽에 섰다.

"다 왔습니다."

유기태 씨가 말했다.

"여기서 내렸나요?"

"네, 여기서 모두 내렸습니다."

"내려서 어디로 갔나요?"

"저쪽으로 가는 것 같았습니다."

유기태 씨는 길 건너편을 가리켰다.

"길을 건너서 어느 쪽으로 갔습니까?"

"거기까지는 보지 못했습니다."

여우는 유씨의 이름과 주소, 전화번호 및 자동차 번호를 적은 다음 택시비로 만 원을 꺼내 주었다. 안 받으려고 하는 것을 억지로 손에 쥐어 준 다음,

"연락할 일이 있으면 이쪽으로 해 주십시오."

하고 명함 한 장을 꺼내 주고 나서 차에서 내렸다.

여 형사는 길을 건너갔다. 어제 짐작으로 찾아갔던 방향에서

그렇게 틀리지는 않은 것 같았다. H은행 영등포 지점이 가까운 곳에 있었다.

장미를 태워 주었던 택시 기사를 찾아내면 새로운 사실을 알아낼 줄 알았는데 별로 그렇지가 못했다. 여우는 실망하지 않을 수 없었다.

세상에는 우연이라는 것이 있기 때문에 전혀 예측하지 못했던 사건이 발생하기도 한다.

바로 개인택시 운전사 유기태의 경우가 그랬다. 그 날 그에게 부닥친 그 우연은 정말 너무도 얄궂은 것이었다. 그는 그것을 피했어야 옳았다. 아니, 상식적으로 거기에 대처했어야 했다. 그러나 그는 그렇게 하지 않음으로써 비극적인 사건의 주인공이 되었던 것이다. 그 자신도 자신이 그렇게 될 것이라고는 생각도 못 했을 것이다.

형사와 헤어진 그는 손님을 한 명 태우고 종로로 향했다. 종로에서 그 손님을 내려 준 후 이번에는 다른 손님을 태우고 성북동 쪽으로 향했다. 성북동에서 새로 탄 손님은 강남 고속버스 터미널로 가자고 했다.

터미널에 도착했을 때는 이미 날이 어둑어둑해지고 있었다. 오후에도 비가 내리고 있었기 때문에 여느 때보다 날이 빨리 저물고 있었다.

그 곳에서 새 손님을 태우고 막 출발하려는데 앞을 가로질러 가는 사람이 있었다.

"어!?"

하면서 그는 급히 브레이크를 밟았다.

여인의 등 뒤에 매달린 아기가 떨어질 듯 대롱거리고 있는 것이 보였다. 차 앞을 지나치는 것을 얼핏 보았지만 아기를 업은 여인은 바로 그 여자, 장미라는 여학생을 유괴한 여자, 형사가 찾고 있는 그 여자 같았다.

그는 금방 떠나려던 차를 급히 세우고 말했다.

"손님, 이거 매우 미안합니다. 갑자기 급한 일이 생겨서 못 가게 됐습니다."

그는 손님을 내리게 한 다음 차를 앞으로 빼서 길 한쪽에 세웠다. 엔진을 끄고 차에서 내렸다. 얼굴을 확인할 필요가 있다고 생각한 것이다.

그녀는 지하도 입구에 서서 비를 피하고 있었다. 아기를 업고 있는 뒷모습이 초라하기 짝이 없었다. 누가 보아도 시골에서 갓 올라온 여인 같았다. 한 손에는 보따리까지 들고 있었다.

그는 우산으로 얼굴을 가린 채 그녀 앞으로 돌아갔다. 헤드라이트 불빛이 그녀의 얼굴을 환히 비췄다. 불빛에 드러난 그 얼굴은 분명히 며칠 전 그의 택시를 타고 여학생과 함께 영등포 로터리에서 내렸던 그 시골 아낙네였다.

'옳지, 됐다! 요년, 어디 보자!'

그는 눈을 빛내면서 두 주먹을 불끈 쥐었다.

그는 얼른 주위를 살폈다. 길 건너편에 경찰 패트롤카가 경광등을 번쩍이면서 서 있었다. 그는 패트롤카를 향해 길을 건너가려다가 좀더 생각해 보기로 하고 뒤로 물러섰다. 서두를 필요는 없을 것 같았다.

그 여자를 여기서 다시 보게 되다니 정말 뜻밖이었다. 우연치고는 참 이상하다는 생각이 들었다. 하느님께서 일부러 그녀에게 벌을 주기 위해 나를 이리 보낸 것이 아닐까 하는 생각이 들기도 했다.

아마 또 어린 여자를 낚으려고 터미널에 나온 것 같았다. 그러나 오늘은 한 명도 낚지 못한 것 같았다. 그러니까 날이 저물었는데도 저러고 있는 거겠지. 그는 멋대로 생각하면서 어떻게 할까 망설였다.

아낙네가 여학생으로 보이는 어린 소녀에게 다가서는 것이 보였다. 지하도에서 나오던 소녀는 멈춰 서서 시골 아낙의 말에 귀를 기울이는 듯했다. 그러나 이내 소녀는 머리를 흔들며 그녀 앞을 지나쳐 갔다.

아낙네가 지하도로 내려가기 시작했다. 그는 길가에 주차해 놓은 택시가 마음에 걸렸지만 우물쭈물하고 있을 시간이 없었다. 아낙네를 따라 그도 지하도를 내려갔다.

길 건너편으로 나온 아낙은 좌우를 둘러보다가 갑자기 빈 택시 안으로 기어들어 갔다. 그 초라한 몰골에 영 어울리지 않는 행동이었다.

지하도로 해서 길을 건너갈 시간이 없었다. 유기태는 위험을 무릅쓰고 차도를 건너뛰었다. 달려오던 차들이 급정거를 했다. 운전사들이 욕설을 퍼부었다. 그는 자신의 택시에 급히 올라탔다. 엔진을 건 다음 급히 좌회전했다. 오른쪽에서 달려오던 차와 아슬아슬하게 충돌을 면했다. 경찰 패트롤카의 경찰관들은 다행히 그의 교통 위반을 보지 못했다. 그들은 딴 데 정신이 팔려 있었다.

아낙이 탄 택시는 매우 거칠게 달려갔다. 아마도 젊은 운전사인 듯 했다. 요새 젊은 애들은 마구잡이로 차를 몰아댄다. 그러나 노련한 그는 일정한 거리를 유지하며 그 차를 따라갈 수가 있었다.

'얼마든지 달려 봐라, 지옥에까지 따라갈 테다.'

유기태는 핸들을 잡은 손에 힘을 주면서 앞을 노려보았다.

차를 몰면서 그는 계속 중얼거리는 소리로 욕을 해댔다. 마귀 같은 년, 저런 것은 사람이랄 수도 없으니까 아예 이 사회에서 제거해 버려야 한다. 그대로 두면 사람들에게 해만 끼치고 쌀만 축낸다. 마귀 같은 년…….

그는 계기판을 힐끗 보았다. 기름이 거의 떨어져 가고 있었다. 그러나 주유소에 들를 시간이 없었다. 가는 데까지 가 보자. 가다가 안 되면 다른 차로 바꿔 타더라도.

그는 자신의 과단성에 뒤늦게 놀랐다. 이렇게 단호하게 대처하는 자신의 태도에 그 자신이 어리둥절할 정도였다.

앞의 신호등이 붉은 색깔로 변하는 것을 보고 그는 재빨리 주유소로 차를 몰았다. 기름을 채워 가지고 나오자 신호가 막 바뀌어 차들이 움직이기 시작하고 있었다.

얼마 후 아낙이 탄 택시는 영등포로 들어서고 있었다. 그러나 로터리로 가지 않고 거기서 조금 떨어진 곳에서 아낙은 차를 내렸다. 유기태도 차를 세우고 밖으로 나왔다. 차문을 잠근 다음 그녀 뒤를 따라붙기 시작했다.

그녀는 시장 안으로 들어갔다. 주위를 두리번거린다거나 하지 않고 그녀는 곧장 걸어갔다. 아기를 업은 여자치고는 걸음걸이가 상당히 빨랐다. 그녀는 정육점 앞에서 걸음을 멈추었다. 거기서 고기를 사려는 것 같았다.

그녀가 정육점에 들어가서 고기를 사는 동안 기태는 과일 가게를 기웃거렸다.

다시 아낙이 움직였다. 그는 다시 미행을 시작했다.

아낙은 시장을 빠져 나오더니 길을 건너갔다. 그녀가 길을 건너 골목 안으로 사라지는 것을 보고 그는 길을 건넜다.

좁은 골목을 얼마쯤 걸어가다가 아낙은 어느 집 앞에서 멈춰섰다. 주위를 두리번거린다. 초인종 소리가 나고 문이 열렸다. 유기태는 멈출 수가 없어 고개를 숙인 채 그 집 앞을 그대로 지나쳤다. 뒤에서 문 닫히는 소리가 들려 왔다.

유기태는 발길을 돌렸다. 아낙이 들어간 집 앞을 지나치면서 문패를 보려고 했지만 너무 어두워서 읽을 수가 없었다. 집은 조그마했고, 안에서는 아기의 자지러지는 울음소리가 들려오고 있었다.

그는 라이터 불을 켜서 문패를 비춰 보았다. 한병수(韓炳洙)라는 이름의 문패가 걸려 있었다. 어떻게 하면 좋을까 하고 그는 생각해 보았다. 여봉우 형사한테 연락을 취해 주기만 하면 된다. 아니면 내가 직접 잡아다가 넘겨줄까. 그렇게 하면 뭔가 보상이 있을 것이다.

 그러나 그는 어떤 결정을 내리는 것도 모두 뒤로 미루었다. 그는 좀더 시간을 두고 그것을 생각해 보기로 했다. 일단 아낙의 집을 알아 뒀으니까 언제라도 결정을 내리고 행동을 취하는 것은 어렵지 않다고 생각했다.

 한병수는 아기에게 우유를 먹이면서 아내의 화장하는 모습을 지켜보고 있었다.
 거의 밤마다 아내는 화장을 짙게 하고 밖으로 나간다. 거의가 안 들어올 때가 많지만 늦게라도 들어오는 날에는 술에 곤드레가 되어 돌아온다. 그럴 때는 그에게 온갖 푸념과 욕설을 퍼부어 대다가 잠이 든다. 그는 그런 아내가 무섭다. 그는 아내가 자기를 버릴까 봐 그것을 제일 무서워한다.
 언젠가는 아내가 자기를 버리고 도망칠 것만 같아 그는 항상 전전긍긍하고 있다. 그것은 생각만 해도 무서운 일이다. 그는 도저히 아내 없이는 혼자 살아갈 수 없다. 우선 무엇보다도 남들처럼 두 발로 걸을 수가 없는 것이다.
 그가 다리에 이상을 느낀 것은 결혼하고 나서 두 해쯤 지나서였다. 다리에서 힘이 풀리면서 걸음을 옮기기가 점점 어려워지더니 얼마 후에는 일어서기조차 힘들게 되었다. 그리고 조금 더 지나자 완전히 앉은뱅이가 되었다.
 이 병원 저 병원을 다니면서 진찰을 받아 보았지만 무슨 병인지 정확히 아는 의사가 없었다. 병명을 알지도 못한 채 치료하니 나을 턱이 없었다. 나중에 안 일이지만 증조부 때에 할머니가 갑자기 두 다리를 쓰지 못했다고 했다. 유전이라고 생각하자 모골이 다 송연해졌다.

아내는 결혼 이듬해에 딸을 하나 낳았는데 자연 그는 딸애의 다리에 주의를 기울이지 않을 수 없었다. 딸애는 아무 이상 없이 무럭무럭 자랐다. 아주 예쁜 딸이었다. 그런데 그 딸이 여고에 입학하던 해에, 그러니까 4년 전 여름 딸애가 갑자기 주저앉고 말았다. 눈이 뒤집힐 노릇이었다. 가산을 다 탕진하면서까지 치료를 해 보았지만 소용없는 짓이었다. 딸애는 유전병이라는 것을 알고 절망적인 나날을 보내더니 마침내 동맥을 끊어 자살하고 말았다.

이미 그가 앉은뱅이가 되었을 때부터 집안은 풍비박산이 된 것이나 다름없었다. 그것을 지금까지 오로지 아내에게 의지하면서 질질 끌어 왔으니 마치 살얼음 위를 걸어왔다고 할 수 있었다. 두 다리를 쓰지 못하게 되면서 그는 그의 남성도 상실하고 말았다. 그러니 아내의 눈치를 보지 않을 수 없었고 그녀의 동정에 매달릴 수밖에 없었다.

그의 아내가 볼 때는 그는 한 마리의 처치 곤란한 벌레에 불과했다. 빨리 죽어 없어져야 할 벌레였지만 그는 끈질기게 살아서 집 안에 뒹굴고 있었다.

아내가 남자를 찾아 밤 나들이를 간다는 것쯤이야 이미 눈치로 때려잡아 알고 있는 사실이었다. 그거야 그녀에게는 중요한 일일 테니 아무래도 좋았다.

다만 아내가 다른 남자한테 너무 깊이 빠진 나머지 자기를 버리고 도망쳐 버릴까 봐 그것이 그는 제일 두려웠다.

그는 숨소리 하나 제대로 내지 못한 채 아내의 화장하는 모습을 지켜보고 있었다. 만일 아내가 자기를 버리면 그는 그 때부터 거리에 나가 무릎으로 걸으면서 구걸하지 않으면 안 된다는 것을 그는 잘 알고 있었다.

"뭘 그렇게 쳐다봐요? 화장하는 거 첨 봤어요?"

아내의 신경질적인 반응에 그는 흠칫 놀라 고개를 돌렸다. 그는 어깨를 움츠리면서 아기를 내려다보았다.

아내가 이상한 생활을 시작한 것은 딸애가 죽고 나서 1년쯤 지나서였다. 아내는 어디서 주워 오는지 갓난아기들을 잘도 주워 오곤 했다. 지금 우유를 먹이고 있는 아기만 해도 여섯 번째 아기였다. 그는 아내가 어디서 아기를 데려오는지 알고 싶었지만 그녀가 버럭 화를 내면서 그런 건 알아서 뭐 할 거냐고 하는 바람에 입을 다물고 말았다.

아내는 점심때쯤 일어나 가난한 시골 여자처럼 아주 초라하게 차려 입고는 아기를 들쳐 업고 나가는 것이었다. 그리고 저녁때 돌아오는 것이었는데, 그녀가 아기를 업고 나가 밖에서 무슨 짓을 하는 지는 정말 알 도리가 없었다. 하여간 돈벌이를 해 오는 것만은 틀림없는 것 같았다.

아기가 심한 병에 걸려 위독해지면 아내는 새 아기로 바꿔 오곤 했다. 어떤 때는 아기가 집 안에서 죽기도 했다.

"우유 먹었으면 그렇게 멍청하게 앉아 있지 말고 밥상이나 치워요!"

그는 밥상을 밀고 부엌 쪽으로 갔다. 집안일은 모두 그의 차지였다. 그 동안 그는 앉아서 움직이는 데 꽤 숙달이 되어 있었다. 그는 밖에 나간 아내 대신 밥도 짓고 빨래도 하고 청소도 했다. 그리고 하루 종일 집을 지켰다. 아내는 집에 남은 그를 믿고 외출하는 것이었다.

화장으로 얼굴을 허옇게 만들고 난 오지애(吳知愛)는 백을 들고 일어섰다. 9시가 넘은 시각이었다.

젊은 애들처럼 꼭 끼는 바지에 빨간 블라우스 차림으로 그녀는 외출했다.

그녀는 지금 마흔두 살이었고 병신 남편은 마흔 여섯이었다. 그녀의 생존 목적은 오직 하나, 즉 육체가 쇠잔해지기 전에 그것을 실컷 불태우는 것이었다. 그래서 그녀는 거의 매일 밤마다 부나비처럼 이리저리 돌아다니며 멋지고 힘센 젊은 남자를 찾아다니곤 했다.

영등포 로터리로 걸어 나온 그녀는 이리저리 배회하다가 자주 가는 홀 앞에서 걸음을 멈추었다.

문 앞에 있던 우람한 젊은이들이 그녀를 알아보고 웃으며 고개를 끄덕였다.

"오늘은 아주 화끈하게 차리셨는데요? 잘해 봐요."

"잘해 볼께요."

그녀는 요염하게 웃으면서 안으로 들어섰다.

넓은 홀에는 수많은 남녀들이 끌어안고 정신없이 돌아가고 있었다. 시간적으로 볼 때 사람들의 열이 오르기 시작할 때라고 할 수 있었다.

그녀가 자리에 앉기가 무섭게 웬 나이 든 사람이 그녀의 테이블로 다가와 손을 내밀었다. 그녀는 고개를 살래살래 흔들었다. 오늘은 새파랗게 젊은 애송이가 아니면 춤을 안 춘다고 그녀는 속으로 다짐했다.

그러나 그런 애송이가 그녀에게 쉽게 걸릴 리가 없었다. 그녀는 웨이터를 불러 그의 손에 5천 원 지폐 한 장을 쥐어 주면서 귀에다 입을 갖다 댔다.

"젊은 애 하나 붙여 줘요. 잘 좀 부탁해요."

웨이터는 웃으며 물러갔다.

"실례합니다."

웬 남자가 다가와 그녀를 내려다보았다.

힐끗 보니 안경까지 낀 나이 든 남자였다. 오늘은 늙은이들만 이렇게 걸린담. 그녀는 상대방을 거들떠보지도 않은 채 담배에 불을 붙였다.

"실례합니다. 앉아도 되겠습니까?"

"동행이 있어요."

점퍼 차림의 꾀죄죄한 몰골이 도무지 이런 홀에는 어울려 보이지가 않았다.

"동행이 없는 줄 아는데……"

그 말에 그녀는 눈을 치뜨고 남자를 올려다보았다.

"동행이 있다는데 왜 그래요?"

"잠깐 이야기 좀 합시다."

남자가 맞은편 자리에 앉았다.

그녀는 노골적으로 불쾌한 표정을 지으면서 그 남자를 쏘아보았다.

"거기 앉지 마세요!"

"나를 모르겠습니까? 나는 부인을 잘 알겠는데……"

지애는 상대방을 유심히 살펴보았다. 안경까지 낀 꾀죄죄한 몰골이 영 기억에 없는 얼굴이었다. 아니, 어디서 한 번쯤 본 것도 같은 얼굴이었다.

"모르겠어요."

안경은 웃으며 앞으로 상체를 기울여 그녀를 들여다보듯이 쳐다보았다.

"모르겠지요. 하지만 나는 부인을 기억하고 있습니다."

말하는 것이 몹시 능글맞다.

"당신 도대체 누구예요? 난 당신 같은 사람 몰라요. 웨이터! 이 사람 좀 끌어내요. 무슨 남자가 이렇게 추근거려."

웨이터가 다가와 남자의 팔을 잡아끌었다.

남자는 일어나지 않으려고 버티었다.

"이거 봐요, 나도 엄연히 입장료 주고 들어왔다구. 할 이야기가 있어서 그러는데 왜 이래. 이거 놔!"

그는 소리를 지르며 웨이터의 손을 홱 뿌리치고 나서 오지애를 쏘아보았다.

"며칠 전에 K여중 앞에서 예쁜 여학생하고 함께 택시 타고 간 거 기억 안 나요?"

비로소 오지애의 안색이 굳어졌다.

"무슨 말하는 거예요?"

그녀는 처음에는 잡아떼려고 해 보았다. 그러나 상대방은 그녀에 대해 이미 알고 있는 것 같았다.

"나는 택시 운전사요. 그 날 그 예쁜 여학생하고 부인은 내 택시를 타고 갔지요. 이제 기억이 납니까?"

오지애의 얼굴 위로 경련이 스쳐 갔다.

거 래

"흥!"

그녀는 입술을 뒤틀며 코웃음 쳤다. 얼굴은 일그러져 있었고 두 눈은 불안과 초조로 번득이고 있었다.

"내 참 기가 막혀서……. 무슨 말하고 있는지 모르겠는데 여기는 번지수가 틀리니까 다른 데 가서 그런 말하세요. 살다 보니까 별 희한한 말 다 듣겠네!"

"시치미 떼지 말아요!"

안경 너머로 날카롭게 쏘아보는 눈이 심상치가 않았다.

"무슨 말씀을 하는지 모르겠는데 사람을 잘못 봤어요. 그러니까 다른 데 가서 말하세요."

"잘못 보지 않았어요! 당신은 그 때 그 여학생하고 택시를 타고 갔던 사람이 분명해요! 아기까지 업고 말이오!"

"나 참 무슨 말하는지 모르겠네! 웨이터, 이 사람 좀 어떻게 해 줘요!"

웨이터가 그 남자의 팔을 잡아끌었다. 유기태는 끌려가지 않으려고 버텼지만 웨이터의 억센 힘을 당할 수는 없었다.

"돈 내고 들어왔는데 왜 이래요! 나도 엄연히 돈 내고 들어온 손님이라고! 이거 놔!"

"돈 내고 들어왔으면 얌전히 있을 일이지 왜 모르는 여자한테 추근거려요? 당신 같은 손님은 필요 없으니까 나가요!"

너무 초라하게 생긴 사람이었기 때문에 웨이터도 그를 손님으로 대우하려 들지를 않았다.

유기태도 깐깐한 사람이었다. 그는 웨이터에게 끌려가면서도 오지애를 향해 쏘아붙였다.

"당신, 그렇게 잡아떼도 소용없어요! 내가 전화 한 통화만 걸면 당장 형사들이 달려올 거야! 도망쳐도 소용없어! 당신 집도 다 알고 있어! 지금 형사들이 눈을 뒤집고 그 학생을 찾고 있다는 걸 알란 말이야!"

밖으로 끌려 나온 유기태는 가지 않고 그대로 문 앞에 버티고 서 있었다. 어디 네가 이기나 내가 이기나 두고 보자고 벼르면서 점퍼 속에 두 손을 찌른 채 서성거리기 시작했다.

한편 오지애는 불안한 나머지 그대로 앉아 있을 수가 없었다. 뭔가 잘못됐다는 생각이 그녀를 초조하게 만들어 주고 있었다. 생각해 보니 그 초라한 남자가 그 때 택시를 몰았던 그 운전사가 분명한 것 같았다. 그 남자가 웨이터에게 끌려 나가긴 했지만 틀림없이 가지 않고 밖에서 기다리고 있을 것만 같았다. 잘못 걸렸구나 하고 생각하는데 미끈하게 생긴 젊은 남자가 다가와 손을 내밀었다.

"한 번 추실까요?"

그녀는 불안한 마음을 떨쳐 버리기라도 하려는 듯 그 젊은 남자를 따라 플로어로 나갔다.

그 남자의 몸에서는 향수 냄새가 났다. 그는 아주 세련된 매너로 그녀를 잘 리드해 나갔다. 때때로 그녀의 몸에 자극을 가하는 것을 잊지 않으면서 그녀를 매끄럽게 이끌어 나갔다. 다른 때 같았으면 그녀는 금방 그런 자극에 몸을 내맡겼을 것이다. 그러나 지금은 전혀 그런 마음이 일지 않았다. 그런 마음이 일기는커녕 자꾸만 바깥쪽에 신경이 쓰여 제대로 스텝을 밟을 수가 없었다. 마침내 그녀는 남자의 품에서 빠져 나와 자리로 돌아왔다. 남자가 쫓아와 부드러운 말씨로 함께 밖에 나가는 게 어떻겠느냐고 물었다. 그녀는 머리를 흔들었다. 마침내 그녀는 발작적으로 일어나 출구 쪽으로 뛰다시피 걸어갔다.

밖에 나가니 아니나 다를까 아까의 그 사내가 기다리고 있었다. 그녀를 발견하고는 이미 예상하고 있었다는 듯 고개를 끄덕이면서 앞장서서 흐느적흐느적 걸어갔다. 걸어가면서 그녀가 따라오는가 안 따라오는가 흘끔흘끔 뒤돌아보는 것이 여간 불쾌하지가 않았다.

오지애는 도망쳐 버릴 수도 있었다. 그러나 사내가 그녀의 집까지 알고 있다는 바람에 이러지도 저러지도 못하고 따라가고 있었다. 우선 급한 것은 사내가 과연 그녀의 집을 알고 있는지, 그것을 알아내는 일이었다.

"저, 여보세요!"

골목으로 들어서는 사내 뒤를 바싹 따르며 오지애는 다급하게 불렀다. 사내가 주춤하며 뒤돌아보았다. 그의 태도에는 느긋함이 배어 있었다. 자신은 초조해 할 것이 하나도 없다는 그런 태도였다.

"왜 그러죠?"

알면서도 일부러 그렇게 묻는다.

"저 좀 봐요."

"아까는 나한테 창피까지 주면서 잡아떼더니 웬일이죠?"

능청을 떠는 그를 오지애는 저주스런 눈길로 쏘아보았다.

"왜 그런 눈으로 날 쳐다보는 거요? 내가 말을 잘못했나?"

유기태는 능글맞게 흐물흐물 웃으면서 턱을 치켜들고 그녀를 빤히 쳐다본다.

오지애는 순간적으로 표정을 부드럽게 고쳤다. 방법을 바꾸지 않으면 안 된다고 생각했기 때문이다.

"아까는 사람들이 있어서 그랬어요. 사람들이 있는 데서 그러시면 어떡해요? 무슨 말씀인지는 모르지만 우리 조용한 데로 가요. 조용한 데로 가서 말씀해 보세요."

"조용한 데로 가자고? 이거 봐요, 난 당신을 발견하는 대로 경찰에 연락하기로 되어 있어. 이거 봐, 당신 유괴범이지? 그 여학생을 유괴했지?"

유기태는 기세등등하게 손가락으로 그녀를 가리키면서 날카롭게 추궁했다.

"무슨 소리를 하는 거예요? 알지도 못하면서 생사람 잡을 소리 하지 마세요!"

오지애는 정색을 하고 항변했지만 그것이 먹혀 들어갈 리 없었다.

"생사람 잡는다고? 홍, 기가 막히군. 그럼 당장 경찰에 가서 따지자구. 지금 경찰이 당신을 찾느라고 혈안이 돼 있어."

그 말에 그녀의 얼굴은 금방 핼쑥해졌다. 그녀는 상대방을 노려보다가 태도를 바꾸어,

"난 도무지 아저씨가 무슨 말씀을 하시는지 모르겠어요. 아무튼 좋아요. 경찰에 가는 건가는 거고, 여기서 이렇게 비 맞을 게 아니라 우리 일단 조용한 데로 가서 이야기해요. 아저씨가 무언가 오해를 하셔도 단단히 오해를 하신 것 같은데……"
하고 은근히 말했다.

"내가 오해를 했다고? 웃기는 소리 하지 말아요. 다른 사람은 속일 수 있어도 나는 못 속여요. 비록 내가 눈이 나쁘긴 하지만 당신 정도 못 알아보지는 않아요. 아까 초저녁에 당신이 초라한 시골 아낙네 차림으로 등에 아기를 업고 강남 고속버스 터미널에서 어정거리는 걸 봤다구! 이래도 잡아뗄 셈이오?"

오지애의 얼굴에 경련이 스쳐 갔다.

"하여간 좋아요. 여기서 이럴 게 아니라 우리 조용한 데로 가서 이야기 좀 해요."

유기태는 고개를 흔들었다.

"조용한 데 가서 무슨 이야기를 하자는 거야? 바로 경찰서로

직행하자면 몰라도……"

오지애는 곱게 눈을 흘겼다.

"제 이야기를 들어 보지도 않고 어떻게 그런 말씀 하실 수 있어요. 일방적으로 그렇게 단정을 내릴 수 있어요?"

"일방적으로 단정을 내렸다구? 이 두 눈으로 똑똑히 봤기 때문에 하는 말이야!"

오지애는 상대방이 말로만 그러지 실제로 그녀를 당장 경찰서로 끌고 가지 않는 데 대해 무언가 있다고 생각했다. 그녀는 그 가능성을 붙들고 늘어지지 않으면 안 된다고 생각했다. 상대방은 가난한 운전사이다. 유혹에 안 넘어갈 리가 없다고 그녀는 생각했다. 그녀의 그런 생각은 적중했다.

조용한 데로 갈 이유가 없다고 버티던 유기태는 마침내 슬그머니 못 이기는 체하고 그녀의 요구에 응할 뜻을 비쳤다.

"정 그렇다면 좋아. 하지만 긴 시간은 낼 수 없어. 우선 내 차를 주차장에 갖다 놓고 갑시다."

차를 세워 둔 곳까지 가는 동안 오지애는 다정하게 굴었다. 한 우산 밑에서 걸어가니 기회가 아주 좋았다. 얼마쯤 걸어가다가 그녀는 마침내 슬며시 사내의 팔짱을 끼었다.

"어, 이거 왜 이래? 팔 빼라구!"

유기태가 짐짓 눈을 부라렸지만 그녀는 눈웃음을 치면서 더욱 팔을 꼭 끼었다.

"아이, 이렇게 가면 비도 안 맞고 좋지 않아요."

마침내 택시를 세워 둔 곳까지 다다른 그들은 비를 피해 차 속으로 들어갔다.

"차 속이 조용해서 좋네요. 우리 드라이브나 해요. 차비는 제가 듬뿍 드릴게요. 드라이브하다가 어디 조용한 데 있으면 들어가기로 해요."

그러는데 교통경찰관이 그에게 다가왔다. 교통경찰관은 불법 주차를 했으니 딱지를 떼겠다고 하면서 운전 면허증의 제시를 요구했다.

다른 때 같았으면 한번 봐 달라고 매달렸을 것이지만 지금은 그렇지가 않았다. 그는 순순히 면허증을 제시했고 경찰관이 떼어 주는 딱지를 받았다.

"시내로 들어가지 말고 변두리로 나가요."

오지애의 말에 그는 발끈했다.

"당신이 이래라저래라 하지 마!"

그는 김포 쪽으로 차를 몰았다. 급히 달려가야 할 일도 없었으므로 느릿느릿 차를 운전해 나갔다.

"그럼 저를 터미널에서부터 미행하셨나요?"

차가 한적한 김포가도로 들어섰을 때 오지애는 드디어 참지 못하고 물었다.

"이제 내 말을 인정하나? 인정하지 않으면 파출소 앞에다 차를 댈 거야."

정말로 그는 파출소 앞에다 택시를 잠깐 정차시켰다.

오지애는 얼굴빛이 파래졌다.

"인정해요. 아저씨, 봐주세요."

차가 앞으로 굴러갔다. 그녀는 안도의 한숨을 내쉬었다.

"터미널에서부터 당신을 미행해 왔어."

"그럼 우리 집에도 오셨겠네요?"

"물론 갔었지. 문패의 이름이 한병수라고 되어 있던데, 그게 당신 남편 이름인가?"

"아니에요, 집 주인 이름이에요. 저는 그 집에서 셋방을 살고 있어요."

"그렇게 거짓말해도 소용없어! 다 알고 있는데 왜 거짓말 하는 거야?"

운전사는 완전히 반말로 위엄 있게 말했다.

"당신 같은 나쁜 여자는 이 사회의 암이야. 빨리 도려 내지 않으면 안 돼."

그가 위엄 있게 나올수록 오지애는 저자세로 나왔다. 그녀는 부인한다는 것이 쓸데없는 짓이라는 것을 간파하고 있었다. 그렇다면 사내의 입을 막을 수 있는 방법을 빨리 강구하지 않으면 안 된다는 것도 알고 있었다. 그녀는 마치 간이라도 빼 줄 것처럼 용서를 빌었다. 한 번만 봐준다면 무슨 요구든지 들어주겠다고 나왔다. 자신의 불행한 인생을 한탄하면서 눈물을 짓기도 하고 사내에게 교태를 부리기도 하면서 상대방의 약한 마음을 흔들어 놓았다.

"그 학생은 외동딸이야. 형사 말로는 대학 교수의 딸이래. 그런 어린 학생을 유괴해 다가 뭘 했지? 형사 말로는 팔아먹었을 거라고 하던데 그게 정말인가?"

"그건 잘 모르겠어요."

"모르다니, 그걸 말이라고 하는 거야?"

"정말 몰라요. 어떻게 됐느냐 하면……"

그녀는 그럴 듯하게 꾸며 대기 시작했다. 아이들이 넷이나 되는데 남편이 앓아눕는 바람에 하는 수 없이 많은 빚을 걸머지게 됐다. 그 빚을 갚을 길이 없게 되자 빚쟁이가 어린 여학생을 데리고 오라고 했다. 어린 여학생을 열 명만 데리고 오면 빚을 갚은 걸로 해 주겠다는 것이었다. 그녀는 눈물을 흘리면서 그럴 듯하게 꾸며 댔다.

"그 빚쟁이가 어린 학생들을 어디다 써먹을려고 하는지 그건 모르겠어요."

"지금까지 몇 명을 데려다 줬지?"

"두 명 데려다 줬어요. 제가 나쁜 짓을 했다는 건 잘 알고 있어요. 하지만 제가 경찰에 붙잡히면 아이들하고 남편을 돌볼 사람이 없어요. 제발 한 번만 봐주시면 다시는 그런 짓 하지 않겠어요. 맹세코 하지 않겠어요. 한 번만 봐주시면 제가 섭섭하지 않게 해 드리겠어요."

차는 김포가도를 벗어나 인적이 드문 한적한 길로 들어섰다. 얼마쯤 달리다가 그는 차를 길 한쪽에 세웠다. 저만치 여관의 불빛이 보였다.

"섭섭하지 않게 해 주겠다는 건 뭐지? 어떻게 섭섭하지 않게 해 주겠다는 거야?"

그에게도 어느 정도의 양심은 있었다. 그러나 지금은 그것이

거품처럼 사라지고 없었다. 그는 지금 이 여자로부터 과연 무엇을 얻을 수 있는지 그것만을 생각하고 있었다. 꼭 끼는 바지에 감싸인 여인의 볼륨 있는 하체와 앞을 열어젖힌 빨간 블라우스 사이로 드러난 그녀의 보일 듯 말 듯한 젖가슴이 자꾸만 눈앞을 어지럽히고 있었다. 여자에게서 얼마를 받을 수 있을까? 그는 여인의 대답을 기다렸다.

"요구하시는 대로 드리겠어요. 돈도 좋고 몸도 좋아요. 뭐든지 드리겠어요."

여인을 쏘아보는 사내의 두 눈이 그녀의 말을 듣자 쥐새끼처럼 반짝였다.

"그거 듣던 중 반가운 말이군. 난 말이야……"

"그럴 게 아니라 우리 저기 들어가서 이야기해요."

오지애는 여관 간판의 불빛을 가리켰다.

"여관에 들어가자는 거야?"

"뭐 어때요? 저기 들어가서 한잔 하면서 이야기해요. 사실 나는 병신 남편하고 살고 있기 때문에 밤이면 괴로워요. 오늘 밤도 그래서 홀에 갔던 거예요."

"나도 늙어서 별수 없을걸."

하면서 유기태는 여관 쪽으로 차를 몰았다.

이윽고 그들은 여관 앞에 차를 주차시킨 후 여관 문을 밀치고 안으로 들어갔다.

종업원이 그들을 방으로 안내했다. 유기태는 침대를 싫어했기 때문에 한실을 달라고 했다.

오지애는 방으로 들어가기 전에 종업원에게 만 원짜리 한 장을 주면서 맥주와 안주를 좀 사오라고 일렀다.

그들이 여관에 들어서자 그것이 신호이기라도 하듯 비가 억수같이 퍼붓기 시작했다. 방으로 들어간 유기태는 오지애가 펴 주는 이부자리 위에 벌렁 드러누웠다.

"안마해 드릴게요."

그가 뭐라고 말하기도 전에 그녀는 그의 다리를 주무르기 시작하였다.

그는 기지개를 쭉 켜면서 눈을 스르르 감았다. 이렇게 스릴이 있고 통쾌감을 느끼기는 실로 오랜만이었다. 여자한테 이렇게 대접을 받아 보기는 난생 처음인 듯했다. 그는 남자처럼 우락부락한 아내를 생각했다. 아내를 여자라고 생각한 적은 한 번도 없었다. 아내의 괄괄한 성격에 눌려 지내 온 그는 여자의 상냥한 미소와 나긋나긋한 손길이 항상 그립던 터였다.

종업원이 술과 안주를 가져오자 오지애는 문을 안으로 걸어 잠갔다. 그리고 아예 블라우스를 벗어 버렸다. 위에 걸친 옷을 벗으니 브래지어만을 걸친 상체가 고스란히 드러났다. 40대 여인치고는 가무잡잡한 피부에 아직도 윤기가 흐르고 있었고 젖무덤이 풍만해 보였다.

그녀의 도발적인 태도에 유기태는 그만 황홀했다. 그녀가 권하는 대로 술을 넙죽넙죽 받아 마시면서도 정신은 온통 그녀의 젖무덤에 쏠리고 있었다.

"더운데 옷 벗으세요."

유기태의 얼굴에 취기가 감도는 것을 보고 그녀는 더욱 대담하게 나왔다. 위에 걸친 점퍼를 벗긴 다음 바지까지 빼냈다. 결국 그는 러닝셔츠와 팬티 바람으로 앉아 술을 마셨다. 그야말로 상상만 하던 광경을 그 자신이 주인공이 되어 연출하고 있다고 생각하니 현실로 받아들여지지가 않았다.

오지애는 이윽고 상체를 사내에게 안겨 왔다. 그의 손이 자연 그녀의 브래지어 속으로 들어갔다. 손바닥 가득히 잡히는 묵직한 젖가슴이 따뜻했다.

"용서해 주시는 거죠?"

오지애는 요염한 눈길로 남자를 올려다보면서 남자의 의사를 떠보려고 했다. 그녀의 한 손은 부지런히 남자의 중요한 부위를 애무하고 있었다.

"용서해 달라고? 용서해 주지. 하지만 세상에 공짜가 어딨어? 앞으로 하는 걸 봐서 용서해 주겠어."

그의 머릿속은 교활한 계산으로 가득 차 있었다. 그는 쾌락과 돈을 함께 얻고 싶었다.

"아이, 잘 해 드릴게요."

그녀는 교태를 부리며 스스로 브래지어를 벗었다. 그리고 바지도 벗어 버렸다.

사내는 땀에 젖은 삼각팬티가 허벅지 사이에 아슬아슬하게 붙어 있는 것을 뚫어지게 쏘아보다가 더 이상 참을 수 없다는 듯 그녀를 요 위에 눕히고 거기에 손을 갖다 댔다.

그는 갑자기 급해졌다. 몹시 허둥대는 그를 여자가 도와 줬다.

위치가 바뀌어 이번에는 그가 요 위에 눕혀졌다. 그의 빈약한 몸뚱이가 드러나고, 여자의 두 손이 어지럽게 그 몸을 어루만져 나갔다.

"몸으로 때우면 안 돼요?"

남자의 몽롱해지는 의식 속에다 그녀는 가장 쉬운 거래 조건을 디밀었다.

그러나 그는 술에 취했으면서도 여자에게 한 발짝도 양보하려고 하지 않았다. 그는 시간이 흐를수록 더욱 끈질긴 근성을 보이고 있었다.

그는 일단 대답을 보류한 채 그녀의 육체를 탐하는 데 열중했다. 허덕이면서 땀을 비 오듯이 흘리면서 그녀의 몸속을 헤엄쳐 가다가 이윽고 만족한 신음 소리를 내면서 그녀의 몸에서 떨어져 나갔다.

그녀는 욕실로 들어가 수건에 물을 적셔 가지고 나와 그의 땀에 젖은 몸을 닦아 주면서 속삭이는 소리로 물었다.

"좋았어요?"

"음, 좋았어."

그는 천장을 향해 담배 연기를 기분 좋게 내뿜었다.

"하지만 말이야, 이걸로 끝났다고 생각하면 안 돼!"

그녀의 안색이 확 변했다.

"더 이상 필요하신 게 뭐예요?"

"그걸 꼭 이야기해야 하나? 그쪽에서 알아서 할 일이지. 난 궁하단 말이야!"

"그럼 우리 솔직히 이야기해요. 얼마면 되겠어요?"

"알아서 주라고."

그는 액수를 말하지 않으려고 했고, 오지애는 그것을 들어야 겠다고 기를 쓰고 나왔다. 마침내 그는 마지 못하는 척 그 액수를 제시했다.

"내가 지금 딱 2백이 필요한데 말이야……"

"2백이나요?"

그녀는 펄쩍 뛰었다.

"응, 2백이 필요해."

그는 당연하다는 듯 당당하게 말했다. 그녀는 무섭게 그를 쏘아보았다.

"너무 많아요. 그만한 돈이 없어요!"

"없으면 마련해야지."

몇 번 애걸해도 안 되자 오지애는 포기한 듯 그의 요구를 받아들였다.

"좋아요, 그걸로 딱 끝나는 거예요? 나중에 귀찮게 굴지 말아요. 만일 귀찮게 굴면 나한테도 생각이 있어요."

"알았어. 그것으로 딱 그칠 테니까 걱정하지 마. 감옥에 가는 것 보다야 2백을 내는 게 낫지."

"당신…… 그러고 보니까 악질이군요?"

"피차일반이지 뭐."

"지금은 돈이 없어요. 가서 가져와야 해요."

유기태는 그것 때문에 내일 또 이 여자를 만나서 또다시 승강이를 벌일 필요는 없다고 생각했다. 이런 거래일수록 빨리 끝내는 게 좋다고 생각한 그는 그녀를 따라가서 돈을 받아 내야겠다고 마음먹었다.

"가서 가져올 게 아니라 함께 가도록 하지. 우리 거래가 끝나면 나도 집에 가 봐야 하니까 말이야."

"좋아요."

그녀는 의외로 선선히 응했다.

밖에는 여전히 앞을 분간할 수 없을 정도로 억수 같은 비가 내리고 있었다.

오지애는 집으로 가지 않고 영등포 로터리 쪽으로 가 달라고 부탁했다. 그쪽으로 가야 돈을 둘러댈 수가 있다는 것이었다.

얼마 후 유기태는 영등포 로터리 부근에 있는 어두운 골목에다 차를 주차시켰다.

"돌아올 때까지 여기서 기다리세요."

오지애는 이렇게 말한 다음 차에서 내려 어둠 속으로 급히 사라져 갔다.

유기태는 불을 모두 끈 다음 의자 등받이를 뒤로 젖히고 상체를 눕혔다. 눈을 감고 라디오에서 흘러나오는 음악 소리를 들으며 잠을 청했다. 이제 기다리기만 하면 2백만 원이라는 거금이 생긴다고 생각하니 기쁘기 그지없었다. 2백만 원이 생기면 무얼 할까. 아내에게는 비밀로 할 셈이었다. 멋진 데 써야겠는데 얼른 생각이 나지 않는다. 그런저런 생각을 하고 있다가 그는 얼핏 잠이 들었다.

그가 잠에서 깨어난 것은 인기척을 느끼고서였다. 상체를 급히 일으키는데 어둠 속에서 남자 목소리가 들려 왔다.
"기사 양반, 갑시다. 불을 켜지 말고 그대로 갑시다."
바로 옆 자리에 남자 손님이 앉아 있었다.
"가지 않습니다."
"잔소리 말고 가!"
이번에는 뒤쪽에서 역시 날카로운 남자 목소리가 들려 왔다.
유기태는 의자를 바로 하고 불을 켜려고 손을 뻗었다. 그러자 목덜미에 차가운 감촉이 섬뜩하게 느껴졌다. 그것이 칼일 것이라고 그는 순간적으로 생각했다.
"불을 켜지 마. 그리고 허튼 수작 하지 말고 차를 돌려. 시키는 대로 하지 않으면 목을 잘라 버린다."
뒷문이 열리더니 또 한 사람이 올라타는 것 같았다.
"이 영감 다시는 입을 열지 못하게 만들어 놔요."
그것은 오지애의 목소리였다.

살 인

7월 24일 아침 9시가 조금 지난 시간.

S경찰서 수사과는 흡사 장터처럼 붐비고 시끄럽다. 어느 경찰서나 다 마찬가지겠지만 특히 S경찰서 수사과의 아침 분위기는 그 정도가 매우 심하다. 그곳은 서울 시내 경찰서 중에서 대소 사건의 발생률이 가장 높기 때문일까. 아마 그렇게 보는 것이 옳을 것이다.

수사과 중에서도 형사계 쪽이 제일 시끄럽다. 형사들은 으레 전화기에다 대고 고래고래 고함을 질러 대기 일쑤이고 피의자를 상대로 이야기할 때에도 고함을 지르고 책상을 주먹으로 치기가 다반사이다. 그러니 시끄러울 수밖에 없는 것이다. 고함을 지르고 주먹으로 책상을 치는 그 자체는 얼른 보기에 경찰의 이미지에 먹칠을 하는 짓일는지 몰라도 폭주하는 사건에 시달리고 있는 형사들한테는 그것이야말로 일종의 스트레스 해소일 수도 있는 것이다.

그러나 형사들이라고 모두 고함을 질러 대는 것은 아니다. 그들과는 달리 시끄러운 것을 싫어하고 될수록 조용조용히 이야기하려고 애쓰는 형사도 없지 않다. 여봉우 형사가 바로 그런 타입의 형사였다.

그 날 아침, 그러니까 7월 24일 아침, 여우는 부근 다방에서 배달되어 온 커피를 마시면서 그 날 해야 할 일에 대해 곰곰이 생각하고 있었다. 시끄러운 가운데서도 그 자신만은 조용함을 유지하는 데 이미 익숙해져 있었다.

밖에는 어제에 이어 여전히 비바람이 치고 있었다. 이런 날 밖에 나가 싸돌아다니기는 정말 싫다. 이런 날에는 따뜻한 아랫목에 누워 실컷 낮잠이나 자고 싶다.

"안녕하십니까?"

조사계의 지치수가 다가와 고개를 꾸벅했다.

"아, 왔나. 커피 한 잔 하지."

"조금 전에 마셨습니다. 오늘 제가 할 일에 대해서 좀 말씀해 주십시오."

여우는 미간을 찌푸리면서 창밖을 바라보았다.

창문을 타고 흘러내리는 빗물 사이로 나뭇가지들이 바람에 휘어지는 것이 보였다.

"바람이 더욱 거세어지는 모양이야. 날씨가 이래서야 어디 돌아다닐 수 있겠나."

"그래도 가만있을 수 있습니까."

젊은 지 형사는 수사 형사로서 의욕에 차 있는 듯이 보였다.

그는 형사계 일을 도와주게 된 것을 몹시 기쁘게 생각하고 있는 것 같았다.

"유기태 씨한테 전화를 걸어 주겠나? 아직 일 나가지 않았을 거야. 집으로 전화를 걸어 봐."

"뭐라고 할까요?"

"유기태 씨한테 시간 좀 내달라고 해. 여기 와서 유괴범의 몽타주를 작성하는 데 좀 협조해 달라고 해. 동희 양한테도 연락을 취하고 말이야."

지 형사는 수화기를 집어 들고 다이얼을 돌렸다. 신호가 가기 무섭게 기다렸다는 듯이 신호가 떨어지면서

"여보세요!"

하고 다급하게 부르는 여인의 목소리가 들렸다.

"여보세요, 죄송하지만 거기가 개인택시 운전하는 유기태 씨 댁입니까?"

"네, 그런데요. 어디신가요?"

"여긴 경찰입니다. 유 기사님 좀 바꿔 주시겠습니까?"

"무슨 일로 그러시는데요?"

잔뜩 겁먹은 목소리로 물어 온다.

"아, 별일은 아니고 뭐 좀 부탁하려고 그럽니다. 계시면 좀 바꿔 주십시오."

"지금 안 계셔요."

"벌써 일 나가셨나요?"

"아니에요, 어제 나가셔서 아직 안 들어오셨어요."

여인의 목소리가 걱정에 가득 차 있는 듯이 들려 왔다.

"실례지만 유 기사님하고 어떻게 되십니까?"

"전 안사람 돼요."

"아, 사모님 되시는군요. 지금 유 기사님하고 연락이 좀 됐으면 좋겠는데……. 몇 시쯤 집에 들어오신다고 전화 연락이 없었습니까?"

"없었어요. 그렇지 않아도 저도 연락을 기다리고 있는 중이에요. 일하러 나가서 집에 안 들어오신 적은 지금까지 한 번도 없었어요. 아무리 늦어도 밤 11시까지는 꼭꼭 들어오셨어요. 그런데 엊저녁에는 들어오시지도 않고 전화 연락도 없었어요. 무슨 사고가 난 것만 같아 걱정이 돼서 죽겠어요. 더구나 날씨까지 나쁜데……."

비로소 그녀의 목소리가 걱정에 가득 차 있었던 이유를 알 수 있을 것 같았다. 그러나 지 형사는 남의 걱정 따위에는 관심이 없었다. 그런 것은 그가 상관할 일이 아니었다.

"무슨 일이야 있겠습니까. 연락이 오거든 S경찰서 형사계로 전화를 좀 급히 부탁한다고 전해 주십시오. 지 형사 아니면 여 형사를 찾으면 됩니다."

"무슨 일로 그러시는데요?"

그 말에는 대답하지 않고 그는 수화기를 내려놓았다.

"유기태 씨는 어제 일 나가서 아직 집에 안 들어왔답니다. 부인이 전화를 받았는데 아직까지 아무런 연락이 없다고 걱정이 태산 같습니다."

여우는 입에 대고 있던 찻잔을 내려놓았다. 그리고 미묘한 시선을 지 형사에게 던졌다.

"어제 일 나간 사람이 아직 집에 안 들어왔단 말이지? 아무 연락도 없고?"

"네, 그렇답니다."

지 형사는 떨떠름한 표정으로 대답했다.

"어디 멀리 간 모양이군."

"전에는 그런 적이 없었답니다."

여우는 고개를 갸우뚱하다가 몸을 일으켰다.

그 곳은 주택가로부터 좀 떨어져 있는 버려진 공터였다. 공터는 꽤 넓었고 잡초로 뒤덮여 있었다. 여기저기에 쓰레기 더미도 보였다. 청소차가 오지 않거나 하면 질이 좋지 않은 주민들이 더러 거기에다 쓰레기를 갖다 버리곤 해서 쓰레기가 여기 저기에 더미를 이루고 있었다.

애초에 그 곳은 공장터였다. 그것을 말해 주는 듯 지금도 공장 건물이 흉한 몰골로 한켠에 서 있었다. 건물의 유리창은 모두 깨어져 있었고 천장도 뻥 뚫려 있었다. 그나마 한쪽 벽은 무너져서 마치 폭격에 부서진 것처럼 보였다. 그 공장이 도산한 것은 10년 전이었다. 빚쟁이들이 몰려들고 소송이 붙더니 결국은 끝없는 말썽의 소지로 지금까지 적당한 임자를 찾지 못한 채 내버려져 있었다.

10년 동안 그렇게 방치되어 있는 바람에 낮에는 아이들의 놀이터가 되었고 밤에는 불량배들의 온상이 되어 더러 좋지 않은 일들이 일어나곤 했다. 지난봄에만 해도 어떤 여학생이 강간 살해된 시체로 건물 안에서 발견되는 바람에, 주민들이 들고 일어나 건물을 빨리 철거하라고 구청에 몰려가는 소동이 일기도 했었다. 그 일로 당분간 불량배들은 그 곳에 얼씬하지도 않았는데 날씨가 더워지면서 그들은 다시 슬금슬금 그 곳에 나타나기 시작하고 있었다.

그날 날씨가 좋았다면 아침부터 개구쟁이 아이들이 그 곳에 몰려왔을 것이다. 여름 방학 중이라 아이들은 눈만 뜨면 놀기부터 했다. 그리고 그 곳은 아이들이 병정놀이하기에는 안성맞춤인 곳이었다.

그러나 그날 아침은 비바람이 치고 있었기 때문에 아이들은 그 근방에는 얼씬도 하지 않은 채 모두 집 안에 틀어박혀 만화를 보던가 텔레비전을 보던가 했다.

우중충한 공장 건물과 잡초투성이의 빈 터는 비바람 속에 한 층 더 을씨년스러워 보였다. 무너진 담벼락이 더욱 그 곳을 스산하게 만들어 주고 있었다.

아침나절 내내 쏟아지는 비를 맞으며 그 곳에 들어가는 사람은 하나도 보이지 않았다.

오후 1시쯤 되었을 때 한 사람이 그쪽으로 접근하는 것이 보였다. 나이 든 노인 거지였다. 노인은 찌그러진 우산으로 겨우 비바람을 가리면서 그쪽으로 다가갔다. 노인의 한쪽 어깨에는 해진 여행 가방이 하나 걸려 있었다. 모자 밑으로 드러난 머리칼은 온통 잿빛이었고 어깨는 구부러져 있었다. 걸음걸이는 몹시 불안해 보였다.

노인은 변이 마려웠다. 그래서 아까부터 골목을 헤매면서 적당한 곳을 찾았지만 안심하고 바지를 끌어내릴 수 있는 곳이 보이지 않던 차에, 마침내 적당한 곳을 발견하고 그 곳으로 발걸음을 옮긴 것이다.

마당을 가로질러 폐허가 된 건물 쪽으로 다가간 그는 주춤했다. 건물 안에 웬 택시가 한 대 서 있었던 것이다. 개인 택시였는데 택시 문은 모두 열려 있었고 안에는 아무도 없었다. 차의 상태가 좋고 깨끗한 것으로 보아 오래 전에 그 곳에 버려진 차는 아닌 것 같았다.

차 주위를 한 바퀴 돌아보다 말고 노인은 주춤했다. 차 뒤 어둠침침한 곳에 누군가가 쓰러져 있는 것이 보였던 것이다. 노인은 멈칫했다가 주머니에서 돋보기안경을 꺼내 썼다. 그리고 가까이 접근해 보았다.

그 사람은 천장을 향해 두 눈을 부릅뜬 채 누워 있었다. 얼굴은 온통 피투성이였다. 인생의 온갖 풍상을 겪어 온 노인은 그것을 보고도 별로 놀라지 않았다. 그는 주춤하다가

"여보시오!"

하고 상대방을 불러 보았다. 대답이 없자 그는 발로 그 사람의 허벅지를 차 보았다. 허벅지는 이미 경직된 느낌이었고 여전히 아무런 반응이 없었다.

"죽은 모양이야. 쯧쯧……"

노인은 시체를 내려다보며 중얼거리면서 혀를 차다가 침을 뱉고는 돌아섰다.

그는 서두르지 않았다. 자신의 목숨이 얼마 남지 않은 것을 알고 있는 그는 낯선 시체를 발견해도 별로 무섭지가 않았다. 아니, 오히려 이상하게도 그 주검이 친근하게 느껴졌다.

"쯧쯧, 안됐어. 하지만 누구나 다 죽게 마련이니까 애통해 할 것은 없지……"

그는 중얼거리면서 시체로부터 멀리 떨어진 곳으로 걸어가 바지를 내리고 쭈그리고 앉았다. 끙끙 힘을 주면서 변을 보고 난 그는 이윽고 바지를 끌어올리고 나서 차를 한참 바라보다가 그 쪽으로 슬금슬금 다가갔다.

차 속을 찬찬히 들여다보던 그는 차 바닥에 떨어져 있는 안경을 집어 들었다. 그것은 알이 깨어지고 한쪽 다리가 부러져 있었다. 그것을 도로 바닥에다 버리고 난 그는 운전석 한쪽에 달려 있는 돈주머니를 발견하고는 그 속으로 손을 디밀어 보았다. 주머니 속에서 지폐는 잡히지 않고 그 대신 동전이 한 주먹 잡혔다. 그는 그것들을 모두 꺼내 자신의 여행 가방 속에다 쓸어 넣었다. 더 이상 차 속에 가져갈 만한 것이 보이지 않자 그는 시체 쪽으로 다가갔다.

"여기 이렇게 누워만 있으면 어떡하나. 쯧쯧. 가족들이 기다릴 텐데……"

마치 살아 있는 사람한테 말하듯 중얼거리면서 그는 죽은 사람의 주머니를 뒤지기 시작했다. 바지 주머니 속에서는 다행히 지폐가 몇 장 나와 주었다. 만 원짜리 다섯 장과 천 원짜리 열 장이었다. 노인으로서는 횡재나 다름없었다. 우선 그는 그 돈으로 자장면을 한 그릇 사 먹고 싶었다. 그는 안 그래도 몹시 시장하던 참이었다.

그 곳을 빠져 나온 그는 시장 쪽으로 걸어가다가 도중에 중년의 남자를 만났다. 점퍼 차림의 그 중년은 사람이 좋아 보였다. 머리에는 민방위 마크가 달린 모자를 쓰고 있었다. 그 곁을 지나치다 말고 노인은 중년을 불러 세웠다.

"나 좀 봅시다."
"네, 무슨 일입니까?"

중년이 웃으며 우산을 뒤로 젖혔다.

"사람이 죽었어. 사람이……"
"어디에 말입니까?"
"저기…… 저기에 죽어 있어. 한번 가 보라구요."

중년 사내는 동 직원이었다. 그는 정색을 하고 노인을 바라보다가 급히 공터 쪽으로 걸음을 옮겼다.

몽타주 작성 전문 요원은 장미의 친구인 동희를 통해서 대충 유괴범의 얼굴 모습을 맞추어 보았다. 동희는 아침나절 내내 그 일 때문에 경찰서에 붙잡혀 있었다.

목격자가 많으면 많을수록 정확한 몽타주를 만들 수가 있다. 전문 요원은 동희의 조언에 만족할 수가 없었다. 또 한 사람의 목격자가 있다는데 그는 오후가 되어도 나타나지 않는다. 그는 구내전화로 지치수를 불렀다.

"그 사람 아직 안 왔나요?"

"아직 연락이 안 됐습니다. 지금 행방을 찾고 있는 중이니까 좀 기다려 주십시오."

여우는 지 형사에게 다시 유기태 씨 집에 전화를 걸어 보라고 지시를 했다.

전화를 걸어 보고 난 지 형사는 고개를 흔들었다.

"유기태 씨는 아직 자기 집에도 안 들어왔고 전화 연락도 없답니다."

"이상하군."

여우는 자리에서 일어나 왔다 갔다 하다가 수화기를 집어 들고 시경 상황실을 불렀다.

"어제부터 오늘 이 시간 사이에 발생한 자동차 사고를 모두 알려 줘요. 우리가 찾고 있는 차는 개인택시로 운전사의 이름은 유기태…… 차 번호는 서울 3바 527X번…… 어제 나가서 아직 소식이 없어요."

전화를 받은 여직원은 상냥했다. 전화를 끊고 3분쯤 기다리고 있자 전화벨이 울렸다.

"사고 차 중에 그런 차는 없습니다."

"그럼 수배를 부탁해요."

여 형사가 수배를 부탁한 지 30분이 못 돼 시경 상황실에서 전화가 걸려 왔다.

"아까 수배를 부탁하신 개인택시를 찾았습니다. 그런데 운전기사는 피살됐답니다. 조금 전에 시체를 발견했다는 보고가 들어왔습니다."

"어느 관할이지요?"

여우는 조용히 물었다. 얼굴은 창백했다.

"K서입니다."

"고맙소."

여우는 지 형사를 멀거니 바라보다가 급히 밖으로 뛰어나갔다. 그 뒤를 지 형사가 허둥지둥 따랐다.

여우와 지 형사가 사건 현장에 도착했을 때 그 곳에는 이미 관할서의 수사진이 진을 치고 있었다. 그 중에는 아는 얼굴도 몇 있었다.

여우는 시체를 덮어놓은 가마니를 들춰 보았다. 피살자는 개인택시 기사인 유기태가 틀림없었다. 그의 얼굴에는 온통 피가 말라붙어 있었다. 안면이 있는 관할서의 형사반장이 다가와서 손을 내밀면서 어쩐 일로 이곳까지 왔느냐고 그는 의아한 표정으로 물었다.

"우리가 필요로 한 인물이었습니다. 아침에 집으로 연락했더니 어제 일 나가서 아직 안 들어왔다는 거였습니다. 상황실에 수배를 부탁해 놨었지요."

"그랬었군."

형사반장은 머리를 끄덕이고 나서 무슨 사건에 관계된 인물이냐고 물어 왔다.

여우는 대충 설명해 주었다.

"……그러니까 유괴범의 얼굴을 알고 있는 중요한 증인인 셈이죠. 오늘 몽타주를 만들려고 찾았는데 이렇게 당하고 말았군요. 피살입니까?"

"피살이야. 여기저기 상처가 많은데 특히 머리를 심하게 얻어맞았어. 그게 치명적이었던 것 같아. 몽둥이 같은 것으로 후려친 모양이야. 발자국을 보니까 한 놈의 소행이 아니고 두 명 이상의 소행인 것 같아. 주머니에 돈이 하나도 남아 있지 않은 걸 보니까 강도 같기도 한데…… 여 형사 말을 들으니까 달리 생각되기도 하는군."

여봉우는 머릿속이 혼란스러워졌다. 지금으로서는 어느 쪽으로도 단정을 내릴 수가 없을 것 같았다. 우연히 택시 강도를 태워 줬다가 당했을 수도 있고, 아니면 그 유괴범한테 살해됐을 수도 있다.

"그 유괴범한테 살해된 게 아닐까요?"

지 형사가 눈을 휘둥그렇게 뜨고 물어 왔다.

"글쎄, 아직은 뭐가 뭔지 모르겠어. 수법이 여자의 솜씨는 아닐 테고, 그 여자의 부탁을 받고 남자들이 그를 해치웠는지도 모르지. 이것이 만일 장미 양 유괴범의 짓이라면 그 일당한테 당한 거야. 하지만 유기태 씨가 어떻게 그 유괴범을 만나게 됐는가 하는 점이 의문으로 남아. 유기태 씨는 유괴범의 거처를 모르고 있었거든."

"그들이 유기태 씨를 찾아내서 죽인 게 아닐까요?"

"글쎄, 그렇게까지 할 필요가 있었을까?"

유기태 씨가 피살된 시간은 대략 7월 23일 밤 11시에서 24일 새벽 2시 사이로 밝혀졌다.

여우는 유류품들을 살펴보았다. 그 중에서 시선을 끄는 것이 하나 있었다. 주차 위반으로 교통경찰관으로부터 받은 딱지였다. 딱지를 뗀 장소는 영등포시장 부근이었다. 그는 그것을 주의 깊게 들여다보았다.

날이 어둑어둑해질 무렵 여우와 지 형사는 어젯밤 유기태한테 딱지를 떼어 준 교통경찰관을 만날 수가 있었다. 그는 어제 그 자리에서 오늘도 교통정리를 하고 있었다. 그들은 그를 데리고 사정을 말한 다음 부근 다방으로 들어갔다. 그 경찰관은 노란 비옷을 벗은 다음 따끈한 우유를 한 잔 청했다. 그는 서른쯤 되어 보였고 뚱뚱했다.

"어제 이 딱지를 떼인 개인택시 운전기사가 시체로 발견됐습니다. 살해됐죠."

"그래요?"

교통경찰관은 놀란 눈으로 그들을 쳐다보았다.

"그럴 줄 알았으면 딱지를 떼지 말 걸 그랬는데요."

교통경찰관은 후회하는 표정으로 말하면서 마시던 우유 잔을 내려놓았다.

"그 때 딱지를 뗀 시간이 밤 10시 20분이라고 적혀 있는데 맞습니까?"

"네, 맞습니다."

경찰관은 여 형사가 가지고 있는 자기가 뗀 딱지를 들여다보면서 끄덕였다.

"이 사람 기억납니까?"

"네, 기억할 수 있습니다."

"어디에 주차해 있었나요?"

"저쪽 시장통 입구에 주차해 있었습니다. 아마 한 서너 시간 정도는 그 곳에 주차해 놨을 겁니다. 제가 그 사람을 기억하고 있는 것은 주차 위반을 했다고 면허증 제시를 요구하니까 아무 말도 하지 않고 순순히 내놓았기 때문입니다. 경찰이 면허증 제시를 요구하면 택시 운전기사들은 으레 한 번 봐 달라고 사정사정하기 마련인데 그 운전기사는 전혀 그렇지가 않았습니다. 순순히 면허증을 내보이고 딱지를 받기에 참 별난 택시 운전기사도 다 있다고 생각했지요."

"그 사람은 혼자였나요?"

"아닙니다. 어떤 중년 여자하고 동행이었습니다."

형사들은 긴장했다.

"그 여자의 인상착의를 기억할 수 있어요?"

"글쎄, 어두워서 자세히 보지는 못했습니다."

여 형사가 몹시 실망한 표정을 짓자 그는 한참 생각해 보고 나서 다시 입을 열었다.

"얼굴은 잘 기억하지 못하겠고 옷차림은 기억이 납니다. 위에 빨간 블라우스를 입었던 걸로 기억합니다. 밑에는 바지 같은 걸 입었던 것 같아요."

"그 여자는 택시 손님이었나요?"

"아닌 것 같았습니다. 어디선가 함께 다정하게 우산을 쓰고 나타났으니까요. 차에 탈 때에도 운전석 옆 좌석에 다정하게 붙어 앉았습니다. 여자 얼굴이 광대뼈가 좀 튀어나온 것 같은 인상이었습니다."

유기태는 밤 10시가 넘은 시간에 손님이 아닌 웬 중년 여인을 차에 태우고 어디론가 갔다. 어디로 갔던 것일까? 그리고 그 여인은 누구일까?

그들은 다방을 나와 교통경찰관과 헤어졌다.

"마동희가 말한 그 장미 양 유괴범 여인의 인상하고 그 중년 여인의 모습이 비슷한 데가 있는데요. 그 여자도 광대뼈가 튀어나왔다고 했습니다."

가까운 식당으로 저녁 식사를 하러 가면서 지 형사가 말했다. 여우는 잠자코 생각에 잠겨 걸었다.

그는 유기태한테 혹시 내연 관계의 중년 여인이 있었던 게 아닐까 하고 그는 한동안 깊이 생각했다. 그 생각 끝에 그는 지 형사에게 말했다.

"유기태 씨한테 혹시 내연 관계의 여자가 있었는지 그 사람 주변에 알아 봐."

그들은 냉면집으로 들어갔다. 날씨 때문인지 식당 안에는 사람들이 별로 없었다.

그들은 냉면을 시켰다. 냉면이 나오자 먹기 시작했다. 지 형사는 맛있게 식사를 했지만 여우는 입맛이 떨어져 냉면이 잘 씹히지가 않았다.

"내일부터 바빠지겠는데. 우선 시장을 중심으로 탐문수사를 벌일 필요가 있어. 서너 시간 주차를 해 놨다니까 아마 한 7시경으로 잡으면 될 거야. 유기태 씨는 그 시간에 거기다가 차를 주차시켜 놓고 어디에 갔다가 10시가 지나서야 웬 중년 여인을 데리고 나타나서 차에 탔어. 서너 시간 동안 그는 어디에 갔다 왔을까? 보통 때에도 교통이 복잡한 곳에서 러시아워에 장시간 차를 주차시켜 놓는다는 것은 상식 밖의 일이지. 더구나 택시 기사가 말이야. 장사도 안 하고 그는 도대체 어디에 갔다 왔을까? 아마 아주 다급한 일이 아니고는 그럴 수가 없을 거야. 그리고 그는 여자를 차에 태우고 어디에 갔을까."

수사

유괴 사건의 유력한 증인이 살해됨으로써 사건은 새로운 단계로 접어들었다.

경찰이 먼저 밝혀야 할 것은 유기태의 피살이 과연 유괴 사건과 관계가 있느냐 없느냐 하는 것이었다. 관계가 있다면 단일 사건으로 취급하여 수사진을 보강한 다음 적극적인 수사를 벌여야 한다. 그리고 관계가 없는 별개의 사건이라면, 이를테면 우연히 택시 강도를 당해 피살된 것이라면 거기에 대한 수사는 다른 팀에 의해 따로 진행되어야 한다.

여봉우는 유기태의 피살 사건과 유괴 사건이 관계가 있다고 보고 있었다. 그러나 그렇게 단정할 수 있는 근거가 아직 희박했다. 그 근거를 찾기 위해 그는 서울 시내 전 숙박업소를 뒤질 필요성을 느꼈다.

그가 그렇게 생각한 것은 유기태가 밤 10시가 넘은 시간에 빨간 블라우스 차림의 여인을 차에 태우고 어디론가 사라졌다는 교통경찰관의 증언 때문이었다.

　유기태는 7월 23일, 초저녁에 교통이 복잡한 시장통 입구에 택시를 주차시켜 놓고 어디엔가 갔었다. 불법 주차를 발견한 교통경찰관은 운전사가 나타나기를 기다렸지만 그는 10시가 훨씬 지나서야 나타났다. 그 때 그는 혼자가 아니었다.

　빨간 블라우스를 야하게 차려 입은 웬 중년 여인과 동행이었다. 한 우산 밑에서 다정하게 팔짱까지 끼고 나타난 것으로 보아 그들 사이는 보통 사이가 아닌 것 같았다. 교통경찰관이 딱지를 떼겠다고 했지만 운전사는 잘 봐 달라고 사정하는 법도 없이 순순히 면허증을 내놓았다. 그리고 딱지를 받고 나서 그 여인을 운전석 옆 자리에 태운 채 어디론가 사라졌다. 그 시간에 그 여인을 태우고 어디에 갔을까. 밤 10시가 넘은 시간이었다면 비가 억수같이 쏟아지고 있을 시간이다.

　밤…… 어둠…… 억수 같은 비…… 그리고 야한 차림의 여인…… 여관…… 불륜의 관계……. 이러한 상상은 아주 기초적인 것이라 할 수 있었다.

　여인과 함께 사라진 그는 그 날 밤 집에 들어오지 않았다. 그리고 다음 날 피살체로 발견되었다. 그가 살해된 시간은 여인을 태우고 사라진 지 몇 시간 뒤인 7월 24일 새벽 1시경으로 밝혀졌다. 그가 살해된 시간에 가장 가까이 접근해 있던 사람은 바로 그 빨간 블라우스 차림의 여인이다. 그 빨간 블라우스가 어쩌면 가능성을 보여 줄지도 모른다.

　"이봐, 그런 막막한 일을 가지고 서울 시내 모든 숙박업소를 뒤진다는 건 욕먹기 딱 알맞아. 강력 사건이 폭주하여 경찰력이 모두 고생하고 있는 판에 빨간 옷을 입은 여자와 안경 낀 남자가 지난밤에 투숙한 적이 있느냐 없느냐 따위를 알아봐 달라는 것은 좀 미안하지 않아?"

시경에 수사 의뢰를 하고 싶다는 여우의 말을 듣고 그 이유가 무엇이냐고 물어 보고 나서 형사계장이 보여 준 반응이었다. 그는 미간을 찌푸린 채 여우를 째려보고 있었다. 한 마디로 귀찮게 굴지 말라는 표정이었다.

"알고 있습니다. 하지만 만일 장미 양 유괴 사건과 관계가 있다는 것이 밝혀지면 이건 보통 사건이 아닙니다. 유괴범이 살인까지 한 겁니다."

형사계장은 담배 연기 사이로 눈을 가늘게 뜨고 그를 바라보다가 담배를 비벼 끄면서,

"가능성이 있어?"

하고 물었다.

"네, 가능성이 있습니다."

여우는 끄덕였다.

"잠깐 기다려. 과장한테 보고 해야지."

계장은 10분 만에 돌아왔다. 그리고 잠자코 수화기를 들더니 시경을 불렀다.

7월 25일은 언제 그랬느냐 싶게 날씨가 맑았다. 무더운 여름이 시작되려는지 하늘에는 구름 한 점 없었다. 오후가 되자 불볕

더위가 몰려왔다.

여우는 영등포 로터리 부근에 있는 시장통을 뒤지고 있었다. 유기태가 시장통 입구에다 택시를 장시간 주차시켜 놓고 어딘가에 다녀왔었다는 사실에 유의해서 그 일대를 대상으로 혼자 탐문수사를 벌이고 있었다. 오후 5시가 넘도록 돌아다녀 보았지만 수사에 도움이 될 만한 것은 아무것도 얻을 수가 없었다. 그의 발길은 오지애의 집 부근까지 접근했지만 결국 발길을 돌리고 말았다.

5시 반이 지났을 때 그의 무전기에서 호출음이 들렸다. 그는 즉시 공중전화로 달려가 본서로 전화를 걸었다. 지치수가 전화를 받았다.

"아, 제가 불렀습니다. 유기태의 여자관계를 조사해 봤더니 그는 너무 깨끗합니다. 내연 관계에 있는 여자는 생각할 수도 없습니다."

"음, 여자관계가 깨끗한 게 아니라 여자가 상대를 안 해 주었겠지."

"아, 잠깐만 기다려 주십시오. 마침 시경에서 전화가 온 모양입니다."

잠시 후 지 형사는 꽤 흥분해서 말했다.

"어젯밤 그 여자와 유기태가 투숙했던 여관을 발견한 모양입니다."

밤사이에 시내 모든 파출소에 하달된 명령은 관할 구역 내의 모든 숙박업소를 체크하여 23일 밤에 빨간 블라우스 차림의 중년 여인과 50대의 안경 낀 남자가 투숙한 일이 없는지를 조사하여 25일 오후 5시까지 보고하라는 내용이었다.

30분쯤 지나 여봉우 형사는 김포가도 쪽에 면한 한 파출소에 도착했다.

경찰청의 명령을 성실히 수행하여 얻은 것을 보고해 준 사람은 그 파출소의 나이 어린 경찰관이었다. 그 경찰관과 이야기를 하고 있는데 지치수가 달려 들어왔다. 그들은 경찰관을 따라 거기서 한참 떨어진 곳에 서 있는 여관을 찾아갔다. 그 여관은 주택가로부터 멀리 떨어진 들판에 서 있었는데 지은 지 얼마 안 된 듯 깨끗해 보였다.

"종업원이 다행히 그 사람들을 기억하고 있었습니다."

여관 문을 밀고 안으로 들어서면서 경찰관이 말했다.

종업원은 스무 살 안팎의 앳되게 보이는 청년이었다.

"23일 밤…… 그 날 밤은 비가 많이 왔었지. 그 날 밤 분명히 빨간 블라우스를 입은 중년 여인하고 안경 낀 늙은 남자하고 이 여관에 투숙했었나?"

"틀림없습니다."

종업원은 형사들이 추궁하자 겁먹은 얼굴로, 그러나 분명한 어조로 대답했다.

"그 사람들이 여기에 온 것은 몇 시쯤이었지?"

"그 날 밤 11시쯤이었습니다."

종업원은 그 시간을 기억하고 있는 이유로 그 때 방영되고 있던 텔레비전 프로그램을 들먹였다. 그는 그 드라마를 빼놓지 않고 매일 본다고 말했다.

"그 남자는 택시 기사였습니다."

"어떻게 그걸 알지? 숙박 카드에 운전기사라고 기재했나?"

"아닙니다. 주무실 손님들이 아니라서 숙박부는 적지 않았습니다. 여자 손님이 돈 만 원을 주면서 술을 사오라고 해서 밖에 나갔다 오면서 요 앞에 주차해 있는 택시를 보고 운전기사란 것을 알았습니다."

"그들이 들었던 방을 좀 보여 주겠나?"

그 방은 2층에 있는 한실이었다. 방 안은 깨끗하게 정돈되어 있었다.

"그들은 이 방에서 무엇을 했지?"

"글쎄요, 뻔하죠 뭐. 술 마시면서……"

종업원은 말하기 거북한 듯 얼굴을 붉혔다.

"그들은 여기에 얼마나 있었나?"

"그렇게 오래 있지는 않았어요. 약 1시간 남짓 있다가 나갔습니다."

"함께 택시를 타고 갔나?"

"네, 함께 가는 걸 봤습니다."

"그 여자를 보면 기억할 수 있겠나?"

"네, 어느 정도는……"

"그 남자는? 택시 번호를 기억하나?"

"택시 번호는 모릅니다. 하지만 남자 얼굴은 보면 알 수 있을 것 같습니다."

여우는 마지막으로 유기태의 사진을 내보였다.

"네, 이 사람이 틀림없습니다!"

술값도 여관비도 여자가 냈으며 남자는 여자에게 몹시 거드름을 피우고 있었다고 종업원은 덧붙여 말했다.

"유기태 씨는 택시 강도한테 당한 게 아니야."

이것은 여관을 나서면서 여우가 지 형사한테 한 말이었다.

"네, 저도 그렇게 생각합니다."

그들은 여인의 몽타주를 만들기 위해 종업원을 데리고 본서로 돌아왔다.

교통경찰관은 그 여인에 대한 기억이 분명하지 않았으므로 종업원의 진술을 토대로 몽타주가 만들어졌다. 그 몽타주는 장미의 친구 동희의 진술을 근거로 만들어졌던 몽타주와 비교되었다. 두 개의 몽타주에 나타난 인상의 특징은 놀랍도록 닮은 데가 많았다. 광대뼈가 튀어나온 것이랄지 하관이 쪽 빠진 것이랄지 눈이 사느스름한 것 등이 모두 비슷해 보였다. 다른 것이 있다면 헤어스타일이었다. 동희가 말한 그녀의 헤어스타일은 머리를 뒤로 동여맨 것이었고, 종업원이 증언한 헤어스타일은 달달 볶은 머리를 풀어헤친 것이었다.

"유기태 씨는 바로 이 유괴범한테 당한 겁니다! 의문의 여지가 없습니다."

계장에게 두 장의 여자 몽타주를 내보이면서 여우는 단언하듯 말했다.

"여자 힘으로 남자를 그렇게 때려죽일 수 있을까?

현장에는 두 명 이상의 소행으로 보이는 발자국들이 있었다는데……?"

"공범들이 있겠죠. 유괴를 전문적으로 하는 조직이라면 틀림없이 공범이 있을 겁니다."

"그 여자를 수배해!"

단순 유괴 사건은 이로써 살인 사건으로 발전했다.

사건은 즉시 상부에 보고 되었고, 위에서는 극비리에 그리고 빠른 시일 내에 사건을 해결하라고 엄명을 내렸다.

피살체가 발견되었으니 기자들의 눈을 피할 수는 없었다. 7월 24일 석간 일부와 25일 조간신문에는 개인택시 운전기사 유기태가 피살체로 발견되었다는 기사가 짤막한 2단 기사로 보도되었다. 그와 함께 경찰이 택시 강도를 당해 피살된 것으로 보고 있다는 말도 덧붙여 있었다.

사실 경찰은 사건을 비밀리에 해결하기 위해 기자들에게 유기태 씨가 택시 강도에게 당한 것 같다고 연막전술을 펴지 않을 수 없었다. 택시 기사가 강도에게 살해되는 예는 가끔 있는 일이었기 때문에 기자들은 유기태 씨의 죽음에 대해 더 이상의 관심을 두지 않았다.

곧 여봉우를 중심으로 수사진이 편성되었다. 형사 2반, 즉 강력 사건 전담반인 강력반은 현재 다른 사건에 매달려 있었기 때문에 별로 바쁘지 않은 부서의 형사들을 긁어모아 수사팀을 만

들어야 했다. 그렇게 해서 만들어진 팀워크인 만큼 기름을 바른 것처럼 매끈하게 돌아갈 리 만무했다. 인원은 여봉우까지 합쳐 모두 열 명이었다.

여우는 임시 반장으로 팀을 지휘해도 좋다는 허락을 받았지만 별로 기분도 내키지 않았고 사건을 쉽게 해결할 것 같은 기분도 들지 않았다. 그래서 그는 명령을 수행한다는 마음으로 기계적으로 수사에 착수했다.

수사본부는 유괴된 김장미 양의 집 부근에 있는 관할 파출소에 설치하기로 되었다. 최초의 수사 회의는 25일 밤 9시 30분경에 열렸다.

그렇지 않아도 비좁은 파출소 한쪽에 낡아빠진 헌 책상 두어 개를 들여놓고 전화도 한 대 더 들여놓았다.

강력 사건에 대한 수사 경험이 전혀 없는 아홉 명의 얌전한 수사요원들을 둘러보면서 여우는 몰래 한숨을 내쉬었다. 그들의 얼굴을 보니 범인을 잡기는커녕 오히려 쫓아 버릴 것 같은 생각이 들었다.

"이제부터 사건이 해결될 때까지는 집에 들어갈 생각들 하지 말아요."

그의 엄포에 아홉 명의 사나이들은 꿀 먹은 벙어리처럼 침묵을 지켰다.

그는 사건에 대해 소상하게 설명해 준 다음 그간의 수사 결과에 대해서도 이야기해 주었다.

그가 이야기를 마쳤을 때 무표정했던 수사요원들의 눈에 호기심 어린 빛이 나타나고 있었다. 그는 그들에게 두 가지의 몽타주를 돌렸다.

"여러분들이 가지고 있는 그 두 장의 몽타주는 사실은 한 인물일 가능성이 많습니다. 바로 그 여자가 장미 양을 유괴한 범인이자 유기태 씨 살해에 관계된 가장 유력한 용의자입니다. 우리가 맡고 있는 사건은 표면적으로 두 가지입니다. 하나는 유괴 사건이고 다른 하나는 살인 사건입니다. 그러나 이 두 가지 사건은 한 인물에 의해 자행된 것으로 보이기 때문에 따로따로 분리해서 수사할 필요는 없습니다. 이 여자…… 이 독거미 같은 여자를 체포하기만 하면 두 가지 사건은 동시에 저절로 해결되는 셈입니다. 따라서 여러분들은 이 거미를 체포하는데 전력을 기울여야 할 겁니다."

그는 몽타주의 여인을 가리켜 '거미'라고 불렀다. 그 말은 매우 적절한 표현인 것 같았고, 그 때부터 수사요원들은 그녀를 거미라고 부르게 되었다.

임시 수사반장은 계속해서 무표정하게 말을 이었다.

"그런데 한 가지, 보다 빨리 해결하지 않으면 안 되는 일이 있습니다. 그것은 즉 유괴된 장미 양을 하루 빨리 찾아내는 일입니다. 내 생각에는 장미 양은 인신매매 조직에 넘겨진 것 같습니다. 잘 알겠지만 그런 조직은 거의가 점조직이기 때문에 수사하는 데 애를 먹습니다. 장미 양이 실종된 지 벌써 엿새째입니다. 이미 그 소녀는 악의 소굴 속에 갇혀서 몸을 팔고 있을 가능성이 큽니다. 그러니 그 소녀를 찾아 내지 않으면 안 됩니다. 그것도 하루 빨리 찾아 내지 않으면 안 됩니다."

그는 복사한 김장미 양의 사진을 9명 모두에게 돌렸다. 사진을 받아 든 사나이들의 눈이 일순 번쩍 빛났고, 조금 후에는 애석한 표정을 지으며 다시 한 번 사진을 뚫어지게 들여다보는 것이었다.

"예쁜 소녀군요. 이런 애를 유괴 해다 팔아먹다니……"

다혈질로 보이는 젊은 요원이 분함을 이기지 못해 말했다. 다른 요원들의 얼굴에도 그런 빛이 나타나고 있었다. 여우는 그들 중에서 4명을 골랐다.

"당신들은 이제부터 장미 양을 찾아내는 데 주력해요. 장미 양의 집에는 하루도 거르지 말고 매일 들르도록 해요. 그쪽으로 장미 양한테서 전화가 걸려 올지도 모르니까. 실제로 유괴된 다음 날인가 장미 양한테서 전화가 걸려 온 일이 있어요. 엄마를 부르며 울다가 전화를 끊었다는데……. 어딘가 살아 있다면 다시 전화가 걸려 올 가능성도 있어요. 그리고 범인한테서도 전화가 걸려 올지도 몰라요. 돈을 요구하는 전화가 걸려 올지도 모르니까 장미 양의 집에는 매일 한 번씩이라도 꼭 들르도록 해요. 필요하면 한 사람씩 교대로 그 집에 상주하고 있어도 좋아요. 장미 양은 영등포 사창가 부근에서 사라졌으니까 사창가를 중심으로 탐문수사를 벌이도록 해요. 필요하면 아예 사창가에서 창녀와 살림을 차려도 좋아요."

그 말에 형사들은 처음으로 웃었다. 그러나 여우는 여전히 표정이 없었다.

"창녀와 살림을 차리라는 말은 농담이 아니고 진심으로 하는 말이에요. 그만큼 열성을 보이지 않으면 정보를 얻어 내기가 어려워요. 창녀들이란 모든 남자들을 도둑놈으로 알고 있기 때문에 여간해서는 입을 열지 않아요. 그들의 입을 열게 하려면 그들과 가까워져야 하고 그럴려면 아예 사창가에서 살지 않으면 안 될 겁니다."

"그러다 성병이라도 걸리면 어떡하죠?"

누군가가 짓궂게 그런 질문을 던졌고, 그 바람에 모두가 긴장을 풀고 한바탕 웃어젖혔다. 그러나 여우는 여전히 표정을 풀지 않았다.

"성병에 걸려서라도 장미에 관한 정보를 얻어 내야 해요. 민간인 정보원들을 최대로 활용하는 방안을 검토해 봐요. 특히 사창가에는 범법자들이 우글거리니까 전과자들을 이용해서 접근을 시도해 봐요."

여우는 지치수를 제외한 나머지 다른 4명에게는 거미를 추적하라고 지시했다.

"내 생각에는 거미 역시 영등포 일대의 사창가를 중심으로 탐문수사를 벌이는 것이 가장 효과적이 아닐까 생각해요. 그 여자가 장미를 데리고 사라진 곳이 영등포 로터리 사창가 쪽이니까 그 가능성이 아주 크다고 볼 수 있어요. 내 생각에는 거미가 아무래도 영등포 일대에서 암약하고 있을 것 같은 느낌이 들어요. 그 이유로는 거미는 유기태 씨가 살해되던 날 밤 영등포 로터리 부근에 있는 시장통 입구에서 유기태 씨와 함께 택시에 탔다는 사실을 들 수가 있어요. 거미는 그러니까 장미와 함께 로터리 부근에서 차를 내려 사라졌고, 23일 밤에는 유기태 씨와 함께 로터리 부근에서 택시를 타고 사라졌어요. 거미는 영등포 로터리 부근에 두 번 등장하고 있어요. 이 사실에 우리가 주목할 필요가 있어요. 만일 거미가 그 일대를 무대로 활동하고 있다면 수사 범위는 그만큼 좁혀질 수가 있어요. 일차로 영등포 일대 사창가를 뒤지도록 해요. 사창가는 물론 인신매매 조직에도 손을 대야 할 겁니다. 그들은 점조직이기 때문에 접근하기가 어려울 테니까 역시 전과자를 상대로 가능성을 타진해 보는 게 좋을 겁니다."

"네 사람으로는 인원이 너무 적지 않습니까?"

나이 든 형사 하나가 볼멘 목소리로 물었다.

"네, 알고 있습니다. 이런 사건에 열 명의 인원으로 뛴다는 것 자체가 무리라는 거 알고 있습니다. 하지만 어쩔 수가 없군요. 이 이상의 인원은 도저히 안 됩니다. 죽으나 사나 우리는 이 인원으로 이번 사건을 해결하지 않으면 안 됩니다."

침묵이 흘렀다. 웃음은 시라지고 실내에는 무거운 공기가 흐르고 있었다. 여우는 지 형사의 어깨를 손으로 짚었다.

"중간 역할은 지 형사가 할 겁니다. 지 형사는 나와 함께 제 3조가 되어 움직일 겁니다. 아까도 말했지만 이 두 사건은 별개의 것이 아니라 서로 연관되어 있는 사건인 만큼 거미를 찾는 팀이라 해도 거미를 추적하면서 동시에 김장미 양을 찾는데도 신경을 써 주기 바랍니다. 참, 생각이 나서 하는 말인데 거미 팀은 사창가 외에도 여학교 앞이나 기차역, 또는 버스 터미널 같은 곳에도 신경을 써야 할 겁니다. 거미가 갈 만한 곳은 바로 그런 곳들이니까요. 거미는 그런 곳에서 먹이를 노리고 있을 가능성이 많아요."

"그건 시간이 좀 지나야 하지 않을까요? 거미도 지금은 사람을 죽였기 때문에 아주 깊이 숨어 있지 않을까 생각되는데요. 더구나 지금은 여름 방학이라 학교 앞에 가 봐야 학생들도 없을 거고……."

이 말을 한 사람은 아까 볼멘소리로 인원 부족을 따지던 나이든 형사였다.

여우는 머리를 흔들었다.

"난 그렇게 생각지 않습니다. 거미는 오히려 안심하고 있을지 모릅니다. 자기는 지금 완전히 경찰 수사망 밖에 있다고 자신하고 있을지 모릅니다. 만일 그렇다면 거미는 숨어 있지 않고 그전처럼 활동을 계속할 겁니다."

"거미는 왜 유기태 씨를 죽였을까요? 그리고 그 두 사람은 어떻게 만났을까요?"

젊은 형사 하나가 당연히 있어야 할 질문을 뒤늦게 임시 수사반장에게 던져 왔다.

"난 그런 질문이 나오기를 기다리고 있었어요."

여우는 그 젊은 형사를 향해 고개를 끄덕였다.

"먼저 그 두 사람이 어떻게 만났을까 하는 점을 검토해 봅시다. 유기태 씨의 진술에 따르면 그는 지난 7월 20일 오후 1시경에 거미와 장미 양을 영등포 로터리까지 태워다 줬다고 했어요.

그 이상의 말이 없었던 것으로 보면 유기태 씨가 거미의 거처를 알고 있었을 가능성은 거의 없다고 볼 수 있어요. 또한 거미 역시 유기태 씨에 대해서 아는 것이라고는 그가 개인택시 운전사라는 것 정도였을 겁니다. 굳이 알려고 했다면 자동차 넘버 정도는 외어 둘 수 있었겠지요. 하지만 그 이상 두 사람은 서로에 대해서 알지 못하고 있었어요. 그런데 그들은 나중에 어떻게 해서 만나게 됐어요. 어떻게 만나게 되었을까? 주소도 모르고 약속도 하지 않았다면 그들은 어떻게 만났을까요? 나는 여기서 유기태 씨가 택시 운전사라는 사실에 유의하고 싶어요. 택시 운전사라면 서울 시내를 쳇바퀴 돌듯 하루 종일 돌아다닐 것은 뻔하지 않아요. 그러다가 아주 우연히 거미를 발견하지 않았나 생각돼요. 거미를 발견한 그는 그 여자를 끌고 바로 경찰에 가지 않고 그 여자와 흥정을 벌였을지도 모릅니다. 유괴 사실을 고발하겠다고 협박하면서 무언가 요구했을 가능성이 큽니다. 다급해진 여자는 그를 여관으로 유인해서 술을 사주고 아마 몸까지 주었을 겁니다. 그러나 그는 그것으로 끝내지 않고 그 여자를 물고 늘어졌을 것이고, 위협을 느낀 거미는 그를 제거하기로 마음을 먹었던 게 아닌가 생각됩니다. 이건 어디까지나 추측이지만 그렇게 무리한 생각은 아닐 겁니다."

"혹시 유기태 씨는 거미와 공범 관계에 있는 사람이 아닐까요? 그리고 그들 내부의 어떤 문제로 해서 유기태 씨를 제거한 게 아닐까요?"

"그렇지 않아도 그 점을 검토해 봤습니다. 그는 일곱 식구의 가장으로 온 식구가 그의 택시 한 대에 목줄을 걸어 왔어요. 그는 쉰네 살에 이십 년 넘게 택시만 몰아 왔어요. 그는 고지식하고 착실하기 짝이 없는 모범 운전사였습니다. 그는 위장병으로 고생하고 있었는데 병원에도 제대로 한번 가 보지 못할 정도로 생활에 쪼들리고 있었어요. 그에게는 딸만 넷이 있는데, 큰딸은 지금 스물다섯 살로 그는 생전에 큰딸이 혼기를 놓칠까 봐 꽤 걱정하고 있었음이 밝혀졌어요. 그런 인물이 어린 여학생을 유괴하는 조직의 일원일 수 있을까요?"

그는 사나이들을 둘러보았다. 아무도 이의를 말하는 사람이 없었다.

그는 마지막으로 이렇게 당부했다.

"수사에 임하는 데 있어서 가능한 한 비밀을 유지해 주기 바랍니다. 냄새를 맡으면 거미가 숨어 버릴지도 모르니까요."

김 교수

수사본부에서 수사팀이 최초의 수사 회의가 열리고 있을 그 시간에…….

강남 고속버스 터미널에는 포항에서 올라온 마지막 고속버스가 속도를 줄이며 서서히 굴러 들어오고 있었다. 밤 10시가 지난 시각이었다. 이윽고 버스가 승강장에 멎고 사람들이 내리기 시작했다.

김송화는 맨 마지막에 차에서 내렸다. 차에서 내린 그는 짐칸에서 배낭을 찾아 어깨에 둘러메고 택시 정류장 쪽으로 천천히 걸음을 옮겼다.

그는 중키에 약간 마른 듯이 보이는 중년이었다. 얼굴에는 검은 테의 안경이 무거운 듯 걸려 있었다. 등에 배낭을 걸머지고 머리에 모자를 쓰고 있는 것으로 보아 여행에서 돌아오는 품이 역력했다.

그는 지금 울릉도에서 돌아오는 길이었다. 여름방학을 맞아 그는 제자들을 데리고 동료 학자들과 울릉도에 곤충채집을 갔었다.

그는 유명한 곤충학자로서 S대학교에 나가고 있었다. 그는 공부밖에 모르는 사람이었다. 아내는 그 점을 항상 불만스럽게 생각했지만 그의 가정은 단란하고 행복했었다. 그러나 이제 그것이 깨진 것 같다고 그는 생각했다.

그가 아내로부터 외동딸인 장미가 갑자기 실종되었다는 전화 연락을 받은 것은 바로 나흘 전이었다. 그러나 그는 즉시 돌아올 수가 없었다. 태풍 때문에 배가 뜨지 않는 바람에 돌아올 수가 없었던 것이다.

여느 사람 같으면 발을 동동 구르며 안절부절못했을 것이겠지만 그는 그렇지가 않았다.

그는 여관방에 틀어박혀 조용히 바람이 잦기를 기다렸다. 그리고 다른 사람들에게는 자기 딸이 실종되었다는 말은 한 마디도 비치지 않았다. 집으로 전화를 걸 때면 다른 사람들이 없을 때 몰래 전화를 걸곤 했었다.

그는 놀라울 정도로 치밀하고 차가운 데가 있는 사람이었다. 어떤 급박한 상황에 처해 있어도 그는 거기에 냉정하게 대처할 줄을 알았다. 물론 그라고 감정이 없을 리 없었다. 그는 하나밖에 없는 외동딸을 끔찍이도 사랑했다. 딸의 실종이 거의 확실해지자 그는 가슴이 미어지는 것 같았다. 그러나 그런 기색은 조금도 얼굴에 드러내지 않았다.

울릉도에서 태풍이 그치기를 기다리고 있는 동안 그에게 달라진 것이 있다면 갑자기 말수가 적어지고 식사를 거의 하지 않았다는 점뿐이었다.

태풍이 멎고 배가 다니게 되자, 그는 일행과 헤어져 혼자 울릉도를 떠났다.

사람들은 갑자기 집으로 돌아가는 그에게 무슨 일이 생겼느냐고 물었지만, 그는 갑자기 집에 볼일이 생겨 가야 한다고 말하면서 떠나왔던 것이다.

공중전화 부스 앞에 이르자 그는 배낭을 내려놓고 부스 안으로 들어갔다.

불빛에 드러난 그의 옆얼굴이 몹시 창백했다. 그는 동전을 넣고 다이얼을 돌렸다. 처제가 그의 전화를 받았다. 처제가 놀란 목소리로 언니를 부르는 소리가 들려 왔다.

이윽고 아내의 목소리가 들려 왔다.

"나야, 이제 막 도착했어."

"이제 오시면 어떡해요?"

아내가 울음 섞인 소리로 말했다.

"장미는 아직도 소식이 없나?"

그는 나직한 목소리로 물었다.

"소식 없어요."

"알았어, 지금 곧 갈게."

수화기를 내려놓고 부스를 나서는 그의 움직임은 사랑하는 딸을 잃은 사람답지 않게 조용해 보였다.

늦은 시간이라 거리에는 빈 택시들이 많았다.

그가 집에 도착한 것은 11시가 지나서였다.

아내와 처제가 밖에까지 나와 그가 도착할 때까지 기다리고 있었다. 모두가 굳은 표정들이었고, 아무도 먼저 입을 열려고 하지를 않았다.

집 안에 들어서자 아내가 울음을 터뜨리며 그에게 안겨 들었다. 그러나 그는 몸을 피하면서 아내를 밀어냈다.

"좀 씻어야겠어."

그는 딸의 방으로 들어갔다.

장미의 방은 깨끗이 정돈이 되어 있었다. 그는 방 안을 찬찬히 둘러보았다. 그의 시선이 딸의 사진 앞에 머물렀다.

귀여운 딸은 그를 향해 활짝 웃고 있었다. 그는 가슴이 얼어붙는 듯했다. 딸을 다시는 볼 수 없다는 것이 아무래도 믿어지지가 않았다.

우두커니 딸의 사진을 바라보다가 그는 방을 나와 욕실로 들어가 간단히 샤워를 끝내고 아내가 차려 주는 밥상 앞에 앉았다. 그러나 그는 몇 술 뜨다가 말았다.

"어떻게 된 일인지 자세히 좀 이야기 해 봐. 어떻게 해서 장미가 그렇게 됐는지 이야기 좀 해 보란 말이야."

그는 밥상을 물리고 아내가 말을 꺼내기를 기다렸다.

양미화는 그 동안 있었던 일들을 울먹이며 김 교수에게 자세히 이야기했다.

잠자코 이야기를 듣고 난 김 교수는 몸을 일으켰다.

점퍼로 바꾸어 입고 말없이 밖으로 나가려고 하는 그를 아내가 붙들었다.

"아니, 이 시간에 어디 가실려구요?"

"경찰서에 가 봐야겠어."

"요 아래 파출소에 수사본부가 설치됐어요."

처제가 따라 나서며 말했다.

수사본부라는 말에 그는 멈칫했다.

"처젠 들어가 있어."

그는 처제를 집 안으로 들여보낸 다음 혼자 걸어서 수사본부를 찾아갔다.

수사본부 안에는 수사요원들로 북적거리고 있었다. 그들은 막 수사 회의를 끝내고 난 참이었다.

"실례합니다."

문을 밀고 들어선 중년 사내에게 형사들의 시선이 일제히 쏠렸다.

"죄송하지만 수사본부를 맡고 계시는 분을 좀 만나고 싶습니다만……"

그는 형사들을 둘러보며 점잖게 말했다.

"네, 제가 책임자입니다만……"

여우는 의자에 앉아 상체를 잔뜩 뒤로 젖힌 채 피로한 모습으로 담배를 피우고 있다가 상체를 앞으로 하면서 방금 막 들어선 중년 사내를 바라보았다.

여우는 첫눈에도 상대방이 범상치 않은 사나이라는 것을 알아볼 수 있었다.

"수고하십니다. 저…… 김장미의 애비 되는 사람입니다. 수고 많으십니다."

사나이는 정중히 허리를 굽혔다.

형사들은 긴장된 얼굴로 그를 바라보았다.

"아, 그러십니까!"

여우는 벌떡 일어났다. 두 사람은 악수를 나누었다. 누가 먼저 손을 내밀었는지는 모르지만 두 사람은 거의 반사적으로 손을 내밀어 악수를 나누었다.

"태풍으로 울릉도에서 발이 묶여 못 오신다고 들었는데 지금 오셨군요."

"네, 오늘 아침에야 겨우 바람이 자는 바람에 조금 전에 집에 도착했습니다."

"앉으시죠."

여우는 김 교수에게 자리를 권했다.

여우가 먼저 그에게 명함을 건네주자 김 교수는 자기는 명함을 가진 게 없다고 하면서 그것을 받았다.

김 교수는 수사본부까지 설치되고 수사요원들이 밤늦도록 모여 있는 것을 보고는 자못 놀라는 눈치였다.

"우리 애는 어떻게 됐습니까?"

그는 나직한 소리로 물었다.

실내는 찬물을 끼얹은 듯 조용해졌다. 모두가 두 사람의 이야기에 귀를 기울이고 있었다.

"면목 없습니다. 아직 찾아내지를 못했습니다."

"찾아 낼 가망은 있습니까?"

"그럼요, 찾아 낼 가망이야 있죠. 장미 양이 영등포 일대에서 실종된 것만은 분명합니다. 지금 그 곳에 수사력을 집중하고 있습니다만……"

여우는 말끝을 흐리며 그에게 담배를 권했다.

"피우지 않습니다."

종화는 머리를 흔들면서 물었다.

"지금까지의 경위를 좀 들어 볼 수 없을까요?"

"네, 좋습니다."

여봉우는 지금까지의 수사 경위를 상세히 이야기해 주었다. 그것은 자신도 놀랄 정도로 친절한 설명이었다.

그는 비밀을 지켜 줄 것을 약속받은 다음 개인택시 운전사 유기태가 피살된 것까지 말해 주었다.

"아무래도 장미 양의 실종 사건과 이 살인 사건은 서로 유기적인 관계가 있는 것 같습니다. 그래서 사건은 의외로 살인 사건으로까지 비약이 되고 말았습니다. 때문에 이 사건은 매우 심각합니다."

"그래서 수사본부까지 설치됐군요."

김 교수는 끄덕이며 한숨을 내쉬었다.

"한 가지 부탁이 있습니다."

"네, 말씀하십시오."

여우는 긴장한 얼굴로 곤충 학자를 바라보았다. 학자답게 깨끗한 인상이었다. 안색은 창백했지만 눈빛은 선량한 빛을 띠고 있었고, 김 교수의 얼굴은 세파에 시달리지 않은 고결한 기품을 지니고 있었다.

"다름이 아니고 수사의 진전 상황을 앞으로 저한테 숨기지 말고 좀 말씀해 주십시오."

"아, 그거야 어렵지 않습니다. 우리가 알아 낸 것은 얼마든지 말씀드리겠습니다."

"고맙습니다."

김 교수가 갑자기 입을 다무는 바람에 실내에는 무거운 침묵이 한참 동안 흘렀다.

여우는 그에게 뭐라고 위로의 말을 해야 할지 몰라 난처한 기분이었다.

한참 만에 김 교수가 다시 입을 열었다.

"인신매매 조직에 끌려갔다면 그 애는 이미 버린 몸이 되었겠군요."

"그런 것보다는 장미 양을 찾는 게 급선무 아닙니까?"

"찾아봐야 이미 죽은 몸이나 다름이 없지 않습니까."

그는 절망적인 어조로 중얼거렸다.

분노의 빛이 얼굴에 서렸다가 사라지는 것을 여우는 얼핏 볼 수 있었다.

"저한테도 수사 자료를 좀 주시겠습니까? 그 용의자의 몽타주 같은 것 말입니다."

"아, 네. 드리죠."

여우는 서랍을 열고 거미 여인의 몽타주를 몇 장 꺼내 김 교수에게 주었다.

"이 여자가 우리 애를 유괴했단 말이죠?"

"네, 그렇습니다."

김 교수는 한참 동안 뚫어지게 여인의 몽타주를 들여다보았다. 그리고 나서 그는 그것을 조심스럽게 접어 점퍼 안주머니에 집어넣었다.

장미 양의 아버지가 밖으로 사라지자 수사본부의 형사들은 그에 대한 인물평을 말하기 시작했다. 형사들은 대체로 그가 딸을 유괴당한 사람 같지 않게 놀라울 정도로 침착하다는 데 의견이 일치했다.

"학자라 그런지 너무 사람이 침착하고 조용한데요."

여봉우는 손을 흔들었다.

"난 일찍이 그렇게 분노에 차 있는 사람은 처음 봤어."

"아니, 그 사람이 분노에 차 있었다구요?"

"응, 겉으로 보기에는 아무 감정도 비추지 않고 있었지만 내가 느끼기에는 그의 몸 전체가 불덩이로 싸여 있는 것 같았어. 장미를 유괴한 범인에 대한 분노 말이야. 그 눈빛이 증오에 차 있었어. 얼핏 스쳐 갔지만 말이야. 그런 사람이 정말 무서운 사람이지. 주먹을 부르쥐고 울부짖는 사람보다는 속으로 그렇게 분노를 삭이는 사람이 정말 무서운 거야. 난 그 사람이 무슨 짓인가 할 것 같아 겁이 나는데."

"얌전한 대학 교수가 화를 내본들 뭐하겠습니까?"

제일 나이 많은 형사의 말이었다.

김종화는 어두운 밤길을 터벅터벅 걸어갔다. 거기서 집까지는 아주 가까운 거리였지만 그는 집으로 가지 않고 엉뚱한 방향으로 걸어갔다.

하늘에는 별빛 하나 없이 구름이 낮게 드리워져 있었다.

7월 25일도 저물었다. 자정이 지난 늦은 시간이라 차도를 지나다니는 차량도 별로 없었다.

그는 방향도 없이 그저 막연히 걸어가기만 했다. 걷다가 길가에 우두커니 서서 무엇인가 생각하는 것 같다가 다시 걸음을 옮기는 것이었다.

그가 1시간쯤 걸었을 때 빗방울이 후두둑 떨어지기 시작했다. 그는 그대로 내처 걸어갔다.

잠시 후 마침내 비가 쏟아지기 시작했다. 그는 상관하지 않고 똑같은 속도로 걸음을 옮겼다.

얼마 후 그는 옷 속으로 빗물이 스며드는 것을 느꼈다. 그의 옷은 빗물로 흠뻑 젖어 있었다. 머리에서도 빗물이 흘러내리고 있었다. 그러나 그는 오늘 밤에도 어디선가 구슬피 울고 있을 딸 장미를 생각하며 걸어가고 있었다. 그 역시 소리 없이 눈물을 흘리고 있었다.

귀여운 딸을 생각하면 방 안에 누워서 잠을 이룰 수가 없을 것 같았다. 어떻게 애비란 자가 딸을 잃은 채 다리를 뻗고 잠을 잘 수 있단 말인가!

그는 경찰에 모든 것을 의뢰하고 싶지는 않았다. 경찰이 꼭 장미를 찾아 낼 수 있을 것이라고 믿지도 않았다.

그가 어느 파출소 앞을 지날 때 마침 밖을 내다보고 있던 경찰관이 발견하고 뛰어나와 그를 불렀다.

"여보! 여보!"

그러나 그는 모른 체하고 그대로 걸어갔다.

"여보! 거시 서요! 여보시오!"

경찰관은 뛰어와 그의 팔을 낚아챘다.

"이리 오세요. 좀 봅시다."

"왜 그럽니까?"

그는 정색을 하고 물었다.

불빛에 드러난 그의 눈을 보고 경찰관은 멈칫했다. 증오로 이글거리는 눈을 보고 그는 두려움을 느낀 듯했다. 그렇다고 물러서면 경찰의 체면이 말이 아니라고 생각했는지 여전히 그를 붙들고 파출소 쪽으로 끌었다.

"잠깐 와 봐요."

종화는 경찰관의 팔을 뿌리친 다음 파출소 안으로 따라 들어갔다. 파출소 안에 있던 경찰관들이 그를 쳐다보았다. 방범대원들도 있었다.

비에 흠뻑 젖은 그의 모습을 보고 그들은 어처구니없다는 표정을 지었다.

"이 양반, 술 많이 했구만."

몸집이 큰 경찰관이 그를 아래위로 훑어보며 말했다.

그는 잠자코 그를 바라보기만 했다.

"어디, 신분증 좀 봅시다!"

그는 마침 옷을 갈아입고 나왔기 때문에 자신의 신분을 밝힐 수 있는 증명을 하나도 가지고 있지 않았다.

"집에 놔두고 나왔습니다."

"집에 놔두고 왔다구요?"

그들은 더욱 의심스러운 눈초리로 그를 쳐다보았다.

"집이 어디요?"

그는 집 주소를 말했다.

"직업이 뭐요?"

"대학에 나가고 있습니다."

"대학에? 어느 대학에요?"

"S대입니다."

"그럼 S대 교수란 말이오?"

"네, 그렇습니다."

"S대 교수가 밤에 집에 돌아가지 않고 비를 맞으며 돌아다닌단 말이오? 애들처럼?"

그는 할 말이 없었다. S대 교수라고 비 맞지 말라는 법이 어디 있는가.

그는 자기도 모르게 미소를 지었다. 결코 즐거워서 웃는 웃음이 아니었다.

그의 실소를 보고 경찰관들은 약이 오른 것 같았다.

그는 오래 걸었기 때문에 다리가 아팠다. 그래서 긴 나무의자에 털썩 주저앉았다.

"이봐요, 누가 거기 앉으라고 그랬어요?"

그는 그대로 앉은 채 창 밖을 바라보았다. 그가 묻는 말에 대꾸도 하지 않고 창 밖만 멍하니 바라보고 있자 경찰관들은 아무래도 이상하다는 듯 고개를 갸우뚱하며 자기들끼리 쑤군거리기 시작했다.

"당신 이름이 뭐죠?"

"김종화라고 합니다."

"대학에서 뭘 가르쳐요?"

"곤충학입니다."

"그럼 뭐, 나비 같은 거 그런 것 말이오?"

"네, 그렇습니다."

"당신 술 취했지?"

"아뇨, 술 마시지 않았습니다."

이번에는 방범대원이 그에게 가까이 다가와 그의 입가에 코를 대고 흥흥 냄새를 맡아 보았다. 그러더니 고개를 갸우뚱하면서 말했다.

"술 냄새는 나지 않는데요."

"술을 마시지 않았으니까요."

그는 창 밖에 시선을 던진 채 말했다.

빗물이 창문에 떨어지고 있었다. 창문을 타고 흘러내리는 빗물을 그는 물끄러미 바라보고 있었다.

"집에 전화 있어요?"

"네, 있습니다."

"몇 번이에요?"

"그건 말할 수 없습니다."

경찰관들은 어리둥절한 표정을 지었다.

"왜 말할 수 없다는 거요?"

"당신들이 우리 집에 전화를 걸 테니까 말입니다. 집사람이 놀라는 건 바라지 않습니다."

"이런 사람 봤나."

그들은 어이없다는 표정을 지었다.

"당신 정말 대학 교수요?"

그는 그 질문을 던진 경찰관을 한번 힐끗 돌아본 다음 다시 창 밖으로 시선을 던졌다.

"S대학교로 전화를 걸어 봐."

교수와 소녀

"이 시간에 전화를 받을까요?"

경찰관들은 한동안 자기들끼리 말을 주고받은 다음 그 중 한 명이 전화 다이얼을 돌리기 시작했다. 아마 S대학으로 전화를 거는 것 같았다.

그러나 한참 후 전화를 걸던 경찰관은 응답이 없는지 수화기를 도로 내려놓았다.

"전화를 안 받는데요."

"이 시간에 전화를 받을 리가 있나."

"주민등록증을 휴대하지 않으면 즉결에 넘어간다는 거, 알아요 몰라요?"

"몰랐습니다."

"아무래도 수상해. 호주머니에 있는 것 전부 꺼내 봐요."

김종화는 호주머니 속에 들어 있는 것들을 모두 꺼내 놓았다.

방범대원이 호주머니에 남아 있는 것을 확인하려는 듯 몸을 만지자 그는 격하게 그의 손을 뿌리쳤다.

"손대지 말아요!"

"이 양반이…… 가만있어!"

방범대원은 눈을 부라리며 다시 그의 주머니를 뒤지려고 몸에 손을 갖다 댔다.

이윽고 그의 안주머니에서 접혀 있는 종이 몇 장이 나왔고, 경찰관이 받아서 펴 보았다.

"아니 이건…… 몽타주 아냐?"

그들은 서랍 속에서 한 장의 종이를 꺼내 그것과 대조해 보았다. 그것들은 똑같은 몽타주였다. 그들은 더욱 의혹스러운 표정으로 그를 쳐다보았다.

"당신 어떻게 해서 이런 걸 가지고 있지?"

"얻었습니다."

"어디서?"

"수사본부에서요."

"수사본부? 당신이 수사본부하고 무슨 관계지?"

그는 대답하지 않고 창 밖만 바라보고 있었다.

"말해 봐요. 이것 정말 수사본부에서 얻은 거요?"

"네, 그렇다니까요."

"이 사람 아무래도 수상해. 잘 감시해."

김 교수의 주머니에서 몽타주가 나오는 바람에 파출소 안에는 돌연 긴장이 감돌았다.

그들은 비에 흠씬 젖어 밤거리를 돌아다니다가 들어온 이 사나이가 혹시 그 사건에 관계가 있는 인물이 아닌가 하고 의심을 하는 눈치였다.

그들 중 한 명이 수사본부로 전화를 걸었다.

"여보세요, 거기 수사본부죠? 여기 K동 파출소인데요, 이상한 사람이 있어서 전화를 걸었습니다. 어떤 중년 남잔데 유괴범 몽타주를 가지고 있습니다. 이름은 김종화라고 하고 S대 교수라고 합니다. 혹시 그런 사람 아십니까? 거기서 몽타주를 얻었다고 하는데. …… 네? 아, 이리 오시겠다구요? …… 네네, 아 여기는 K동 파출소입니다. …… 네, 기다리겠습니다."

수사본부에 전화를 걸고 난 경찰관은 의기양양해서 종화를 바라보았다. 그리고 그들은 그에 대해서 더 자세히 이것저것을 캐물었다.

그러나 그들은 김 교수의 대답하는 말을 믿는 것 같지가 않았다. 그것을 믿을 수 있는 근거를 그는 하나도 가지고 있지 않았기 때문이다.

20분쯤 지나자 수사본부의 여봉우 형사가 지 형사와 함께 파출소에 나타났다.

"아니, 김 교수님이 웬일이십니까?"

여우는 깜짝 놀란 표정으로 김 교수와 경찰관들을 번갈아 바라보았다.

놀라기는 여우의 말을 들은 그 파출소 안에 있던 경찰관들도 마찬가지였다.

"아니, 그럼 정말 S대 교수님이신가요?"

"사람을 볼 줄 알아야지."

여봉우는 경찰관들을 나무랐다.

"이 분은 바로 실종된 김장미 양의 부친 되는 분이야."

"아아, 그래요."

여봉우 형사는 잠시 비에 흠씬 젖은 채 앉아 있는 김 교수를 바라보다가,

"가시죠, 집에 모셔다 드리겠습니다."

라고 말했다.

김종화는 잠자코 일어나 앞장서서 밖으로 나왔다.

"차로 모셔다 드리겠습니다."

여우가 뒤따라 나오며 말을 붙였다.

"아뇨, 괜찮습니다. 혼자 가겠습니다."

"비가 이렇게 많이 오는데……"

그러나 김 교수는 그대로 걸어가 버렸다.

"자네 먼저 가 봐."

여우는 지 형사에게 차를 맡기고는 우산을 펴 들고 김 교수 뒤를 쫓아갔다.

그는 김 교수의 심정을 충분히 이해할 수 있을 것 같았다. 그래서 그를 더 이상 방해하고 싶지 않았다. 그렇다고 이렇게 비 오는 밤중에 그를 혼자 가게 내버려 둘 수도 없어 그는 좀 떨어져서 계속 따라갔다.

김종화는 한참 걸어가다가 걸음을 멈추었다. 그리고 여우가 가까이 오기를 기다려 입을 열었다.

"저는 아무렇지도 않으니까 걱정 말고 돌아가십시오."

"아, 나도 괜찮습니다."

그들은 어깨를 나란히 하고 걷기 시작했다. 여우도 우산을 접어 버렸다. 두 사람은 비를 맞으며 밤길을 걸었다.

"지금까지의 수사 기록을 전부 좀 볼 수 없을까요?"

"그건 함부로 보여 드리는 게 아니지만 특별히 부탁하시는 거니까 내일 전부 복사해서 드리겠습니다. 그 대신 제 부탁도 하나 들어주셔야겠습니다. 이렇게 비 맞지 말고 댁으로 빨리 돌아가십시오."

"알겠습니다."

여우는 지나가는 빈 택시를 세웠다. 그들은 함께 택시 안으로 들어갔다.

7월 26일 아침, 여우는 약속대로 김종화에게 그 동안의 수사 기록을 모두 복사하여 건네주었다.

종화는 그것을 집으로 가져와 중요한 부분에 붉은 줄을 그어 가면서 꼼꼼히 읽어 나갔다. 그렇게 몇 번이고 읽은 다음 그 나름대로 하나의 윤곽을 머리 속에 그려 넣었다.

그는 몽타주를 별로 믿지 않았다. 그것으로 그 유괴범을 찾을 수 있을 것이라고는 생각지 않았다. 아무리 잘 만든 몽타주라 해도 실물과는 상당한 거리가 있다는 것을 그는 상식적으로 알고 있었다. 사진이라면 그래도 어느 정도 가능성이 있다. 그러나 몽타주는 너무 막연하다. 더구나 그 혼자서 그것을 가지고 악귀

(그는 그 유괴범을 악귀라고 생각했다.)를 찾아 나선다는 것은 실로 막막한 일이 아닐 수 없었다.

그 악귀한테 장미가 유괴되는 것을 목격한 사람은 두 사람이었는데 택시 운전사 유기태 씨가 살해됨으로써 이제 동희 양 혼자 남게 되었다.

김 교수는 동희네 집을 찾아갔다. 먼저 전화를 걸고 나서 갔기 때문에 동희와 그녀의 어머니는 밖에까지 나와 그를 기다리고 있었다. 동희는 가끔 집에 놀러 오곤 했기 때문에 본 적이 있었지만 그 어머니는 처음이었다.

그가 동희를 찾아간 것은 장미가 유괴될 때의 상황을 동희의 입을 통해 직접 듣고 싶었기 때문이었다.

동희의 어머니가 장미 아버지에게 집 안으로 들어오라는 것을 사양하고 그는 그녀에게 양해를 구한 다음 동희를 데리고 동네 뒤에 있는 야산으로 올라갔다. 동희네는 시 변두리에 조성된 신흥 주택가에 살고 있었는데, 그 동네 주위에는 나지막한 야산들이 아직 그대로 남아 있어서 전원적인 분위기를 만들어 주고 있었다.

김 교수와 동희는 야산의 맨 위로 올라갔다.

산에는 녹음이 짙게 우거져 있었다. 그들은 햇빛을 피해 아카시아 나무 그늘 속으로 들어가 앉았다. 바람 한 점 없었기 때문에 날씨는 무더웠다.

장미 이야기를 꺼내자마자 동희는 눈물부터 흘렸다. 자기가 장미와 함께 그 여자를 따라 갔더라면 그런 일이 일어나지 않았을 거라고 하면서 흐느껴 울었다. 그것 때문에 그녀는 죄의식을 느끼고 있는 듯했다.

김 교수는 동희의 어깨를 가만히 껴안아 주면서 말했다.

"네가 잘못한 건 하나도 없어. 난 그걸 따지려고 온 게 아니야. 난 그 때의 일을 좀더 자세히 듣고 싶어서 너를 만나러 온 거야. 네가 유일한 목격자이니까 말이야."

그는 택시 운전사 유기태 씨가 살해되었다는 말은 하지 않았다. 어린 여학생에게 그런 말을 해 줌으로써 이 세상에 대한 무지갯빛 꿈을 깨뜨려 주고 싶지가 않았기 때문이다. 어린 소녀가 이 세상을 사악한 것으로만 본다는 것은 그 자신을 위해서도 결코 바람직한 일이 아닌 것이다.

동희는 눈물을 닦고 나서 그 날 일어났던 일을 자세히 장미 아빠한테 이야기해 주었다. 벌써 수차례에 걸쳐 여러 사람들에게 한 말이었지만 장미 아빠에게 그 이야기를 할 때에는 그녀는 전혀 새로운 감정에 사로잡혀 있었다.

김 교수는 그녀가 이야기하고 있는 중간 중간에 질문을 던졌고, 동희가 하는 말을 수첩에다 열심히 메모했다. 같은 내용을 몇 번이고 다시 묻기도 했고, 동희가 전혀 생각지도 않던 아주 미세한 부분에 대해서도 질문을 던지곤 해서 그녀를 난처하게 만들었다. 그는 다른 사람들이 묻는 것하고는 사뭇 다르게 문제에 접근했다.

그는 마치 그림을 그리되 미세한 부분까지 놓치지 않고 정교하게 그리는 화가처럼 유괴 당시의 상황을 언어로 사실화시키려고 기를 썼다.

 2시간 넘게 그렇게 동희를 붙들고 집요하게 이것저것 캐물은 다음, 그는 그녀를 데리고 딸이 유괴되었던 장소인 학교 앞에까지 가 보았다. 그는 딸이 마지막으로 동희와 함께 들렀던 학교 앞 제과점에도 들어가 보았다. 거기서 그는 처음으로 유괴범에 대한 질문을 던졌다.

 "그 여자를 보면 알아볼 수 있겠니?"

 "네, 알아볼 수 있어요."

 동희는 분명한 어조로 말했다.

 "그 여자를 빨리 찾아야겠구나."

 "어디 가서 찾죠?"

 "글쎄 말이다."

 그는 한숨을 내쉬며 고뇌에 찬 표정을 지었다.

 "혹시 말이다, 우연히 길에서 그 여자를 보게 되면 절대 아는 체 해서는 안 된다. 알았지?"

 동희는 눈물을 훔치며 고개를 끄덕였다.

 "그 여자는 악마다. 아주 무서운 여자니까 아는 체해서는 절대 안 된다."

 "그럼 모른 체하고 보내나요?"

 동희가 두려운 표정으로 물었다.

 "먼저 경찰에 신고하든가 해. 그리고 그 다음 우리 집으로 바로 연락해."

 그는 땀을 몹시 흘리고 있었다. 입고 있는 와이셔츠 등이 축축히 젖어 있었다.

　동희를 보내고 나서 그는 장미가 다니던 K여중 정문 앞으로 갔다. 정문을 통해서 보이는 학교 운동장은 텅 비어 있었다. 방학 중이라 학생들은 학교에 나와 있지 않았다.

　그는 그 앞에서 1시간 가까이 서성거렸다. 너무 괴로운 나머지 그는 가슴이 찢어지는 것 같았다.

　다음에 그는 은행을 찾아갔다. 그리고 장미를 찾을 때까지 그의 행동에 필요한 충분한 돈을 찾았다. 그리고 나서 택시를 타고 영등포 로터리 쪽으로 향했다. 택시를 타고 달리는 동안 그의 마음속에는 딸을 자신의 손으로 찾고야 말겠다는 결의가 어느 새 돌처럼 굳어 있었다.

　영등포 로터리 부근에서 택시를 내린 그는 H은행 영등포 지점 쪽으로 걸어갔다.

　이윽고 H은행 영등포 지점 앞에 이른 그는 거기서부터 딸을 찾으려면 어느 쪽으로 가야 할지를 몰라 뙤약볕 아래 우두커니 서 있었다. 그는 연방 얼굴에 흐르는 땀을 닦아 내고 있었다. 땀이 눈으로 들어가는 바람에 눈이 몹시 쓰렸다. 땀과 함께 눈물이 줄줄 흘러내렸다.

　손수건을 꺼내 눈물을 훔치면서 그는 로터리를 오가는 차량들을 멀거니 바라보고 있었다. 시선은 거리에 오가는 차량들 쪽으로 향하고 있었지만 머릿속은 사라져 버린 딸에 대한 생각으로 가득 차 있었다.

　장미는 그의 하나밖에 없는 외동딸이었다. 그의 아내는 장미를 낳고 더 이상 아기를 가질 수가 없었다. 병원에서 진찰 결과 자궁에 종양이 생겨 수술을 받아야 한다고 했고 그래서 자궁을 들어냈기 때문에 아내는 더 이상 임신할 수가 없었던 것이다. 따라서 외동딸에 대한 그들 부부의 애정은 유별난 데가 있었다. 특히 그는 아내가 질투를 느낄 정도로 딸에게 진한 애정을 쏟아 왔던 것이다. 그런 딸이 갑자기 인신매매조직에게 유괴 당했으니 그로서는 모든 희망을 일시에 상실해 버린 것 같은 허탈감에 빠질 수밖에 없었다.

그는 갈 길을 잃은 미아처럼 1시간이 넘도록 그 곳에 우두커니 서 있었다. 사실 그는 딸을 자신의 손으로 찾고야 말겠다는 결심만 서 있었지 과연 어디서부터 어떻게 찾아야 할지를 전혀 모르고 있었다.

이윽고 그는 바지에 두 손을 찌른 채 역 쪽으로 걸음을 옮겼다. 그는 지난 며칠 사이에 갑자기 늙어 버린 것 같았다. 늙지 않은 것이 있다면 두 눈뿐인 것 같았다. 두 눈은 이상한 빛을 띠고 있었다. 본래의 그의 두 눈은 언제나 부드럽고 선량한 빛을 담고 있었다.

그러나 지금 그의 두 눈에는 그러한 빛이라고는 조금도 남아 있지 않았다. 인간을 거부하는 듯한 증오에 찬 눈만이 번득이고 있을 뿐이었다.

그는 두리번거리다가 낡은 여관들이 밀집해 있는 골목을 발견하고는 그쪽으로 걸음을 옮겼다.

그 곳은 얼른 보기에도 음침한 분위기가 느껴지는 골목이었다. 사창가에는 한 번도 가본 적이 없는 그였지만, 골목 안쪽에 화장을 짙게 한 젊은 여자들이 서 있는 것을 보고는 그 곳이 적선지대라는 것쯤은 짐작으로도 알 수가 있었다.

골목 안으로 들어서자 여자들이 기다렸다는 듯이 벌 떼처럼 그에게 달려들었다. 여자들이 양쪽에서 그의 팔짱을 끼고 잡아끌었다.

"아저씨, 놀다 가세요."

"아저씨, 참 멋지게 생겼다."

"싸게 해 드릴게, 저 따라가요."

창녀들이 제각기 한 마디씩 하면서 그를 끌고 가려고 안간힘을 썼다. 모두가 어려 보이는 얼굴들뿐이었다.

"이러지 마."

그는 난처한 얼굴로 말했다. 그러나 창녀들은 그를 더욱 억세게 끌어당겼다.

"아저씨 괜히 그러시네. 멋지게 해 드릴게 가요."

"이러지 말라니까."

"어머나, 이 아저씨 왜 이렇게 빼실까."

"정말 이러지 말라니까!"

그는 참다못해 소리를 질렀다. 그러나 그녀들은 그런 것에는 이미 익숙해 있는 듯 끄떡도 하지 않았다.

한참만에야 그는 창녀들로부터 풀려날 수가 있었다. 그가 완강히 거부하는 태도를 고수하자 그녀들은 욕지거리를 퍼부으며 그를 놓아 주었다.

그는 그녀들을 조금도 나무랄 수가 없었다. 그녀들이 천하다는 생각도 들지 않았다. 오직 불쌍하다는 생각만 들었다. 그의 딸도 사창가에서 그녀들처럼 손님을 끌고 있을지도 모른다고 생각하자 미칠 것 같은 생각이 들었다.

창녀들에게 시달리며 사창가를 돌아다닌다는 것이 끔찍한 생각이 들었지만 그는 그 모든 고역을 참고 골목 구석구석을 돌아다니며 사랑하는 딸의 얼굴을 찾았다.

그러나 날이 저물 때까지 그렇게 돌아다녔지만 끝내 장미의 모습은 보이지 않았다.

땀에 후줄근히 젖은 모습으로 사창가를 나온 그는 간단히 저녁을 먹고 나서 집으로 전화를 걸었다.

"아무 소식 없어?"

"없어요. 지금 어디 계시는 거예요?"

그 말에 대답하지 않고 그는 아내에게 오늘 밤 집에 들어가지 못할 것이라고 말했다.

"아니, 왜요?"

아내는 놀라서 물었다. 그리고 울먹이는 소리로 제발 집에 들어오라고 말했다.

"내일 다시 전화 걸게."

그는 무뚝뚝하게 말한 다음 수화기를 내려놓았다.

장미가 없는 집에 그는 들어가고 싶지가 않았다. 장미가 없는 집에 들어가 어떻게 두 다리를 뻗고 잠들 수가 있단 말인가. 그는 지금 장미가 겪고 있을 고통을 함께 겪고 싶었다.

그는 사창가의 여관 골목으로 다시 들어갔다. 그리고 평소 때 같으면 도저히 들어갈 수 없을 것 같은 몹시 낡고 불결해 보이는 여인숙을 찾아 들어갔다.

안으로 들어서자마자 퀴퀴한 냄새와 함께 열기가 확 끼쳐 왔다. 그는 곧 숨이 막힐 것만 같았다. 도저히 그 곳에서 잠들 수 있을 것 같지가 않았다. 그러나 그는 생각을 고쳐먹었다. 지금 장미가 겪고 있을 고통을 생각하면 이것은 아무것도 아니다. 장미만 찾을 수 있다면 무슨 고생인들 못 하겠는가.

그는 방으로 들어가 드러누웠다. 창문 하나 없는 답답한 방이었다. 옆방과는 판자로 가려져 있어서 조그만 소리까지도 뚜렷이 들려오고 있었다.

양쪽 방에서 들려오는 소리가 모두 달랐다. 한쪽 방에서는 취객이 혀 꼬부라진 소리로 유행가를 부르고 있었다. 노랫소리 사이사이로 여인의 신경질적인 목소리가 들려오고 있었다.

"아니, 할 거예요, 안 할 거예요? 무슨 사람이 이래? 나 참, 기가 막혀서……"

"너는 허는 것 지겹지도 않냐? 이것아, 하루 종일 허고도 또 허고 싶냐? 에라이, 잡것아!"

"이 양반이, 왜 사람을 툭툭 치고 야단이야!"

"아아, 산이 막혀…… 못 오시나요…… 삼팔선 세 글자를 누가 지었나…… 남북이…… 가로막혀…… 남북이 가로막혀……"

"시끄럽다구요!"

"앗따, 그년! 귀청 떨어지겠네."

다른 방에서는 어린 여자의 고통을 호소하는 소리가 들려오고 있었다. 아마 나이가 아주 어린 창녀인 듯한데 남자를 받기 시작한 지 얼마 안 된 듯싶었다. 어린 창녀가 아프다고 고통을 호소하고 있는 데 반해 남자는 무자비하게 그녀를 찍어 대고 있는 듯했다. 창녀는 고통을 호소하다 못해 울고 있었고, 판자벽은 부서질 듯 흔들리고 있었다.

김 교수는 벌떡 일어섰다. 사랑하는 어린 딸이 지금 저처럼 어느 무자비한 남자한테 참혹하게 짓밟히고 있을지도 모른다고 생각하자 미칠 것만 같았다. 그는 부들부들 떨리는 손으로 판자벽을 마구 긁었다. 가슴을 찌르는 통증에 거친 숨을 몰아쉬면서 온몸을 마구 떨어 댔다. 얼마 후 그는 무릎을 천천히 꺾으면서 그는 벽에다 뺨을 비벼 댔다.

소녀의 눈물

 문 두드리는 소리에 김 교수는 눈물을 닦고 일어섰다. 문을 열자 포주로 보이는 중년 여인이 고개를 디밀었다. 웃고 있던 얼굴이 그와 시선이 마주치자 멈칫했다. 충혈된 그의 눈을 보고 놀란 모양이었다. 그러나 이내 다시 웃으며 말을 건다.
 "아가씨 필요하지 않으세요?"
 은근한 목소리였다.
 김 교수는 중년 여인에게 완강히 머리를 흔들어 보였다. 그가 적의에 찬 표정으로 고개를 흔들자 그녀는 더 이상 아가씨를 권하지 않고 물러가려고 했다. 김 교수는 문을 닫으려다 말고 그녀를 불러 세웠다.
 "잠깐 들어오시죠."
 그의 얼굴에서 적대감이 사라졌다. 그의 표정은 어느 새 부드러워져 있었다.
 "아가씨 불러 줄까요?"

"네, 하나 불러 주십시오."

그는 자신이 볼품없는 초라한 남자로 보일 필요성을 느꼈다. 그렇지 않으면 그 세계에 접근하기가 어려울 것 같았다.

"어린 애를 불러 줄까요?"

"몇 살짜리인데요?"

"열다섯 살밖에 안 됐어요. 여기 온 지 이틀밖에 안 됐어요. 어린 애가 좋잖아요. 나이 든 이들은 어린 애가 싱싱하고 좋지요. 늙은 것들은……"

"좀 봅시다."

"그 대신 좀 비싸요."

"얼맙니까?"

"긴 밤은 5만 원…… 잠깐 재미만 보시려면 3만 원……"

포주는 상대방이 어떤 종류의 사람인지 알아내려고 쉴 새 없이 눈을 굴리고 있었다. 그러나 쉽게 파악이 안 되는지 계속 그를 관찰하고 있었다.

김 교수는 5만 원을 내놓았다.

포주가 나가고 나자 김 교수는 앉아서 차분하게 기다릴 수가 없었다. 그는 두근거리는 가슴을 진정하려고 숨을 깊이 들이마셨지만 소용이 없었다. 어리석게도 그는 자신이 부른 어린 창녀가 장미이기를 바랐다.

문이 열리고 창녀가 들어왔다. 몸이 빼쩍 마른 나이가 어린 소녀였다. 포주는 그녀가 열다섯 살이라고 말했지만 그가 보기에는 더 어린 것 같았다. 그리고 너무 빼쩍 말라 남자가 조금만 힘을 주어도 부러져 버릴 것만 같았다. 얼굴에는 소녀다운 귀여움도 보이지 않았고, 오직 공포의 빛만 가득했다. 머리는 단발머리였다. 중학교 1학년쯤 됐을까.

방 안으로 들어선 어린 창녀는 고개를 숙인 채 두 손을 앞으로 모아 쥐고 그 앞에 서 있었다. 가냘픈 어깨가 가엾게 떨리고 있었다.

"이리 와서 앉아."

그가 어깨에 손을 얹자 그녀는 바르르 떨었다.

"무서워하지 말고 이리 와서 앉아."

소녀는 그 자리에 무릎을 꿇고 앉았다. 여전히 고개를 숙이고 있었다.

김 교수는 그 방에 장미가 나타나기를 바랐던 자신의 기대가 얼마나 어리석었던가를 깨닫고 절로 한숨이 나왔다.

"담배 하나 사다 줄래?"

그는 천 원짜리 한 장을 소녀 앞에 내놓으며 말했다. 소녀는 지폐를 집어 들더니 처음으로 그를 쳐다보았다.

"무슨 담배……?"

"아, 아무거나 사다 줘."

겁에 질린 소녀는 움직임이 몹시 조심스럽고 불안해 보였다. 나갔다 들어온 그녀는 그 앞에 거스름돈 5백 원과 함께 담배 한 갑을 내놓았다. 그는 평소 담배를 피우지 않았다. 그러나 오늘 밤에는 갑자기 담배가 피우고 싶어졌던 것이다. 그는 못 피우는 담배를 입에 물고 불을 붙였다. 담배 연기를 몇 모금 빨아 대자

가슴이 좀 가라앉는 것 같았다. 소녀는 죽은 듯이 앉아 있었다. 이쪽에서 말을 걸거나 손을 대지 않으면 언제까지고 그렇게 앉아 있을 것 같았다.

"편히 앉아. 무서워할 것 하나도 없어. 몇 살이지?"

그 물음에 그녀는 대답하지 않았다. 여전히 고개를 밑으로 떨어뜨린 채 앉아 있었다.

"집은 어디니? 부모님이 계신 집 말이야?"

소녀는 맞잡고 있던 두 손을 비틀어 대기 시작했다.

"어쩌다가 이런 데 왔니?"

그는 소녀가 입을 열 때까지 기다려 보기로 했다.

그러나 한참이 지나도 그녀는 벙어리처럼 말없이 앉아 있기만 했다.

"말을 해 봐. 그러고 있지 말고 말 좀 해 봐."

그 때 그녀가 처음으로 움직였다. 그녀는 갑자기 손등으로 눈물을 닦았다.

어느 새 그녀는 소리를 죽여 울고 있었다. 눈물이 걷잡을 수 없이 떨어지고 있었다. 그가 가까이 가서 손을 대자 그녀는 와들와들 떨어 댔다.

"무서워하지 마. 난 그런 거 하려고 온 사람이 아니니까 무서워하지 마."

그녀는 남자에 대해 병적일 정도로 공포심을 갖고 있는 것 같았다. 남자들이 그녀에게 얼마나 가혹하게 굴었으면 저 지경이 됐을까 하고 생각하니 분노가 치솟았다. 이런 애를 창녀로 팔아먹고 이용하는 자들 모두를 죽이고 싶다. 갈가리 찢어 죽이고 싶다. 그는 살기로 얼굴이 뒤틀렸다. 법이라는 것을 생각하자 코웃음이 나왔다. 그는 처음으로 법이라는 것을 생각했고 그것을 비웃었다.

"자, 울지 말고 이 사진을 좀 봐."

그는 소녀가 놀라지 않게 어깨를 가만히 흔들었다. 소녀는 연방 눈물을 닦아 내며 장미의 사진에 시선을 던졌다. 김 교수는 그녀가 자세히 볼 수 있게 장미의 사진을 소녀의 얼굴 가까이 가져갔다.

"이 애 본 적 없니?"

소녀는 머리를 흔들었다.

"자세히 봐. 본 적이 있을 거야."

소녀는 고개를 가로 저었다.

"좋아. 그럼 이 여자 본 적 있니?"

그는 두 장의 몽타주를 꺼내 보였다.

소녀는 여전히 머리를 흔들었다.

김 교수는 한숨을 내쉬며 사진과 몽타주를 도로 주머니 속에 간직했다. 그리고 두 대째의 담배를 꺼내 불을 붙였다. 그는 장미의 사진을 다시 꺼내 들었다. 그것을 소녀의 코앞에 들이대며 말했다.

"나는 이 애를 찾으러 왔어. 이 애는 내 딸이야."

그 말에 소녀도 비로소 멈칫하는 것 같았다. 반응이 있자 그는 소녀 옆으로 가까이 다가앉았다.

"어디 가면 내 딸을 찾을 수 있겠니?"

소녀는 그를 힐끗 쳐다보고 나서 고개를 저었다.

"모르겠어요."

"누구한테 물어 보면 알 수 있을까?"

"모르겠어요."

그녀는 기어들어 가는 목소리로 말했다.

모를 수밖에 없으리라.

"너는 어떻게 해서 이런 데 들어왔니?"

그녀의 머리가 다시 밑으로 떨어졌다.

"잡혀 왔어요."

그녀는 간단히 말했다.

"잡혀 오다니 그게 무슨 말이야?"

"어떤 남자가……"

소녀는 더 이상 말하려 들지 않았다. 그가 아무리 캐물었지만 한 번 다물어진 입은 좀처럼 열리지가 않았다.

"집에 가고 싶지 않니?"

그 말에 그녀는 다시 울기 시작했다.

"부모님은 계시니?"

그녀는 울면서 끄덕였다.

"서울에 계시니?"

그녀는 계속 끄덕였다.

"네가 어떻게 해서 이런 데 끌려 왔는지 자세히 말해 봐. 난 너를 여기서 빼내 주고 싶단 말이야. 네가 말만 잘하면 너를 집에 보내 줄 수도 있단 말이야. 네가 그렇게 말을 안 하면 내가 어떻게 도와주겠니?"

그녀의 표정이 흔들렸다. 그녀는 눈물을 훔치고 나서 그의 눈치를 살폈다. 그리고 떠듬거리며 입을 열었다.

"학교 갔다 오다가 길에서 돈을 주웠는데…… 그걸로 빵을 사 먹었는데…… 어떤 어른이 따라와서 그 돈이 자기 돈이라고 내놓으라고 했어요……. 돈이 없다고 하니까 도둑년이라고 하면서 뺨을 때리고 파출소로 끌고 가려고 해서…… 그래서 그 사람이 하자는 대로 파출소에는 안 가기로 하고 여기에 끌려와서…… 처음에는 다른 집에 있다가 이 집으로 온 건 며칠 안 됐어요……"

말하는 것으로 봐서 똑똑한 아이는 아닌 것 같았다. 겁에 질린 탓도 있지만 총명해 보이지는 않았다. 이 아이에 비해서 장미는 얼마나 총명한 아이인가. 그는 장미 생각에 가슴이 미어지는 것만 같았다.

"여기서 빠져 나가면 될 거 아니야? 네가 잡혀 있어야 할 이유가 없지 않아?"

"안 그래요. 아줌마 말이 저를 백만 원에 샀대요. 그러니까 빚 백만 원을 갚아야 한대요. 빚을 갚기 전에는 저는 나갈 수가 없어요."

"집에 연락해서 돈을 가져오게 하면 될 거 아니야?"

"안 돼요. 집에는 연락하지 못하게 해요."

"백만 원을 갚아야 나갈 수 있고, 집에는 연락하지 못하게 하고……. 세상에 그런 법이 어딨어? 나쁜 놈들 같으니라고…….
그러니까 너를 여기다 붙잡아 두려고 그러는 거구나? 갖은 이유
를 다 붙여서 말이야."

"네, 그런가 봐요."

어린 창녀는 고개를 끄덕였다.

듣고 보니 기가 막힐 뿐이었다. 문명이 고도로 발달한 오늘 같
은 시대에, 인권이 최대로 보장되어야 할 이 시대에 그것도 수도
서울 한복판에 이와 같은 인육시장이 버젓이 존재하고 있다는
것이 도무지 믿어지지가 않았다. 인간의 사악함은 영원히 없어
지지 않는 것일까. 그는 온갖 세상사에 눈을 감은 채 오로지 학
문에만 전념해 온 자신이 왠지 부끄럽게 생각되었다. 장미가 유
괴되지 않았다면 나는 여전히 이런 데 눈 하나 돌리지 않았을 게
아닌가.

"앞으로 어떡할래?"

"모르겠어요."

그는 어린 소녀가 얼마 가지 못해 죽을 것만 같은 생각이 들었
다. 저런 몸으로 무지막지한 남자들의 배설을 과연 얼마나 받아
낼 수 있겠는가.

"도망치면 될 것 아니야?"

그러나 소녀는 천부당만부당하다는 듯 고개를 설레설레 흔들
었다.

"안 돼요."

"왜 안 된다는 거야? 몰래 빠져 나가면 될 거 아니야?"

"다 지키고 있어요. 남자들이 다 지키고 있어요. 한 번 도망치다가 붙잡혀서 혼났어요."

"어떻게 혼났니?"

소녀는 너무 혼이 났는지 얼른 대답을 못 하고 입을 쭈빗거리다가 울음을 터뜨렸다.

김 교수는 소녀가 너무 가여워 그녀를 가만히 껴안아 주었다. 겁에 질려 그 때까지 그를 경계하던 소녀는 그의 가슴에 와락 안겨 울음을 삼켰다.

김 교수는 소녀가 보여 주는 상처를 보았다. 겨드랑 밑에 아직 채 아물지 않은 상처가 있었다.

"여기를 담뱃불로 막 지졌어요. 죽는 줄 알았어요. 한 번만 더 그러면 손톱을 뽑는대요. 어떤 애는 귀를 찢었어요."

소녀는 공포에 질려 울음을 삼켰다.

"너 학생이니?"

"네, 중학교에 다녀요."

소녀는 중학교 1학년 학생이었다. 나이는 열네 살. 그러니까 열네 살짜리 창녀인 셈이었다. 이런 아이를 붙잡아다가 창녀로 이용해 먹는 인간들은 과연 무슨 목적으로 이 세상을 살아가는 것일까. 악을 실천하기 위해 살아가는 것일까. 그것도 삶의 목적일 수 있을까.

소녀의 아버지는 동사무소에 나가고 있는 공무원이라고 했다. 소녀는 맏딸로 그 밑에 남동생이 하나 있었다. 아버지가 벌어 오는 박봉으로 네 식구는 근근이 살아가고 있었다. 그러나 단란하고 행복한 집안이었다. 소녀의 말로 비추어 보건대 그런 것 같았다.

 소녀의 아버지 이름은 김창수(金昌洙)라고 했다. 소녀의 이름은 김수미(金秀美)였다.

 "지금은 밤이 깊었으니까 그대로 여기서 자거라. 날이 새는 대로 너를 여기서 빼내 줄 테니까 걱정하지 말고 잠이나 자. 여기서 나가면 안 돼. 알았지?"

 소녀는 눈물을 거두고 그를 빤히 쳐다보다가 알았다는 듯이 고개를 끄덕였다.

 "나한테도 너 만한 딸이 있다. 중학생인데 너보다 두 살이 많은 열여섯 살이지. 그런데 방학이 시작되던 날 갑자기 실종됐어. 어떤 여자를 따라서 이 부근에 끌려온 것까지는 알아냈는데…… 그 다음부터는 종적을 찾을 수가 없어."

 소녀와 함께 자리에 누웠을 때 김 교수는 방 안의 불을 끄고 나서 이렇게 입을 열었다.

 창문 하나 없었기 때문에 좁은 방 안은 몹시 무더웠다. 가만히 누워 있어도 땀이 줄줄 흘러내렸다. 그는 못 피우는 담배를 피우면서 중얼거리듯 계속 이야기했다.

 "내 딸애 이름은 장미란다. 김장미라고 부르지. 나한테는 그 애 하나뿐이야. 그 애는 내 사랑이었고 희망이었지. 그 아이가 없는 가정은 나한테는 아무 의미가 없어. 내가 그 애를 구해 내지 못하면 나는 아빠 된 도리를 못 하는 거지. 그 애가 지금 겪고 있는 고통은 전적으로 내가 잘못한 탓이야. 모든 것은 나한테 책임이 있어. 장미가 엄청난 고통을 겪고 있는데 내가 어떻게 편안히 지낼 수가 있겠어. 나는 그 애한테 큰 죄를 지었어. 그 애를 보호해야 할 아빠로서 그 의무를 다하지 못했기 때문에 이런 일이 일어난 거야."

땀인지 눈물인지 모를 뜨겁고 끈끈한 액체가 눈꼬리를 타고 흘러내리고 있었다. 그는 손을 뻗어 소녀의 손을 더듬어 잡았다. 장미는 곧잘 자기 방에서 자다가 베개를 들고 그의 곁으로 달려오곤 했다. 방으로 뛰어 들어와서는 언제나 엄마가 아닌 아빠 곁으로 파고드는 것이어서 제 엄마한테 곧잘 꾸중을 듣고는 했다. 그러나 그는 그러는 딸애가 그렇게 사랑스러울 수가 없었다. 그가 너무 장미를 사랑하자 아내는 질투심 비슷한 감정까지 보일 정도였다. 장미와 함께 잘 때면 그는 곧잘 딸애의 손을 잡아 주곤 했다. 장미는 아빠의 손을 잡고서야 잠이 드는 것이었다. 그런 딸애가 인육시장에 끌려가 밤낮을 가리지 않고 남자들의 배설물을 받아 내고 있을 것이라고 생각하니 가슴이 찢어지는 것만 같고 온몸이 불덩이처럼 분노로 달아오르는 것이었다. 비통한 감정에 그는 숨쉬기조차 불편했다.

7월 27일, 날이 밝자 김 교수는 사창가를 가만히 빠져 나왔다. 수미한테는 다른 데 가지 말고 방 안에 있으라고 일러 놓고 그는 큰길로 나와 공중전화를 찾았다. 아무래도 자신의 힘으로는 수미를 빼내 올 수 있을 것 같지 않아 수사본부에 도움을 청하고 싶었다.

다행히 여봉우 반장은 수사본부에 있었다. 김 교수가 지난밤에 사창가에서 지낸 것을 알고 여우는 몹시 놀랐다. 김 교수는 사정을 이야기하고 김수미 양을 구조해 줄 것을 요청했다.

"기다리십시오. 곧 가겠습니다."

여우는 두말하지 않고 그의 요청을 수락했다. 사실 그것은 경찰이 해야 할 일이었다.

여우는 지 형사를 데리고 30분도 못 돼 나타났다. 약속 장소에서 그들을 만난 김 교수는 그들을 자신이 투숙했던 여인숙으로 데리고 갔다.

여우는 먼저 수미 양이 들어 있는 방문을 활짝 열어젖혔다. 소녀는 방구석에 쪼그리고 앉아 떨고 있다가 그들을 보자 주춤주춤 일어섰다.

"네가 김수미니?"

여우가 물었다.

소녀는 울면서 고개를 끄덕였다.

"이리 나와. 집에 데려다 줄 테니까 이리 나와."

김 교수가 안심해도 된다는 듯 고개를 끄덕이자 소녀는 와락 울음을 터뜨렸다. 그리고 엉엉 소리 내어 울었다.

울음소리를 듣고 포주가 뛰어나왔다. 그녀는 낯선 남자들을 보고는 의아한 표정을 지었다.

"어디서 오셨어요?"

"당신이 주인인가?"

여우의 날카로운 물음에 그녀는 슬금슬금 뒤로 물러났다.

"이 아주머니가 너를 손님방에 집어넣었니?"

지 형사가 수미를 돌아보고 물었다. 수미는 서럽게 울면서 고개를 끄덕였다.

"당신이 포주군. 우린 경찰이야."

여우는 말이 끝나기가 무섭게 그녀의 따귀를 세차게 후려갈겼다. 그녀는 넘어질 듯 휘청거렸다.

"더러운 년! 어린애가 불쌍하지도 않아!"

여우는 다시 한 번 그녀의 따귀를 후려갈겼다.

소란스러운 소리에 이 방 저 방에서 여자들이 부스스한 얼굴로 밖을 내다보았다.

"아니, 왜 이러십니까?"

포주의 남편으로 보이는 사내가 파자마 바람으로 뛰어나와 여우 앞을 가로막았다.

"당신은 이 여자 남편인가?"

"네, 그렇습니다. 경찰이라고 사람을 이렇게 개 패듯이 때릴 수가 있습니까?"

그의 말이 떨어지자마자 지 형사의 손이 재빠르게 올라갔다. 그가 어떻게나 세게 때렸던지 사내는 땅바닥에 나동그라지고 말았다.

"개만도 못한 것들이 도대체 무슨 할 말이 있다는 거야! 네가 사람이라면 어떻게 이렇게 어린 애를 잡아다가 이런 짓을 시킬 수가 있어!"

지 형사는 쓰러져 있는 사내의 몸뚱이를 구둣발로 사정없이 걸어챘다. 사내는 고통으로 얼굴을 일그러뜨리며 두 손으로 그의 발을 막았다.

"이 소녀는 중학교 1학년 학생이야. 집에서 부모들이 얼마나 기다리겠어? 당신들 따라 와! 사람이 될 때까지 당신 같은 인간들은 고통이 무엇인가 배워야 해."

김 교수가 보니 형사들은 형식적으로 그러는 게 아니라 진정으로 분노하고 있었다.

형사들은 포주 부부를 일단 수사본부로 연행한 뒤 김수미 양을 집으로 데려다 주었다. 김 교수는 그들을 따라 수미 양 집에 가 보았다.

죽은 줄만 알았던 딸이 나타나자 소녀의 어머니는 몸부림치며 울다가 까무러쳤다. 딸을 찾아 직장에도 나가지 않은 채 그 날도 거리를 헤매고 있다가 뒤늦게 연락을 받고 달려온 소녀의 아버지는 새까맣게 탄 얼굴로 딸을 끌어안고 목 놓아 울었다. 그들의 울음 속에는 기쁨과 분노, 그리고 비통한 감정 같은 것들이 뒤엉켜 있었다. 그것을 지켜보면서 김 교수는 속으로 울음을 삼키고 있었다.

여 형사가 사창가에서 수미 양을 구해 낸 경위를 이야기해 주자 소녀의 부모는 머리가 땅에 닿도록 그에게 수없이 절을 했다. 김 교수의 이름과 주소를 물으며 어떻게든 그에게 고마움을 표시하려는 그들을 겨우 만류하고 김 교수는 그 집을 나왔다. 수미 양은 눈물로 범벅이 된 얼굴로 멀리까지 따라 나와 그에게 작별 인사를 했다.

"지금 바로 따님을 병원에 입원시켜 검진을 받게 하는 것이 좋을 것입니다."

김 교수는 이렇게 수미 양의 아버지에게 이른 다음 형사들과 함께 차를 타고 수사본부로 돌아왔다.

수사본부로 돌아오는 동안 세 사람은 입을 다문 채 제각기 깊은 생각에 잠겨 있었다.

김 교수는 세상에 태어나 처음으로 좋은 일을 한 것 같은 생각이 들었다. 그것은 학문적인 성취감보다도 훨씬 가슴 뿌듯한 느낌이었다.

여우는 연행해 온 포주 부부를 수사에 이용해 보기로 마음을 굳혔다. 그들을 구속시켜 단순히 검찰에 송치하는 것보다는 그 편이 수사에 도움이 될 것 같았기 때문이다.

포주 부부 중 남자는 이름이 박치수(朴治洙)라고 했다. 여자 쪽 이름은 이애자(李愛子)였다.

신원 조회 결과 남자는 폭력, 사기, 인신 매매, 매음, 마약 등에 관련되어 전과가 무려 일곱 번이나 되는 인물이었다.

여자 쪽 역시 미성년자 약취 유인 및 인신 매매 등, 전과가 세 번이나 있었다.

"그 남편에 그 여편네군."

서류를 들여다보면서 여우가 중얼거린 말이었다.

그 때까지 억울하다면서 고함을 지르며 기세를 올리고 있던 박치수는 여우가 보여 주는 자신의 신원 조회서를 보고는 고개를 밑으로 떨어뜨렸다.

"당신 같은 인간들은 이 사회의 쓰레기야. 이 사회에 있어 봐야 해만 끼치니까 함께 살아갈 필요가 없어. 죽어 주든가 아니면 이 사회에 영원히 발을 못 붙이게 격리시킬 수밖에 없어. 당신 사형당하는 것보다 죄를 뇌우치고 스스로 자살하지 않겠어? 그럼 내가 도와 줄 테니까 사양하지 말고 말해."

여우는 박치수의 머리를 주먹으로 쿡쿡 쥐어박으며 말했다.

"죄송합니다."

"그래도 자살하기는 싫은 모양이군. 더러운 자식! 당신한테도 열여덟 살 먹은 딸이 있던데 그 애를 사창가에서 몸을 팔게 하면 어때? 그렇게 하기는 싫은가? 남의 귀여운 딸들은 망쳐 먹으면서 자기 딸만은 그렇게 하기 싫단 말이지?"

박치수와 이애자는 용서해 달라고 빌었다. 여우는 고개를 설레설레 흔들었다.

"용서해 줄 수 없지. 스스로 자살하기 싫다면 당신들이 가장 무거운 형을 받도록 조서를 꾸밀 수밖에 없지. 나는 당신 같은 인간들이 사회에서 버젓이 생활하는 게 정말 싫어. 당신 같은 족속들은 구더기만도 못하단 말이야! 차라리 구더기가 낫지. 암, 구더기가 낫고말고! 훨씬 낫지."

"저희는 사실 죄가 없습니다. 그 학생을 데리고 온 건 우리가 아닙니다. 저희는 다만 돈을 주고 산 것뿐입니다."

"닥쳐!"

여우는 박치수의 따귀를 철썩 하고 갈겼다.

애꾸눈

포주 부부는 밀폐된 방 속에서 땀에 절어 허덕이고 있었다.

경찰은 그들에게 정보를 요구하고 있었고, 그들은 아무것도 모른다는 식으로 거부하고 있었다.

"그렇다면 좋아. 그러나 마음이 있으면 언제라도 이 문을 두드려."

여우는 밖에서 방문을 잠그고 볼일을 보러 나갔다. 그것은 인내심의 싸움이라는 것을 그는 잘 알고 있었다. 포주 부부가 무엇인가 숨기고 있음이 분명하다고 그는 생각하고 있었다. 그들이 입을 열면 적어도 인신 매매 조직에 대해 실낱같은 정보만이라도 얻을 수 있을 것이라는 것이 그의 생각이었다.

방 속에 갇힌 포주 부부는 물 한 잔 얻어 마실 수가 없었다. 경찰은 그들에게 물 한 잔 주는 것까지도 거부하고 있었다. 그들에게 허용된 것은 화장실에 가는 것뿐이었다.

그들 부부는 마침내 경찰에 정보를 제공하느냐 마느냐 하는 문제로 의견 충돌을 일으켰다. 남자가 경찰과 타협하겠다는 데 반해, 그래서는 안 된다고 반대하고 나선 것은 여자 쪽이었다. 여자 쪽이 오히려 고집스럽고 강경한 편이었다.

"만일 그러다가 보복당하면 어쩔려고 그래요? 장사 문 닫는 건 그만두고 당신 정말 큰일 나요. 옥수네 죽을 뻔하다 살아난 거 모르세요? 입 잘못 놀렸다가 다리병신 됐잖아요. 그렇게 되고 싶잖으면 잠자코 있어요. 좀 참으면 될 걸 가지고 그걸 못 참아서 그 야단이에요."

"이거 봐, 또 콩밥 먹을 수야 없잖아. 이번에 들어가면 정말 오래 있다가 나올 거란 말이야! 우리 두 사람 들어가면 집안 꼴이 어떻게 되겠어? 이번엔 걸려도 단단히 걸렸어. 경찰의 요구를 들어주면 처벌하지 않는다고 약속했어."

"당신이란 사람 참 한심하군요. 콩밥 조금 먹는 게 싫어서 병신이 되고 싶다는 거예요? 평생 병신으로 지내고 싶으세요? 그나마 잘 되면 병신이고 그렇지 않으면 죽는 거예요. 당신 죽고 싶으세요?"

"누가 죽고 싶다고 했어? 살고 싶으니까 그러는 거지."

남자는 볼멘소리로 말했다.

"이거 봐요, 감옥에 들어가면 죽지는 않아요. 병신도 되지 않구요."

"그러니까 우리가 정보를 팔았다는 걸 비밀로 해야지. 경찰이 비밀로 해 주겠다고 약속했으니까……"

여자는 남편의 허벅지를 우악스럽게 꼬집었다. 남자가 얼굴을 찡그리며 죽는 시늉을 했다.

"우리가 경찰에 붙잡혀 간 거 사람들이 다 봤어요. 뭐 하나라도 새기만 하면 우리가 불었다는 거 다 알 텐데 경찰만 믿고 있으란 말이에요? 이이가 정말 오래 살고 싶지 않아서 환장했나 봐. 애꾸 이야기가 있잖아요. 앞으로는 아예 쥐도 새도 모르게 죽여 버린대요."

"애꾸가 그랬어?"

"그래요. 자기는 들은 대로 전해 준 것뿐이니까 조심하라고 그랬어요."

"애꾸는 나를 괄시 못 해."

"애꾸가 문제가 아니에요. 애꾸가 무슨 힘이 있나요? 그 사람은 심부름꾼에 불과해요."

"그래도 그렇지 않아. 그놈도 한가락 한다고. 많이 커졌어. 처음에는 쫄따구였는데 지금은 그렇지 않아."

"하여간 오래 살고 싶으면 가만히 입을 다물고 있어요. 잘못 입을 놀렸다가는 직살나니까요."

"그것 참 미치고 환장하겠네. 이러지도 저러지도 못하고 미치겠네. 고 쪼꼬만 계집애 때문에……"

"고 계집애 때문에 그랬나요? 그 이상한 남자 때문에 그런 거죠. 어쩐지 좀 이상하다고 생각했는데……. 그렇게 경찰을 데리고 올 줄 누가 알았어. 그 개 같은 놈, 만나기만 해 봐라!"

그녀는 이를 부드득 갈았다.

여우는 녹음된 것을 틀어 보았다. 그것은 방 안에서 포주 부부가 주고받은 말을 그들 몰래 녹음한 것이었다.

녹음된 내용 중에서 '애꾸'라는 말이 귀에 들어와 박혔다. 그 외에는 도움이 될 만한 말이 없었다.

여우는 지 형사를 데리고 사창가로 달려 나갔다. 이미 그 곳에 진을 치고 있는 수사요원들에게 '애꾸'에 대해서 알아보라고 지시를 내린 다음 자신은 이순이라는 이름을 가진 늙은 창녀를 찾아갔다.

이순이는 일전에 포섭해 놓은 정보원이었다. 사창가에서 청춘을 보낸 그녀는 아무 희망 없이 하루하루를 마치 벌레처럼 살아가고 있는 것 같이 보였다. 처음 그녀를 만났을 때 정보를 제공해 주면 사창가에서 빼내 주겠다고 제의했을 때에도 그녀는 별로 탐탁치 않은 반응을 보였었다. 그런데도 그가 그녀를 찾아간 것은 아무래도 사창가에 오래 있었기 때문에 젊은 애들보다는 사창가 내막을 많이 알고 있지 않을까 해서였다.

"그 사람은 왜 찾으세요?"

여우가 애꾸에 대해서 물었을 때 한참 만에 그녀가 보인 반응이었다.

여우는 애꾸가 있긴 있는 모양이라고 생각했다.

"그 자를 좀 만나야겠어. 어디 가면 만날 수 있을까?"

"그걸 제가 어떻게 알아요."

"그 사람 어떤 사람이야?"

"저도 잘 몰라요."

"그러지 말고 말해 줘요. 말해 주면 여기서 빼내 주겠어. 이 생활이 지겹지도 않아?"

순이는 담배를 한 대 청해 피웠다.

"여기서 나간다 해도 갈 데도 없어요. 나 같은 거 누가 받아 주겠어요?"

목소리가 잠겨 있었다.

"희망을 가져야 그러면 되나."

"희망이오? 흥! 아저씨, 웃기시네. 나 같은 게 희망은 무슨 희망이에요."

여우는 그녀의 과거를 듣고 싶지 않았다. 그리고 그럴 만한 시간도 없었다. 그러나 정보를 얻어 내려면 그녀의 말을 듣고 기다릴 수밖에 없었다.

그녀는 서른한 살이라고 했다. 그녀가 사창가에 팔려 온 것은 열여덟 살 때였다. 그러니까 햇수로 14년째 창녀생활을 해 오고 있는 셈이었다. 그녀는 자신을 헌 걸레로 표현했다. 그녀의 학력은 중학교 졸업 정도였다. 가난한 시골 출신인 그녀는 고향에 돌아가는 것을 포기한 지 이미 오래였다. 그런 몸으로 어떻게 고향을 찾아갈 수 있겠느냐고 하면서 그녀는 급기야 눈물을 글썽거렸다. 그녀는 지금 빚더미에 올라앉아 있었다. 그리고 그녀의 몸뚱이는 가장 싼 값에 거래되고 있었다. 그나마 어디서도 그녀의 몸을 사겠다는 데가 없었다. 손님들은 그녀의 얼굴만 보고서도 도망쳐 버리곤 했다. 그러니 젊고 예쁜 애들이 받는 화대의 절반도 못 되는 헐값에 손님들을 받을 수밖에 없었다. 그렇게라도 손님이 있으면 다행이었지만, 손님 하나 받지 못하고 공치는 날이 더 많았다. 그러니 방값이다, 식사대다 하는 명목 등으로 빚만 쌓여 가고 있을 뿐이었다. 포주도 그런 그녀를 두고는 이러지도 저러지도 못하고 있었다.

"하여간 순이는 여기서 빠져 나가야 해. 밖으로 나가면 일자리는 얼마든지 있어. 내가 순이에게 일자리를 구해 줄 테니까 내 말대로 해요."

연거푸 담배를 피우고 난 그녀는 천천히 그의 눈에 시선을 맞추더니,

"그 말씀 정말이세요? 정말 저를 여기서 빼내 주고 취직시켜 주실 수 있으세요?"

하고 물었다.

"정말이야. 난 경찰관이야. 왜 거짓말을 하겠어? 물론 조건부이지. 나한테 도움이 될 만한 말을 해 주면 그렇게 하겠다 이 말이야."

그녀의 표정에 비로소 신뢰의 빛이 나타나고 있었다.

"자세한 건 잘 몰라요."

"물론 모르겠지. 그러니까 아는 대로만 말해 달라는 거야. 자, 이거 얼마 안 되지만 받아요."

여 형사는 5만 원을 그녀의 손에 쥐어 주었다. 그녀는 놀란 표정이었지만 잠자코 그것을 받았다.

"애꾸는 이 일대를 관리하고 있어요."

여자를 두고 매음업을 하고 있는 포주들은 매월 정기적으로

얼마씩 애꾸에게 바치지 않으면 안 된다고 그녀는 말했다. 그렇지 않을 경우 이 일대에서 장사를 할 수 없다는 것이었다. 포주들은 회비 명목으로 애꾸에게 돈을 내고 그의 보호 하에 들어간다. 그쪽이 오히려 말썽이 없고 편하기 때문에 모두가 군말 없이 회비를 내고 있다.

"그 자가 그럼 우두머리란 말인가?"

"그건 잘 모르겠어요. 말 들으니까 뒤에 봐주는 사람이 있다는데 확실한 것은 잘 모르겠어요."

"악질인가?"

"그야말로 악질이에요."

"그 자라면 이 일대에 들고 나는 여자들을 잘 알고 있겠군? 몇 명이 새로 들어왔고 몇 명이 다시 밖으로 빠져 나갔고 하는 것 말이야."

"환히 알고 있어요. 여자가 새로 들어오면 신고식을 해야 하고 돈도 또 바쳐야 해요."

"신고식이란 건 또 뭐야?"

"신고식이란 건 애꾸가 먼저 데리고 자는 걸 말해요. 요즘은 그 똘마니들까지도 신고식을 받고 있어요."

"여기 새로 들어오는 아가씨들은 모두 애꾸의 신고식을 거쳐야 하나?"

"그렇지는 않지요. 못생긴 애들은 쳐다보지도 않아요. 반반한 애들만 골라서 신고식을 받고 있어요."

"어디 가면 애꾸를 만날 수 있을까?"

"글쎄요, 요즘은 잘 보이지가 않아요."

"돈 받으러 오지 않나?"

"돈은 똘마니들이 받아 가고 있어요. 그리고 그 자식들은 여기서는 모든 게 다 공짜예요. 그 새끼들 등쌀에 장사 못 하겠다고 야단들이에요."

"그 자를 만나지 못하면 아무 의미가 없어. 그 자가 잘 가는 집이 있을 거 아니야?"

그녀는 종이를 꺼내 사창가 일대 약도를 그리기 시작했다. 그리고 나서 한 지점을 가리키면서 자세히 설명을 하고는 그 곳에 가 보라고 말했다.

"이 집에 잘 가나?"

"그런다고 들었어요. 시설이 제일 잘 돼 있는 집이에요. 깨끗하고요."

"고마워. 빼내 줄 테니까 기다려."

"빨리 좀 부탁해요."

그녀는 호소하는 눈길로 그를 쳐다보았다.

여우는 수사요원들과 은밀히 접촉해야 했다. 행여 형사들이 사창가를 뒤지고 있다는 인상을 그 곳 사람들에게 주지 않기 위해 그런 것이었다.

사창가를 벗어난 식당에서 수사요원 여덟 명은 냉면을 먹으면서 이야기를 나누었다. 나머지 수사요원 두 명은 수사본부를 지키고 있기 때문에 그 자리에 참석하지 못했다. 저녁 8시가 조금 지난 시간이었다.

"누가 김 교수를 본 사람 있어요?"

여 반장의 물음에 형사들은 고개를 저었다.

장미 아버지 김종화가 지난밤을 사창가에서 보냈다는 것은 그가 몸소 딸을 찾아 나섰다는 것을 의미한다. 그 사실을 알았을 때 가장 놀란 사람은 여 반장이었다. 김 교수가 딸 찾는 일을 수사진에만 의존하지 않는다는 것은 그의 행동이 이미 말해 주고 있었다. 그것은 다시 말해 수사진을 믿지 않는다는 것을 의미하기도 했다. 아버지가 행방불명된 딸을 찾겠다는데 경찰이 막을 수도 없는 일이었다. 그가 어디서 누구를 만나 어떻게 딸을 찾고 있는지 여우는 몹시 궁금했다.

"애꾸에 대해서는…… 그 자의 이름이 최동파라는 것을 알았습니다. 가명인 것 같지만 그 이름으로 오랫동안 행세해 왔답니다. 나이는 서른여섯이고 이 일대에서만 잔뼈가 굵은 놈이라고 합니다."

한 형사가 보고를 마치자 늙은 형사가 수첩을 꺼내 들고 보고를 시작했다.

"저는 Y경찰서 수사과에 찾아가 수소문했습니다. 여기 사창가를 관할하고 있기 때문에 정보를 얻을 수 있을 것이라고 생각하고 갔는데 담당 형사를 만나 봐도 별로 신통한 것은 얻지 못했습니다. 애꾸는 수년 전 폭력행위로 수배가 됐는데 아직까지 붙잡지를 못했답니다. 놈은 몸이 번개처럼 빠르고 도처에 정보망이 있어서 좀처럼 붙잡히지 않는답니다. 그리고 혼자 다니는 게 아니고 항상 부하들을 데리고 다니기 때문에 여간해서는 붙잡기가 힘들답니다. 요즘에는 사창가에도 잘 나타나지 않고 행방을 모른답니다."

"그 자에 대한 신원은?"

"담당 형사도 그것은 잘 모르고 있었습니다. 아직 한 번도 체포된 적이 없기 때문에 기록이 없답니다."

막연한 말들뿐이었다. 여 반장은 냉면 그릇을 밀어 놓으며 아직 입을 열지 않은 다른 형사들을 바라보았다.

"그놈은 오른쪽 눈에 언제나 하얀 안대를 하고 다닌답니다. 그래서 애꾸라는 별명으로 통한답니다."

가장 어려 보이는 형사가 말했다.

"그야 그렇지. 그러니까 애꾸라고 하겠지."

여우의 대답에 모두가 웃었다. 젊은 형사는 얼굴을 붉혔다.

"그런데 그놈은 자기 눈을 그렇게 만든 사람을 찾아 5년 동안이나 헤매 다니고 있답니다."

여우의 입가에서 미소가 사라졌다.

"그럼 애꾸가 된 지 5년이 됐다는 건가?"

"네, 그렇습니다. 5년 전에 그놈은 다른 조직과 싸우다가 눈을 다쳤답니다. 그 후 그 조직은 와해됐지만 그 때 그놈의 눈을 잃게 한 자는 도망친 모양입니다. 그 자 이름은 노태식이고 별명이 도끼랍니다. 그는 항상 품속에 도끼를 가지고 다니기 때문에 그런 별명이 붙었답니다. 그런데 도끼는 현재 부산에 있는 것 같다고 합니다. 아마 애꾸한테 걸리면 둘 중의 하나는 죽을 거라고 합니다."

"무시무시한 이야기군."

나이 든 형사가 어깨를 으쓱했다.

"어디서 그런 정보를 얻었나?"

"어떤 놈한테 술 사주고 얻은 정보입니다. 사창가에서 먹고 자고 하는 놈인데 아직 스무 살도 안 된 놈입니다."

"그 정보가 확실하다면 애꾸눈 귀에 들어가게 허위 정보를 하나 퍼뜨리지. 아주 그럴 듯하게 말이야."

"무슨 정보 말입니까?"

"도끼가 현재 어디 자주 나간다는 식으로 말이야. 봉쇄하기 좋은 술집 같은 곳을 하나 정해서 거기에 도끼가 자주 나온다는 정보를 흘리는 거야. 어떻게든 애꾸의 귀에 들어가게 말이야. 놈은 정보망을 가지고 있다니까 금방 귀에 들어갈 거야. 그리고 듣자마자 그 술집으로 달려갈 거야."

"그 때 우리가 대기하고 있다가 나타나지마자 놈을 체포하자 이 말씀이군요?"

"그래, 바로 그거야."

"만일 그놈이 나타나지 않으면 어떡하죠?"

"그거야 그 때 가서 다시 생각해 볼 일이고, 우리는 아주 조그만 가능성에도 기대를 걸어 볼 수밖에 없어. 어때, 그거 할 수 있겠어?"

"그거야 어렵지 않죠."

젊은 형사는 자신만만한 얼굴로 말했다.

"나는 애꾸가 자주 간다는 창녀 집을 알아냈어."
여우는 먼저 자리에서 일어났다.

김 교수는 꾀죄죄한 모습으로 변해 있었다. 사실 그런 모습이 일하는 데는 좋았다. 깨끗한 모습으로 사창가에 가서 수소문하고 다니다가는 금방 경계의 대상이 되어 아무것도 얻어들을 수 없을 것 같았다.

사창가에 기생하고 있는 사람들은 가장 더럽고 야비한 일을 하고 있으면서도 의외로 단결이 잘 되어 있었다. 단지 배설을 위해 찾아드는 손님들에 대해서는 아무 경계도 하지 않지만 그렇지 않고 다른 목적으로 찾아든 것 같은 사람에 대해서는 극도의 조심성을 보이고 있었다. 그래서 그들은 상대가 수상한 것 같으면 약속이나 한 듯 일제히 입을 다물어 버리곤 했다. 그러니 김 교수로서는 조심해서 접근하지 않을 수 없었다. 경찰이라면 데리고 가서 윽박질러서라도 정보를 캐내겠지만 그의 입장에서는 그와 같은 강제성을 띤 짓은 할 수가 없었다. 결국 그는 돈으로 정보를 살 수밖에 별 뾰족한 수가 없었다.

7월 27일 밤에도 그는 사창가로 숨어들었다. 이번에는 좀더 많은 돈을 준비했다. 이런 곳에서 일하는 사람들일수록 아무리 단결력이 강하다 해도 돈에는 약하다는 것 정도는 그도 잘 알고 있었다.

돈에 기밀을 팔 수 있는 배신자가 그에게는 필요했다. 그러나 그런 사람을 어디 가야 만날 수 있을지 그는 막연하기만 했다.

결국 사창가 골목을 기웃거리다가 그에게 접근하는 어느 창녀에게 이끌려 어떤 우중충한 건물 안으로 따라 들어갔다. 그는 일부러 못 이기는 체하고 끌려들어 간 것이다. 그는 일부러 소주까지 한 잔 걸쳤기 때문에 사창가에 출입하는 사람치고는 제법 그럴 듯하게 보였다.

역시 그를 손님으로 맞은 창녀는 나이가 어려 보였다. 그는 화대보다 두 배쯤 많은 돈을 그녀에게 준 다음 밖에서 술을 사오라고 시켰다. 어린 창녀는 군말 없이 뛰어나가 맥주와 안줏거리를 들고 돌아왔다.

그는 이제 창녀를 구할 생각은 말아야겠다고 생각했다. 어리고, 그래서 불쌍한 창녀들은 그야말로 어물전 생선처럼 널려 있었다. 그들을 어떻게 해 본다는 것은 그의 혼자 힘으로는 도저히 불가능한 일이었다. 그리고 그는 지금 사랑하는 딸을 찾아야 할 입장이었다. 잠시도 다른 사람한테 신경을 쓸 여유가 없었다. 골방에 갇혀 고통을 겪고 있을 딸을 생각하면 그는 살점이 떨어져 나가는 것 같은 고통을 느꼈다.

손님이 할 일은 하지 않고 술만 마시자 어린 창녀는 이해할 수 없다는 표정을 지었다.

"저도 한 잔 주세요."

그는 그녀의 나이 따위는 이제 물어 보지 않기로 했다. 감상 따위는 갖지 말아야 한다고 그는 굳게 다짐하면서 그녀에게 맥주잔을 내밀었다.

그녀는 주는 대로 넙죽넙죽 받아 마셨다.

"주인 좀 불러 줄래?"

"우리 주인이요?"

"응, 그래. 주인 말이야."

"주인은 왜요? 저 싫다고 내보낼려구요?"

"아니, 그게 아니고 술 한 잔 같이 하고 싶어서 그래. 할 말도 있고 말이야."

"잠깐만 기다리세요."

화대보다 훨씬 많은 돈을 받은 그녀는 그가 시키는 대로 말을 잘 들었다.

잠시 후 주인 여자로 보이는 사람이 방 안으로 고개를 디밀고 그를 살피듯 바라보았다.

"불렀어요?"

얼굴이 누렇게 뜬 40대 여인이었다. 눈이 움푹 들어가고 턱이 뾰족했다.

"들어오시죠. 한잔 하게 들어오세요."

몽타주의 여인

김종화가 웃으며 말하자 포주는 뒤로 물러섰다.
"저 술 못 해요."
"한 잔만 하세요."
"술 못 한다니까요."
별 사람 다 보겠다는 듯 돌아서려는 것을 종화는 다급하게 불러 세웠다.
"잠깐 들어오세요. 아주머니에게 긴히 여쭐 말도 있고 하니까 잠깐만 들어오세요."
"무슨 이야기예요?"
문 앞에 서서 듣겠다는 그녀를 방 안으로 들어오게 하느라고 종화는 애를 먹어야 했다. 상대를 잘못 골랐다 싶었지만 한번 부딪쳐 보기로 했다.
그가 바쁜데 오라고 해서 미안하다고 하자 포주는 답답하다는 듯 빨리 할 말이 있으면 하라고 그를 재촉했다.

종화는 어린 창녀를 내보내고 나서 문을 닫았다. 그리고 심각한 표정으로 말문을 열었다.

"아주머니, 돈 벌고 싶은 생각 없습니까?"

아닌 밤에 홍두깨 같은 소리에 포주는 이 손님이 지금 제정신으로 하는 소리인지 아닌지 모르겠다는 얼굴이 되었다. 어이없어 하면서 그대로 대꾸도 하지 않고 쳐다보기만 하자 그가 같은 말을 되풀이했다.

"큰돈 벌고 싶은 생각 없으세요?"

"그게 무슨 말이에요?"

"말 그대로입니다. 아주머니는 목돈 벌고 싶은 생각 없느냐 이겁니다."

"지금 전 바빠요. 돈 벌고 싶은 생각 없어요."

그녀는 손님이 주정을 부리고 있다고 생각했다.

그래서 몸을 일으키려는데 손님이 호주머니 속에서 무엇인가 꼬깃꼬깃 접은 것을 꺼내 놓았다.

"이건 백만 원짜리 수표입니다. 한번 보세요."

코앞에 들이미는 종이 조각을 들여다본 포주는 영문을 모르겠다는 듯 다시 그를 쳐다보았다.

"그걸 어쩌겠다는 거예요?"

그녀는 손님의 얼굴을 찬찬히 관찰하기 시작했다. 가만 보니 선량하게 생긴 사람이었다. 손님은 수표를 방바닥에 놓은 채 말을 이었다.

"아주머니께서 돈 벌 생각이 있으시다면 이걸 드릴 수도 있다

이겁니다."

 이 주정뱅이, 아니면 약간 머리가 돈 것 같은 사람한테서 어쩌면 백만 원짜리 수표를 얻을 수 있을지 모른다는 생각이 번개처럼 스쳐 갔다. 귀중품 도난 사건은 이곳에서는 얼마든지 일어나고 있다. 그녀는 긴장했다.

"돈 벌고 싶지 않은 사람이 있겠어요?"

"그렇죠? 그러니까 하는 말입니다."

 그녀는 손님이 내놓은 몽타주를 들고 한참 동안 들여다보았다. 종화는 숨을 죽이고 그녀를 바라보았다.

"이 여자를 찾는다 이 말씀이죠?"

 그녀가 고개를 쳐들고 물었다.

"그렇습니다. 그 여자를 만날 수 있게만 해 주면 이 수표를 드리겠소. 아니면 이 소녀를 만날 수 있게 해 주시오."

 종화는 장미의 사진을 꺼내 놓았다.

"어머나, 참 예쁘게 생겼네. 손님은 나이 어린 애를 좋아하시나 보죠?"

 여인이 능청을 떨었다. 종화는 분노의 숨을 몰아쉬었다.

"그 애는 내 딸이오. 나는 딸을 찾고 있습니다. 그 애를 찾을 수 있도록 도와주시오."

"어머, 그래요?"

 여인은 목소리를 죽이면서 불안한 표정으로 손님의 얼굴을 살폈다. 비로소 손님이 왜 사창가에 들어왔는지 그 이유를 안 것 같았다.

무거운 침묵이 흘렀다. 갑자기 사실을 알게 된 포주는 입을 떼기가 두려운 모양이었다.

종화는 침통한 표정으로 앉아 있다가 포주에게 같은 말을 되풀이했다.

"부탁합니다. 이 애는 지금 중학교 3학년이고 내 외동딸입니다. 이 애를 찾을 수 있도록 도와주시면 아주머니에게 이 돈을 드리겠습니다. 나는…… 내 목숨이 다할 때까지 이 애를 찾아다닐 생각입니다."

그것은 낮으나 단호한 결의가 깃든 말이었다. 딸을 찾아 나선 부정의 눈물겨운 호소가 가슴에 와 닿았는지 그녀는 한동안 난감한 표정으로 앉아 있다가 몽타주의 여인을 가리켰다.

"이 여자는 누구인가요?"

"그 여자는 우리 딸애를 유괴해 간 사람입니다."

종화는 포주 여자한테 자신의 딸 장미가 어떻게 유괴되었는지 그 내용을 자신이 알고 있는 대로 소상히 이야기했다. 체면도 자존심도 다 버리고 오로지 딸을 찾으려는 일념으로 종화는 진지하게 이야기했다.

종화의 이야기를 듣고 난 여인의 표정이 잠시 흔들렸다. 그녀는 무엇인가 깊이 생각해 보는 눈치였다. 그러다가 머리를 천천히 가로 흔들었다.

"아마 찾기 힘들 거예요. 일단 그렇게 해서 팔려 간 애들은 찾기 힘들어요. 웬만하면 손님을 도와 드리고 싶지만 저로서도 어쩔 수가 없군요."

"그렇다면 이 여자만이라도 만날 수 있게 해 주십시오. 부탁입니다. 이 여자를 알고 있지요?"

"모르겠어요. 처음 보는 얼굴이에요."

김종화는 그녀의 손을 덥석 움켜잡았다.

"그러지 말고 도와주십시오. 공짜로 가르쳐 달라는 게 아닙니다. 이 여자가 어디에 살고 있는지…… 아니면 어디에 가야 이 여자를 만날 수 있는지 그것만이라도 가르쳐 주면 이 돈을 드리겠습니다."

"돈이 문제가 아니에요."

그녀는 답답하다는 듯 그를 쳐다보았다.

"그럼 뭐가 문제입니까?"

"누구를 고자질한다는 게 어디 그렇게 쉬운 일인가요."

"알고 있습니다. 저도 그걸 알고 있기 때문에 부탁드리는 거 아닙니까!"

그녀는 더 이상 몽타주의 여인을 모른다고 말하지 않았다. 한동안 머뭇거리다가 그녀는 이렇게 말했다.

"그런 여자를 한 사람 알고 있기는 한데 이렇게 생기지가 않았어요. 손님 말씀을 듣고 보니 비슷한 점이 많기는 한데 생긴 게 틀려요. 이렇게 생기지가 않았어요."

그녀는 몽타주를 들었다가 도로 내려놓았다.

"이건 사진이 아니고 목격자의 진술만을 토대로 화가들이 그린 것입니다. 따라서 실물과 차이가 있을 것이라는 것은 저도 인정합니다. 방금 말씀하신 그 여자는 어디에 가면 만날 수가 있을까요?"

 위협을 가한다 해서 그녀가 모르는 남자에게 입을 열 리는 만무했다. 결국 돈으로 그녀의 마음을 움직이게 할 수밖에 없다고 그는 생각했다.

 "말씀드리기가 참 곤란하네요. 그 여자나 나나 같은 처지인데 만일 내가 귀띔했다는 걸 알기라도 하면 어떡하겠어요? 아마 큰일 날 거예요. 난 여기서 살아남지 못할 거예요. 돈 백만 원 받고 그런 위험한 짓을 어떻게 해요?"

 그녀는 설레설레 머리를 흔들었다

 "5십만 원 더 드리죠."

 그래도 그녀는 고개를 가로 저었다. 그 정도 가지고는 안 되겠다는 뜻이었다.

 "그럼 얼마면 되겠습니까?"

 "2백은 주셔야죠."

 "좋습니다, 2백만 원 드리겠습니다. 그 대신 우리 딸애를 유괴해 간 여자가 틀림없어야 합니다. 틀림없다는 게 입증될 때 돈을 드리겠습니다."

 "그걸 어떻게 입증하죠?"

 "목격자가 있습니다. 제가 목격자를 데리고 와서 그 여자가 틀림없는지 확인시키겠습니다."

 "대놓고 확인시키겠다는 거예요? 그건 안 돼요. 그러다가는 큰일 나요. 누구 죽는 꼴 보려고 그러는 거예요?"

 "그런 건 걱정하지 않으셔도 됩니다. 사람을 대놓고 확인하는 그런 어리석은 짓은 하지 않습니다. 그 여자가 절대 눈치 채지 못하게 확인시킬 생각입니다. 아주머니한테는 절대 피해가 가지 않게 해 드리겠습니다."

그녀는 한동안 몹시 망설이는 표정이다가 이윽고 결심한 듯 말했다.

"내일 오후 2시경에 전화를 한번 주세요."

"꼭 좀 부탁합니다! 전화번호를 말씀해 주십시오."

종화는 포주 여자가 불러 주는 전화번호를 받아서 수첩에다 적었다.

"선금으로 백만 원을 먼저 주세요."

방바닥에 놓여 있는 백만 원 수표를 힐끗 내려다보며 그녀가 말했다.

"만일 그 여자가 아닐 경우에는 어떡하죠?"

"그 때는 돈을 돌려 드리겠어요. 돈 떼먹지는 않을 테니까 걱정하지 마세요."

"좋습니다."

종화는 백만 원짜리 수표를 포주에게 건넸다.

그 집은 3층짜리 붉은 벽돌 건물이었다. 건물 외벽에는 아무런 간판도 붙어 있지 않았다.

형사들은 따로따로 손님으로 가장하고 그 건물에 들어가 방을 하나씩 차지하고 있었다. 건물 안에는 조그만 방들이 무수히 자리 잡고 있었다. 그리고 각 방마다에는 창녀들이 한 명씩 들어 있었다.

여우도 방을 하나 차지한 채 드러누워 있었다. 좁은 방 안은 그야말로 찌는 듯이 무더웠다. 그런 방 안에서 창녀와 함께 밤을 지새운다는 것은 그야말로 고역 중의 고역이었다. 애꾸가 언제쯤 나타날 것이라는 것을 알고 있다면야 하룻밤 기다리는 것쯤 아무것도 아니다. 그러나 그 자가 언제 나타날지 전혀 감도 못 잡은 채 무작정 그 자를 기다려야 하니 고역이 아닐 수 없었다. 더구나 여우는 창녀에게는 손도 대지 않는다. 물론 화대는 이미 지불했다.

7월28일.

김종화는 약속대로 오후 2시경에 어젯밤 그 포주의 집으로 전화를 걸어 보았다.

"저녁에 만나요. 9시에 신촌 로터리에 있는 은성 카바레로 나오세요. 마포 쪽에 있으니까 물어 보면 쉽게 찾을 수 있을 거예요. 그 옆에 보면 능금이라는 다방이 있어요. 거기서 9시 정각에 만나기로 해요."

그가 뭐라고 말할 사이도 없이 전화는 끊어졌다.

종화는 장미의 친구인 마동희 집에 전화를 걸었다. 동희 어머니에게 사정을 이야기하자 그녀는 자기가 직접 딸을 데리고 나가겠다고 말했다.

종화가 그럴 필요 없이 동희만 데리고 갔다가 무사히 돌려보내겠다고 했지만 그녀는 아무래도 마음이 안 놓이는지 자기가 동행하겠다고 우겼다.

종화는 생각 끝에 아내에게도 그 이야기를 해 주었다. 양미화는 자기도 그 곳에 나가겠다고 나섰다.

"좋아, 당신이 필요할지도 모르니까 함께 나가지. 하지만 그 여자를 보고 너무 흥분한 나머지 그 여자를 그 자리에서 붙잡고 늘어진다거나 하는 따위의 짓을 해서는 절대 안 돼. 그러다가는 잡아 놓은 고기를 놓치는 꼴이 되고 말아. 침착하고 냉정하게 행동해야 해. 내가 시키지 않은 짓은 절대 해서는 안 돼. 약속하면 함께 가도 좋아."

"약속하겠어요."

그녀는 장미가 유괴된 이후 거의 제정신이 아닌 상태에서 잠도 설치고 식사에도 손을 대지 않고 있었기 때문에 무서울 정도로 말라 있었다.

종화는 턱에 덥수룩하게 자란 수염을 면도칼로 말끔하게 밀어내고 몸단장을 깨끗이 했다. 화려한 색상의 남방을 양복 안에 받쳐 입자 나이보다는 냇 살쯤 젊어 보였다. 아내에게도 한껏 모양을 내게 했다.

집을 나선 것은 7시 반경이었다. 그는 차를 몰고 동희네 집으로 향했다.

"만일 그 여자가 장미를 유괴한 바로 그 여자라면 당신 어떡하실 거예요?"

운전석 옆 자리에 앉은 양미화가 낮은 소리로 가만히 물었다. 낮게 숨죽인 목소리였다.

"글쎄, 모르겠어. 생각해 보지 않았어."

종화는 정면만 응시하고 있었다.

"경찰에 넘겨서 자백시켜야 하지 않아요?"

거기에 대해서 종화는 아무런 대꾸도 하지 않았다.

"왜 아무 말씀 안 하세요?"

한참 후에 그녀가 따지듯 물었다. 종화는 아내를 힐끗 쳐다보고 나서 무뚝뚝하게 입을 열었다.

"그 여자를 자백시키는 것은 어렵지 않아. 문제는 장미가 이미 그 여자 손에서 떠나 다른 사람 손에 넘어가 있을 것이라는 점이야. 그 여자는 아이를 유괴해다 팔아먹으면 그것으로 끝나는 거야. 그 여자가 과연 장미가 지금 어디에 있는지 그걸 알고 있을까? 그 여자가 장미 있는 곳을 알고 있을지 그게 의문이야. 만일 모르고 있으면……"

그는 한숨을 깊이 내쉰 다음 차의 속력을 줄였다. 그리고 말을 이었다.

"……장미를 찾기가 어려워질지도 몰라. 찾아내더라도 아주 오래 걸리겠지. 그 여자를 경찰에 넘길 생각은 없어. 경찰에 넘겨봐야 내가 기대한 만큼 그 여자를 처벌하지는 않을 거야. 그래서는 안 돼. 그 여자는 내 손으로 처리할 거야."

너무 조용하게 가라앉은 남편의 목소리에 미화는 두려운 빛을 보였다. 지금까지 함께 살아오는 동안 한 번도 얼굴에서 온화한 빛을 잃지 않았던 남편이었다. 그리고 선량하기 짝이 없던 남편이었다.

그런데 지금 남편의 얼굴에서는 그런 빛을 조금도 찾아볼 수가 없었다. 감정을 읽을 수 없는, 피가 통하지 않는 것 같은 창백함만이 그의 얼굴에 가득했다.

"당신이 어떻게 그 여자를 처리한다는 거예요? 그게 무슨 말씀이세요?"

종화는 입을 꾹 다문 채 아내의 물음에 아무 대꾸도 하지 않았다. 그의 얼굴에는 그런 물음에는 결코 대답하지 않겠다는 그런 표정이 역력했다.

"그런 생각 하지도 마세요. 그 여자가 정말 장미를 유괴한 여자라면 즉시 경찰에 넘겨야 해요. 어떻든 경찰에 모든 걸 기대하는 수밖에 없어요. 경찰은 지금……"

종화는 갑자기 라디오 스위치를 틀었다. 볼륨을 크게 하자 양미화의 말소리는 더 이상 들리지 않았다. 그녀는 그만 입을 다물어 버렸다.

동희 모녀는 집 앞에서 초조한 모습으로 기다리고 있었다. 종화는 차에서 내려 그들을 차에 태운 다음 문을 닫아 주고 다시 운전석에 들어갔다.

동희 어머니와 양미화는 이미 서로 안면이 있는 사이였기 때문에 어색한 분위기는 아니었다. 동희 어머니가 위로의 말을 늘어놓는 동안 양미화는 눈물을 글썽이고 있었다.

그들이 약속 장소에 이른 것은 8시 30분경이었다. 약속 시간보다 30분 이른 시각이었다. 그녀는 아직 나와 있지 않았다. 종화는 여자들에게 그들이 앞으로 취해야 할 행동에 대해서 이야기해 주었다.

"저는 동희와 함께 행동하겠습니다. 두 분은 저와 일행이 아닌 것처럼 행동해 주십시오. 우리는 서로 아는 체해서는 절대 안 됩니다. 이따가 그 여자가 오면 어디로 갈지 나도 모릅니다. 두 분이 나를 따라오는 건 좋지만 눈에 띄지 않게 주의해서 따라오셔야 합니다."

종화는 주로 동희의 어머니만 쳐다본 채 말했다. 이야기를 모두 끝내자 그는 주머니에서 안경을 하나 꺼내 동희에게 건네주고 그것을 끼라고 말했다.

"얼굴을 혹시 기억하고 있을지도 모르니까 이걸 끼고 있어. 도수 없는 안경이니까 끼고 있어도 괜찮을 거야. 이걸 끼면 얼굴이 달라 보일 거야."

그것은 학생들이 흔히 끼는 검은 플라스틱 테의 안경이었다. 동희가 그것을 코에 걸자 얼굴이 아주 달라 보였.

두 중년 부인은 구석자리에 앉고 종화와 동희는 입구 가까운 곳에 자리 잡고 앉아 있었다.

포주 여인은 9시 10분에 다방 안으로 들어섰다. 앉기가 무섭게 그녀는 동희를 턱으로 가리키면서,

"이 학생이 그 여자 얼굴을 기억하고 있나요?"

하고 물었다.

"그렇습니다."

"돈은 준비해 오셨죠?"

"네, 준비해 왔습니다. 그 여자는 어디 있습니까?"

"지금 카바레에서 춤추고 있어요. 위에 빨간 티셔츠를 입고 춤추고 있어요. 요 옆에 있는 은성 카바레예요. 이렇게 해요, 제가 먼저 들어갈 테니까 좀 있다가 들어오세요. 우리 일행은 그 여자까지 합해 세 명이에요. 그 여자는 빨간 티셔츠를 입었어요. 아저씨는 저하고 절대 아는 체해서는 안 돼요. 만일 그 여자가 아저씨가 찾는 여자가 맞는다면 아저씨하고 저하고는 어떻게 서로 연락하죠?"

그것은 종화가 나머지 돈을 어떻게 포주 여자에게 전해 주겠느냐는 것이었다.

"그 여자 이름이 뭡니까?"

"오지애라고 해요."

"오지애……"

김 교수는 한숨을 길게 내쉬었다. 그리고 갑자기 빠른 어조로 여자에게 말했다.

"만일 그 여자가 내가 찾는 여자가 맞다면…… 내가 그 여자한테 가서 춤을 청하겠습니다.

"어머, 그건 안 돼요!"

여자가 놀라서 말했다.

"왜 안 되는 겁니까?"

"그러다가 눈치라도 채면 어떡해요."

"눈치 채지 않게 아주 자연스럽게 하겠습니다. 카바레에서는 모르는 남자가 춤을 청하는 것은 하등 이상할 게 없지 않습니까. 그 점에 대해서는 걱정하지 마십시오. 조금도 눈치 채지 못하게 하겠습니다."

"정말 자신 있으세요?"

여자가 의심스럽다는 듯 물었다.

"걱정 말라니까요."

종화가 워낙 자신 있게 나오자 그녀는 못 이기는 체하고 주춤 물러앉았다.

"그런데 만일 오지애가 아저씨 딸을 데리고 간 여자가 맞다면…… 그 여자를 어떡하실려고 그러세요?"

"내 딸을 돌려 달라고 할 참입니다."

"만일 그 여자 손을 떠나 다른 사람 손에 넘어갔다면 어떡하실 거예요?"

"어떻게든 찾아내야죠."

"실례지만 아저씨는 뭐 하시는 분이세요?"

"난…… 조그만 시계점을 하고 있습니다. 종로에 있는 R백화점 안에서……"

"돈은 어떻게 전해 주실 거예요?"

"틀림이 없다면 이 학생 편으로 돈을 보내 주겠소."

"그 여자가 보고 있는 데서 돈을 주겠다는 거예요?"

"아뇨, 이 학생을 화장실로 보낼 테니까 거기서 두 사람이 만나도록 해요."

"네, 그게 좋겠군요."

여자는 비로소 안심한 표정으로 일어섰다.

"이제부터 실수 없이 잘 하셔야 해요. 그리고 끝나면 없던 일로 하는 거예요?"

 종화는 알겠다는 듯 고개를 끄덕여 보였고, 그녀는 곧장 밖으로 사라졌다.

 종화가 동희를 데리고 일어서자 저편 구석에 앉아 있던 여자들도 따라 일어섰다.

 동희는 카바레에 들어가려다가 입구에서 가슴이 떡 벌어진 기도한테 제지당했다.

 "미성년자는 입장할 수 없습니다."

 "난 이 애 보호자요."

 종화는 기도의 손에 만 원짜리 한 장을 쥐어 주었다.

 "우리는 춤추러 온 게 아니라 이 애 엄마를 찾으러 온 거요. 애 엄마가 며칠째 집에 들어오지 않아 찾으러 온 거요. 춤 같은 건 추지 않을 거요."

 기도는 그들이 들어갈 수 있게 입구를 터 주었다.

 안으로 들어서자 열기와 냄새가 확 끼쳐 왔다. 시끄러운 음악 소리에 금방 얼이 빠지는 것 같은 기분이었다.

 "동희야, 너를 이런 데까지 데리고 와서 미안하다."

 귀에다 대고 속삭이자 동희는 도리질을 했다.

 "아니에요, 전 괜찮아요. 장미만 찾을 수 있으면 전 무슨 일이라도 할 수 있어요."

 "고맙다."

 그는 동희의 손을 잡고 안쪽으로 들어갔다.

 어두운 실내 분위기에 눈이 익자 곧 저만치에 앉아 있는 포주의 모습이 눈에 들어왔다.

　그녀는 어떤 여자와 둘이 앉아 있었다. 함께 앉아 있는 여자의 옷은 흰색이었다.

　종화는 그들 쪽으로 다가가 3미터쯤 떨어진 곳에 자리를 잡았다. 거기서 5미터쯤 떨어진 곳에서는 양미화와 동희의 어머니가 머뭇거리며 서 있었다. 웨이터가 자리를 잡아 주자 그녀들은 조심스럽게 엉덩이를 내려놓았다.

　종화가 맥주를 시켜 첫잔을 입으로 가져가는데 빨간 티셔츠를 입은 여자 한 명이 플로어에서 나와 포주 일행의 자리 쪽으로 다가서는 것이 보였다.

빨간 티셔츠

종화는 긴장해서 그 빨간 티셔츠의 여인을 주시했다.

이윽고 자리에 앉은 그녀는 맥주를 한 잔 벌컥벌컥 들이켜고 나서 뭐라고 떠들어댔다. 그러자 다른 두 여인이 손으로 입을 가리면서 키득거리고 웃어댔다.

종화는 슬그머니 동희를 돌아보았다. 묻지는 않고 그냥 돌아보기만 했는데 동희가 기다렸다는 듯이 말했다.

"저 여자가 틀림없어요! 틀림없는 저 아줌마예요!"

다급하게 속삭이는 소리였지만 종화한테는 동희의 목소리가 유난히도 크게 들렸다. 그는 당황해서 급히 손가락을 세워 입을 가렸다.

"목소리가 너무 크다. 자세히 봐! 그 여자가 틀림없는지 자세히 보란 말이야!"

"틀림없어요! 그 여자가 틀림없어요! 저 여자가 아기를 업고 장미하고 함께 택시를 타고 갔어요! 틀림없는 그 여자예요!"

세 명의 여인들은 뭐가 그렇게도 우스운지 연방 웃어 대고 있었다. 그들과는 대조적으로 양미화와 동희의 어머니는 얼어붙은 표정으로 앉아 있었다.

밴드가 다시 음악을 연주하기 시작했다. 무명 가수가 나와 노래를 부르기 시작했다. 왈츠 곡이었다. 플로어는 금방 사람들로 가득 찼다. 종화는 1백만 원짜리 수표를 꺼내 동희의 손에 쥐어 주었다.

"넌 지금 화장실에 가서 기다리고 있다가 저 아주머니가 나타나면 이걸 전해 줘. 그리고 엄마하고 집으로 돌아가거라. 장미 엄마는 가지 말고 그대로 기다리고 있으라고 해."

동희가 자리에서 일어나 화장실 쪽으로 가는 것을 보고 포주도 슬그머니 일어서고 있었다.

동희가 소변을 보고 나오니 포주가 거울 앞에 서서 화장을 고치고 있었다. 화장실 안에는 마침 그들뿐이었다. 포주는 홱 돌아서서 동희를 쏘아보았다.

사나운 눈초리에 동희는 주춤하고 물러섰다.

"돈 가져왔어?"

그녀는 다짜고짜 그것부터 물었다. 그리고 동희가 겁먹은 얼굴로 고개를 끄덕이면서 말없이 수표를 내밀자 거칠게 그것을 낚아채서는 액수가 맞는지 들여다보는 것이었다. 이윽고 그녀는 만족한 표정으로 그것을 바지 주머니 속에 챙겨 넣고 나서 출입문 쪽을 한 번 살핀 다음,

"그 여자가 맞니? 빨간 옷 입은 여자가 맞니?"

하고 물었다.

동희는 여전히 겁먹은 얼굴로 고개만 끄덕였다.

그 때 종화는 오지애 앞에 서 있었다. 그는 그녀에게 정중히 목례를 보내고 나서 오른손을 내밀었다.

"실례합니다. 함께 추시지 않겠습니까?"

오지애는 담배에 불을 붙이다 말고 그를 힐끗 올려다보았다. 그 때 포주가 자리로 돌아왔다. 오지애는 담배에 불을 붙인 다음 연기를 깊이 빨아들였다가 종화를 향해 그것을 후우 하고 내뿜었다. 그녀가 아무 반응을 보이지 않자 흰 옷을 입은 여인이 그녀의 옆구리를 쿡쿡 찔렀다.

"빨리 나가라 얘. 서 있는 사람 체면도 생각해 줘야 하지 않겠니? 빨리 나가 봐."

그러자 포주도 덩달아 그녀를 부추겼다.

"폼 잡지 말고 빨리 나가 봐. 신사 스타일 구겨지기 전에 빨리 나가 줘."

"웃기지 마, 나가고 싶으면 너희들이나 빨리 나가! 난 술이나 마실래."

그녀는 빈 잔에 맥주를 거칠게 따랐다. 맥주 거품이 잔 밖으로 흘러 넘쳐 테이블 시트를 적셨다. 그 때 음악은 블루스 곡으로 바뀌고 있었다.

"그럼 내가 나간다."

흰 옷 입은 여인이 대신 일어섰다.

"저하고 추실래요?"

"네, 그러죠."

종화는 조금도 내색을 하지 않은 채 그 흰 옷 입은 여인과 함께 플로어로 나갔다.

그녀는 니그로처럼 입술이 두껍고 몸에 군살이 많았다. 기본 동작도 제대로 익히지 않는 상태에서 마구 몸을 밀착시키고 비벼대기만 하는 것이어서 종화를 무척 난처하게 만들었다. 그러나 그는 조금도 싫은 기색을 보이지 않은 채 인내심을 가지고 그녀를 리드해 나갔다.

"아저씨는 뭘 하세요?"

그녀가 술 냄새를 풍기며 물었다.

"장사하고 있습니다."

"장사하는 분 같지 않은데요? 무슨 장사 하세요?"

"집 장사 합니다."

"어머, 그러세요? 그럼 돈 잘 버시겠네요?"

여인의 물컹한 살집이 온몸을 짓누르는 것같이 느껴졌다.

"아주머니는 무슨 일을 하시나요?"

"우리야 뭐 먹고 놀지요. 벌어 놓은 것 까먹고 있어요."

그러면서 그녀는 킬킬거리고 웃었다. 화장품 냄새가 역겨웠지만 종화는 고개를 돌리지 않았다. 그의 태도는 부드럽고 점잖았다. 그것이 그녀에게 호감을 준 것 같았다.

"다른 친구분들도 마찬가지인가요?"

"네, 셋 다 과부예요. 끼리끼리 모여서 즐기러 온 거예요. 즐기러 온 게 뭐 나쁜 건가요?"

"아아뇨! 즐긴다는 건 좋은 일이죠. 누구나 인생을 즐길 권리가 있는 거죠. 나도 즐기러 온 겁니다."

"제 친구한테 마음이 있나 보죠? 빨간 옷 입은 애 말이에요."

"마음에 있다기보다 빨간 옷을 입고 있으니까 두드러지게 눈에 뜨인 모양이죠."

"저는 어때요?"

"정말 매력적입니다."

"거짓말이라도 듣기 좋은데요?"

어느 새 플로어로 나왔는지 빨간 티셔츠가 젊은 남자의 품에 안겨 돌아가고 있는 것이 보였다. 그들과 사이가 가까워졌을 때 빨간 티셔츠의 여인이 흰 옷 입은 여인을 향해 말했다.

"흥, 재미가 좋군."

그러자 흰 옷 입은 여인도 지지 않고 대꾸했다.

"누구보고 하는 말이야, 너무 진하게 굴지 말라고! 아니꼬워 못 보겠어."

빨간 티셔츠는 아주 능숙하게 스텝을 밟아 나가는 것 같았다. 몸매도 늘씬해 보였다. 종화는 아내 쪽을 얼른 쳐다보았다.

양미화는 혼자 테이블을 지키고 앉아 종화 쪽을 뚫어지게 쳐다보고 있었다. 종화는 아내가 걱정스러웠다. 그 자리에 졸도해 버릴까 봐 마음이 조마조마했다. 극도로 몸이 허약해진 데다 신경쇠약 상태에 빠져 있기 때문에 조금만 충격을 가해도 쓰러질 것만 같이 보였다. 종화는 아내를 기다리게 한 것이 후회스러웠다. 차라리 아내가 돌아가 주었으면 하고 바랐지만 아내는 쉬이 그럴 것 같지가 않았다.

"아저씨는 혼자 오셨어요?"

"젊은 애하고 함께 왔는데 날 내버려 두고 가 버렸어요."

"왜요?"

"우린 여기 오기 전에 좀 다퉜거든요."

"애인이세요?"

"아니. 그렇지는 않아요. 심심해서 가끔 데리고 다니는 애이지요."

"아저씨, 바람둥이군요?"

여인이 눈을 흘겼다.

"즐긴다는 게 나쁩니까?"

두 사람은 소리 내어 웃었다. 곡이 바뀌면서 템포가 빨라졌다. 종화는 여인의 허리에서 손을 풀었다.

"디스코는 출 줄 모릅니다."

두 사람은 제각기 자기 자리로 돌아갔다.

종화는 플로어 쪽에서 시선을 돌리지 않았다.

빨간 티셔츠는 유난히 정열적으로 몸을 흔들어 대고 있었다. 번쩍이는 불빛 사이로 드러나는 그녀의 웃고 있는 모습은 마치 악귀 같았다.

양미화 역시 빨간 티셔츠를 주시하고 있었다. 종화는 빈 잔에 맥주를 따랐다.

흰 옷은 혼자 앉아서 종화 쪽에다 계속해서 미소를 보내고 있었다. 포주는 이미 가 버렸는지 보이지 않았다. 흰 옷이 종화에게 자기 자리로 오라고 손짓을 했다. 종화는 술잔을 들고 자리를 옮겼다.

"우리 한잔해요."

자리에 앉자 흰 옷이 맥주를 권하며 말했다.

"한잔 합시다."

종화도 여인의 잔에 술을 부었다.

"아저씨는 너무 점잖으신 것 같아요."

"그렇지도 않아요."

"아저씨는 젊은 애들을 좋아하나 봐."

"그렇지도 않습니다."

"우리같이 늙은 여자는 싫죠?"

"원, 무슨 말씀을……"

빨간 티셔츠는 여간해서 자리로 돌아오지 않았다. 유괴범이 아닌 엉뚱한 여자를 상대하고 있자니 종화는 초조해서 견딜 수가 없었다. 그는 상대가 이상하게 생각하지 않도록 신경을 쓰면서 빨간 티셔츠 여인에 대해서 조심스럽게 물어 보았지만 그녀는 좀처럼 걸려 들어오지 않았다. 빨간 티셔츠는 물론 자신의 신상에 대해서도 집에서 하는 일 없이 먹고 논다는 것 외에는 일절 말하지 않았다.

음악이 그치자 플로어에 있던 사람들이 흩어졌다.

빨간 티셔츠도 자리로 돌아왔다.

플로어에 반라의 여인이 나타났다. 그녀는 음악에 맞춰 몸을 뒤틀기 시작했다.

두 여인은 종화를 앞에 놓고 귀엣말을 나누었다. 종화는 그들의 대화를 조금이라도 들으려고 귀를 세워 보았지만 아무것도 알아들을 수가 없었다.

"저 치 뭐 한대?"

빨간 티셔츠가 흰 옷의 귀에다 대고 물었다.

"집 장사 한대."

"그렇게 보이지 않는데?"

"아무려면 어때, 그것만 달렸으면 됐지 뭐."

"내가 양보해 줬으니까 잘해 봐."

"넌 젊은 애 좋아하다가 제 명대로 못 살 거다. 몸을 생각해서 적당히 해."

"할 수 없지 뭐. 나도 몰라. 내 눈에는 항상 젊은 애만 보이는데 어떡하니?"

"오늘 밤 시끄럽겠구나."

"그래, 오늘 밤 지내 보구 내일 만나서 감상을 말해 줄게. 이번 애는 아주 근사해. 서른 살이라는데 온통 근육질이야. 자, 나 먼저 간다. 잘해 봐."

빨간 티셔츠가 일어섰다. 그녀는 종화를 한 번 힐끗 쳐다보고 나서 자리를 떴다.

종화는 당황했다. 노골적으로 따라갈 수도 없는 노릇이었다. 그는 아내 쪽으로 시선을 던졌다.

"저 애 젊은 애 물어 가지고 재미 보러 가는 거예요."

여인이 옆으로 바싹 다가앉으며 말했다.

빨간 티셔츠의 모습이 출입구 저쪽으로 사라지고 있었다. 그는 아내를 다시 한 번 바라본 다음 일어섰다.

"화장실 좀 다녀오겠습니다."

종화는 화장실 쪽으로 급히 걸어갔다.

화장실로 통하는 좁은 복도에 서서 담배에 불을 붙이려는데 아내가 허둥지둥 나타났다. 그는 담배를 집어 던지고 아내를 쳐다보았다.

"나는 지금 자리를 뜰 수가 없어. 방금 나간 빨간 티셔츠 입은 여자가 바로 그 여자야. 빨리 따라가 봐!"

"그 여자가 우리 장미를 유괴해 간 게 분명해요?"

"그렇다니까! 빨리 가 봐, 놓치면 안 돼!"

종화는 아내의 어깨를 밀었다.

뚱뚱한 남자가 통로를 가로막고 있는 그들을 밀어붙이듯이 하면서 지나쳐 갔다.

양미화는 굳은 표정으로 종화를 바라보다가 잠자코 돌아섰다. 종화는 그녀의 뒤에다 대고 소리쳤다.

"이따가 집으로 전화를 걸어! 나도 집에다 전화를 걸어 놓을 테니까!"

양미화는 빨간 티셔츠를 따라서 뒤돌아보지 않고 그대로 급히 출입구 쪽으로 사라졌다.

종화는 그 자리에 한동안 우두커니 서 있다가 자리로 돌아왔다. 아내에게 못할 짓을 시켰다고 생각하니 견딜 수가 없었다. 그러나 지금으로서는 그 방법밖에 다른 도리가 없었다. 그 자신은 이미 얼굴이 팔려 있어서 빨간 티셔츠를 미행하기가 어려운 형편이었다. 대신 그의 아내는 아직 얼굴이 팔려 있지 않았다. 아내나 그가 겪는 것쯤이야 문제가 아니었다. 장미가 겪고 있을 고통을 생각하면 피가 마르는 것 같았다.

그가 자리에 돌아와 앉기가 무섭게 흰 옷 입은 여인이 그의 소매를 잡아끌면서 다시 한 번 춤을 추자고 말했다. 종화는 그녀의 손을 밀어내면서 양해를 구했다.

"미안합니다. 갑자기 급한 일이 생겨서 먼저 나가 봐야겠습니다. 정말 미안합니다."

그의 말이 끝나기 무섭게 여인의 안색이 확 변했다. 그녀는 분노에 찬 표정으로 그를 흘겨보다가,

"어떻게 그럴 수가 있어요? 정말 재수 옴 붙었어!"

하면서 획 돌아앉았다.

"미안합니다."

종화는 중얼거리면서 일어섰다.

허둥지둥 밖으로 나오니 빨간 티셔츠도 아내의 모습도 이미 보이지 않았다. 어디로 갔을까? 아내가 정말 제대로 미행을 해낼 수 있을지 생각할수록 걱정이 되어 그는 한동안 그 앞에서 안절부절못한 채 서성거리다가 신촌 로터리 쪽으로 힘없이 걸음을 옮겼다.

신촌 로터리 일대는 밤의 열기로 충만해 있었다. 각종 유흥업소에 걸려 있는 네온사인의 휘황한 불빛, 로터리를 중심으로 똑같은 움직임을 반복하고 있는 무수한 차량들, 보도에 넘쳐흐르

는 사람들의 물결…….
 그 속에서 그는 장미의 얼굴을 찾으려고 무진 애를 썼지만 딸의 얼굴이 거기에 있을 리 없었다. 장미는 지금 어디에 있을까? 어디서 무슨 고통을 당하고 있을까? 얼마나 엄마와 아빠가 보고 싶을까?
 종화는 길가에 서서 지나가는 차량들을 멀거니 바라보고 있다가 길을 건너 어느 카페로 들어갔다.
 카페 안에는 손님이 별로 없었다. 그는 스탠드 앞에 앉아 스카치를 얼음에 타 달라고 주문했다. 바로 옆에 전화기가 있었다. 그는 전화기를 끌어당겨 집으로 전화를 걸었다.
 처제가 전화를 받았다.
 "언니한테서 전화 오지 않았니?"
 "안 왔어요. 형부하고 함께 계시지 않나요?"
 "헤어졌어. 언니한테서 전화가 올 거야. 전화가 오면 이쪽으로 전화하라고 일러 줘. 여긴 신촌 로터리에 있는 여로라는 카페인데 전화번호는……"
 처제에게 그 곳의 전화번호를 일러 주고 나서 그는 수화기를 내려놓았다.
 실내에는 낙엽이 떨어지는 것 같은 피아노곡이 조용히 흐르고 있었다.
 그는 잔을 입으로 가져가서 혀끝으로 액체를 건드렸다.
 씁쓰름한 맛이 혀끝을 통해 입 안으로 번져 왔다.
 "손을 왜 그렇게 떠세요?"

여자 바텐더가 눈을 크게 뜨면서 물었다.

그는 잔에서 얼른 손을 떼어 밑으로 내려놓았다.

그가 두 잔째 주문해서 반쯤 마셨을 때 전화벨이 울렸다. 바텐더가 전화를 받아 김종화를 찾았다. 그는 재빨리 손을 뻗어 수화기를 받아 들었다. 전화를 걸어온 사람은 아내였다. 그녀는 숨가쁜 목소리로 말했다.

"빨리 오세요! 지금 가까운 곳에 있어요!"

"그 여자 놓치지 않았어?"

"놓치지 않았어요. 지금 그 여자 어떤 젊은 남자하고 호텔에 들어갔어요. 빨리 오세요!"

종화는 위치를 자세히 물어 본 다음 급히 술값을 치르고 밖으로 나왔다.

그 호텔은 찾기가 쉬웠다. 택시를 잡아타고 5분쯤 달리자 그 호텔이 나타났다. 그는 육교 밑에서 차를 내렸다.

B호텔은 맞은편에 있었다.

양미화는 호텔에 들어가지도 않은 채 맞은편 육교 밑에 동상처럼 서 있었다.

종화는 서두르지 않고 평상시 걸음걸이대로 육교를 건너가 아내를 만났다.

"그 여자 호텔에 투숙한 게 틀림없어?"

"네, 틀림없어요. 프런트까지 따라가서 숙박비를 내고 방 열쇠까지 받아 가는 걸 분명히 봤어요."

"몇 호실인지 알아?"

"네, 알아냈어요."

여자가 커피숍에 앉아 있는 동안 동행한 젊은 남자가 프런트에 가서 수속을 밟았다고 했다. 그 때 양미화도 프런트에 다가가 방을 하나 얻는 척하면서 젊은 남자가 프런트 계원과 이야기를 나누는 것을 엿들었다는 것이다.

"815호실이에요. 프런트 계원이 데스크에 올려놓은 열쇠에 분명히 815호라고 적혀 있었어요. 그리고 저도 만일을 생각해서 방을 하나 얻어 놨어요. 908호실이에요."

"누구 이름으로 얻었어?"

"가명으로 얻었어요."

걱정했던 것과는 달리 아내가 생각과는 달리 빨간 티셔츠를 미행해서 방 번호까지 알아내는 등 놀라울 정도로 솜씨를 발휘한 것을 알고 종화는 내심 적잖게 감탄했다.

"자, 그럼 이제 당신은 집으로 돌아가요. 이 일은 내가 알아서 처리할 테니까."

"싫어요! 제가 있어서 방해되는 건 없잖아요."

아내는 절대 혼자서는 집에 돌아가지 않겠다는 뜻을 분명히 했다.

"난 당신을 고생시키고 싶지 않아."

"무슨 말씀을 하시는 거예요? 장미만 찾을 수 있다면 몸이 가루가 된들 어때요."

종화는 할 말이 없었다.

그 호텔은 신축된 지 몇 달밖에 되지 않은 제법 큰 호텔이었다. 그 부근에서는 가장 높은 20층이 넘는 건물이었고 객실 수가 3백 개 가까이 되었다.

종화는 아내를 데리고 908호실로 들어갔다. 방 안은 신축 호텔답게 깨끗하고 쾌적하게 꾸며져 있었다.

그는 커튼을 젖히고 아래를 내려다보았다. 아무리 잠자리가 좋은들 잠이 편히 올 리 있겠는가.

흘러가는 불빛들을 보고 있는데 아내가 소리도 없이 다가와 그를 뒤에서 껴안으면서 그의 어깨에 얼굴을 기댔다.

그러나 종화는 아무 반응도 보이지 않은 채 그대로 목석처럼 서 있었다.

아내의 흐느끼는 소리가 간헐적으로 들려 왔다. 그래도 그는 가만히 서 있었다.

유 인

밤이 깊어 가고 있었다.

B호텔 908호실은 깊은 적막 속에 잠겨 있었다.

불도 켜지 않은 어두운 방 안에서 종화 부부는 꼼짝도 하지 않고 앉아 있었다. 그렇게 미동도 하지 않고 앉아 있은 지가 1시간이 넘었다.

양미화는 남편의 눈치만 살피고 있었다. 창문을 통해 흘러든 달빛에 남편의 얼굴이 어렴풋이 드러나 있었다. 그 얼굴에서 그녀는 살기 같은 것을 느끼고는 가만히 떨었다. 남편에게서 그런 것을 느끼기는 결혼 이후 처음이었다. 남편은 너무 착해서 언제 다시 태어나도 학자가 될 사람이었다. 그런 그이에게 도대체 무슨 시련이란 말인가!

"어떡하실 거예요?"

그녀는 마침내 더 이상 참지 못해 떨리는 목소리로 가만히 물었다.

그러나 종화는 아무 대꾸도 하지 않았다. 사실 그는 아까부터 자신도 어떻게 해야 할지를 몰라 무척 고심하고 있었다. 오지애를 따라 B호텔까지 오긴 했지만 그 다음부터가 문제였다. 남자와 함께 방으로 들어가 버린 오지애한테 어떻게 손을 써야 할지 그는 아무리 해도 생각이 나지 않았다. 학자인 그로서는 아주 당연한 것이었다.

"경찰에 빨리 연락해서 체포하게 하는 게 어때요? 이러다가 놓치면 어떡할려고 그러시는 거예요? 이미 밖으로 나갔을지도 모르잖아요."

아내의 목소리가 사뭇 떨리고 있었다. 그녀가 감정을 억제하고 있다는 것이 뚜렷이 느껴졌다.

종화는 어둠 속에서 땀을 많이 흘리고 있었다. 냉방이 잘 되는 호텔 방이었지만 그는 너무 초조한 나머지 이마에서 진땀을 흘리고 있었다.

"경찰에 넘기는 건 싫어. 그년이 끝까지 부인할 경우 경찰은 어떻게 손을 쓸 수가 없단 말이야."

"그게 무슨 말씀이에요?"

"그년이 묵비권을 행사하면 경찰이라 해도 손을 쓸 수가 없다 이 말이야. 수단 방법을 가리지 않고 자백을 받아 내야 하는데 경찰은 그렇게 할 수가 없어. 하지만 나는 그렇게 할 수가 있어. 그년 입을 찢어서라도 입을 열게 할 거야. 그렇게 하고야 말겠어. 그렇게 하지 않고는 그런 여자는 입을 열지 않을 거야. 악질 중의 악질이니까 말이야."

"경찰에서도 그 여자 입을 열게 하지 못하면 나중에는 어떻게 되나요?"

"어떻게 되긴. 하는 수 없이 증거를 보강해서 검찰에 송치할 거고 검찰에서는 공소를 제기하겠지. 그러면 재판이 열릴 거고 그럭저럭하다 보면 두서너 달 걸리겠지. 그 동안 장미는 어떻게 되지? 재판한다고 해서 장미가 돌아와 주나?"

그는 참을 수 없다는 듯 벌떡 몸을 일으켰다.

재판한다고 해서 장미가 돌아와 주냐는 한 마디에 양미화는 더 이상 입을 열 수가 없었다.

종화는 바지 주머니에 두 손을 찌른 채 방 안을 왔다 갔다 했다. 그러한 그의 모습은 마치 폭탄을 안고 있는 것처럼 더없이 불안해 보였다. 그는 안 피우던 담배까지 피워 댔다. 방 안은 금방 담배 연기로 가득 찼다. 어둠 속에서 빨간 담뱃불이 왔다 갔다 했다. 마치 반딧불처럼. 아무도 담배 연기를 빼기 위해 창문을 열려고 하지 않았다.

"무슨 수가 없을까? 그년을 이 방으로 데려오든가 아니면 우리가 그 방으로 들어가든가 말이야. 그것도 당장 말이야. 내일까지 기다려서는 안 돼. 한시가 급하단 말이야. 내일까지 기다린다고 해서 무슨 수가 있는 것도 아니야. 그년이 언제 방에서 나갈지 여기서는 알 수 없단 말이야. 당신 말처럼 이미 나갔는지도 모르지. 그렇다고 우리가 방 앞에 서서 무작정 기다릴 수도 없고 말이야."

"지금 그 방으로 가 보죠. 거짓말을 해서라도 문을 열게 하면 될 거 아니에요."

그 말에 종화는 머리를 흔들었다.

"그건 안 돼. 그 여자 혼자 있다면 몰라도 지금은 젊은 남자와 함께 있단 말이야. 우리가 들어가면 그 남자가 가만있지 않을 거란 말이야."

"그럼 어떡하죠?"

"글쎄……"

그들은 그것을 생각하느라 다시 침묵 속으로 빠져 들었다. 그러나 그 침묵은 그렇게 오래 가지 않았다. 잠시 후 침묵을 깬 것은 종화였다.

"여자를 유인해 내는 수밖에 없어. 남자를 떼어 놓고 혼자 나오게 말이야."

"어떻게 그렇게 할 수 있어요?"

"잘 될지 안 될지 그건 잘 모르겠어. 아무리 생각해도 그 수밖에 다른 수가 없을 것 같아."

"어떤 수인데요?"

"당신도 곧 알게 될 거야. 그런데 그 것을 하려면 당신이 해야 할 일이 있어."

종화는 들고 온 조그만 가방을 탁자 위에 올려놓았다. 그것은 레저용 밤색 가방이었다.

"불을 켜 봐. 커튼도 치고."

양미화는 남편이 시키는 대로 불을 켠 다음 커튼으로 창을 가렸다.

종화는 가방 속에서 흰 가제와 조그만 약병 같은 것을 꺼냈다. 병 속에는 투명한 액체가 들어 있었다.

그는 병을 들고 설명했다.

"이건 마취제야. 이걸 가제에 적셔 가지고 코에 갖다 대면 정신을 잃게 돼. 내가 신호를 보내면 이걸로 그 여자 코를 막으란 말이야."

"그 여자가 가만있을까요?"

양미화는 겁먹은 표정으로 물었다.

종화는 거기에는 대답하지 않고 가방 속에서 가는 철사를 꺼냈다. 가방 속에서는 칼도 나왔다. 그 밖에 포장용 테이프, 고무장갑 같은 것들도 나왔다.

남편이 사전에 치밀하게 준비해 온 것들을 보고 양미화는 내심 적잖게 놀랐다. 남편이 그런 것들을 가지고 도대체 무슨 짓을 하려는 것인지 그녀는 차마 물어 볼 수가 없었다.

오지애는 그 시간에 815호실의 욕실에 있었다. 물론 젊은 남자와 함께였다.

처음 방에 들어서자마자 그들은 애무 같은 것도 벌일 사이 없이 곧바로 뒤엉켜 관계를 맺었다.

온몸이 운동으로 단련되어 근육질로 덮인 젊은 남자는 보기보다는 의외로 빨리 일을 끝냈다. 그녀가 미처 달아오르기도 전에 그녀의 몸에 불만 당겨 놓은 채 혼자 후닥닥 일을 끝내고 내려가 버렸다.

화가 난 그녀는 가쁜 숨을 몰아쉬며 뜨거운 몸을 몸부림쳤지만 소용없었다.
"바보 같으니, 그렇게 빨리 끝내면 어떡해요?"
건장한 남자는 여자의 말에 멋쩍은 듯 웃었다. 그러면서 두 번째에는 좀 오래 갈 거라고 하면서 자기를 다시 흥분시켜 달라고 부탁했다.
알고 보니 그는 체육관에 나가 보디빌딩으로 육체미를 가꾸는 것이 취미인, 일정한 직업도 없는 백수건달이었다. 몸이 우람하기 때문에 그것을 밑천으로 남의 어려운 문제들을 해결해 주고 구전이나 뜯어 먹는 해결사가 직업이라면 직업이겠지만, 그것도 혹 가다 있는 일이기 때문에 그에게는 심심풀이밖에 되지 않았다.
밤에 카바레에 나가 돈푼깨나 있어 보이는 유부녀를 낚는 것도 그의 일과 중의 하나였다. 일단 관계를 맺고 나면 대부분의 여인들은 지레 겁을 집어먹고 이쪽에서 요구하지도 않는데 자진해서 적잖은 돈을 내놓곤 하는 것이었다.
그 벌이가 꽤 괜찮아서 그는 아예 그 일에 전념하기로 했는데, 요즈음은 유부녀들도 약아서 생각대로 그렇게 쉽게 걸려들지를 않았다.
오지애는 그 젊은이가 제비족이라는 것을 이미 알고 있었다. 카바레 출입이 잦은 그녀는 한 번 보기만 해도 상대방이 제비족인지 아닌지를 알았다.
여느 유부녀처럼 제비족에게 걸려서 가정이 파괴된다거나 하는 위험이 전혀 없는 그녀는 제비족에게 걸려 봐야 조금도 겁날 것이 없었던 것이고, 그래서 상대가 제비족인 줄 알면서도 그를 유혹했던 것이다.

그녀는 제비족을 욕실로 데리고 들어가 마치 어린아이를 다루듯이 하면서 그의 몸을 구석구석 씻어 주었다. 그러면서 이런 말을 했다.

"나는 총각이 노리는 그런 먹이가 아니라구요. 나는 과부고 돈도 없으니까 아예 처음부터 마음을 곱게 먹고 즐길 생각만 해요. 그렇다고 내가 그렇게 깍쟁이는 아니야. 돌아갈 때 총각을 빈손으로 보내지는 않을 테니까 이 과부를 오늘 밤 잘 좀 위로해 줘요. 알았죠?"

장난스레 남자의 그것을 쥐어흔들자 제비족은 킬킬거리고 웃었다.

"알았어요. 아줌마가 나한테 걸려든 게 아니라 내가 아줌마한테 걸려들었는데? 기는 놈 위에 나는 놈이 있다고 아줌마가 한 수 더 뜨네요."

"뭐라고!"

"아야!"

그들은 물 속에서 함께 뒹굴었다. 욕실은 그녀가 토하는 교성으로 가득 찼다.

이미 두 번째 준비를 갖춘 젊은이는 처음과는 달리 뒤에서 여인을 점령해 들어갔다. 오지애는 악마 같은 신음을 토하면서 허리를 뒤틀고 두 손으로 벽을 긁었다.

젊은이는 손을 밑으로 해서 그녀의 늘어진 젖가슴을 받쳐 들었다. 위에서는 차가운 물이 쏟아지고 있었다.

젊은이는 이번에는 아주 오래 관계를 끌었다. 그녀가 먼저 지칠 정도로 오래 그것을 되풀이했다.

마침내 남자가 자신의 모든 것을 남김없이 그녀의 몸속에 쏟아 넣었을 때 최초의 전화벨 소리가 울렸다.

"전화가 온 모양인데요."

젊은이가 뒤로 물러나며 말했지만 전화를 받기에 그녀는 너무 지쳐 있었다. 전화벨은 계속 울려 댔다.

"웬 전화지?"

그녀는 목을 길게 빼고 숨을 가다듬었다.

"받을까요?"

"내버려둬. 잘못 걸려 온 전화일 거야."

전화벨은 몇 번 더 울려 대다가 이윽고 잠잠해졌다.

그러나 그들이 욕실에서 나왔을 때 기다렸다는 듯이 다시 울려 댔다.

"한번 받아 봐요."

오지애는 벌거벗은 몸을 소파에 비스듬히 뉘면서 담배를 피워 물었다. 대만족이었다. 그녀는 흡족했다.

한잠 자고 나서 다시 한 번 해야겠다고 생각했다.

"전화 바꿔 달라는데요."

젊은이가 전화통을 가져다 테이블 위에 올려놓으며 수화기를 내밀었다.

그녀는 입에 물고 있던 담배를 빼냈다.

"나를? 누구래?"

"남자인데요, 오지애 여사 바꿔 달라는데요."

그녀는 고개를 갸우뚱하면서 수화기를 받아 들었다.

그리고 조심스럽게,

"여보세요."

하고 상대방을 불렀다.

"재미 보시는데 미안합니다. 오지애 여사이시죠?"

그것은 정중하면서도 빈정거리는 말투였다. 그녀는 담배를 재떨이에 비벼 껐다.

"네, 그런데요. 누구시죠?"

"경찰입니다."

그것은 대단한 충격이었다. 거침없는 그 한 마디에 그녀는 완전히 얼이 빠진 것 같은 표정을 지었다.

"무, 무슨 일인가요?"

"잘 들어요. 지금 그 방은 완전히 포위됐습니다. 엘리베이터 쪽과 비상구 쪽은 완전히 차단되어 있습니다."

"도대체 무슨 말씀을 하시는 거예요?"

그녀는 안간힘을 다해 능청을 떨어 보았다.

"시간이 없으니까 내 말 잘 들어요. 지금 그런 말 할 시간 없어요. 내 입으로 굳이 당신의 범법 행위를 말하고 싶지 않단 말이오. 당신은 유괴범인데다 살인 사건에까지 관계가 있기 때문에 우리 경찰이 기를 쓰고 당신을 찾고 있다는 것을 알아야 해요.

우리는 당신 이름까지 이미 알아냈단 말입니다. 내 말 알아듣겠습니까?"

오지애는 할 말을 잊고 자신을 바라보고 있는 젊은이를 힐끗 쳐다보았다.

그는 여자가 전화를 받는 동안 부지런히 옷을 입고 있었다. 아무래도 공기가 심상치 않다고 생각했는지 먼저 빠져 나가려는 것 같았다. 서두르는 젊은이를 보자 그녀는 더럭 겁이 났다. 경찰관의 목소리가 다시 들려 왔다.

"내가 시키는 대로만 해요. 경찰이라고 다 당신을 잡으려고 하지는 않아요. 나는 당신을 돕고 싶어요. 왜 당신을 도우려고 하는지 그 이유는 나중에 이야기하겠어요."

"좀 도와주세요! 도와만 주시면 충분히 보답해 드리겠어요! 저한테 그만한 돈은 있어요."

그녀는 울상이 되어 말했다.

"내 말대로만 해요. 경찰에 체포되지 않으려면 우선 그 방에서 빨리 빠져 나와야 해요."

"포위됐다면서요?"

"내가 잠시 경찰을 다른 곳으로 빼돌릴 테니까 빨리 그 방을 나와요. 정확히 10분 후에 그 방을 나와요. 그 방을 나와서 비상계단을 통해 9층으로 올라와요. 한 층만 올라오면 돼요. 절대 엘리베이터를 타면 안 되고 비상계단을 이용하도록 해요. 그리고 908호실로 들어가요. 문을 열어 놓을 테니까. 그 방으로 들어가서 문을 잠그도록 해요. 누가 와서 문을 열어 달라고 해도 절대

문을 열어 줘서는 안 됩니다. 그리고 남자와 함께 행동하면 안 됩니다. 지금 함께 있는 남자를 돌려보내요. 빨리 행동해요! 908호로 가요!"

그녀가 뭐라고 말할 사이도 없이 경찰관이라는 사람의 전화는 일방적으로 끊어졌다.

젊은이는 이미 옷을 다 입고 나갈 채비를 하고 있었다.

"무슨 일입니까?"

그가 물었다.

"아무 일도 아니에요."

그녀는 바들바들 떨고 있었다.

"난 먼저 가 봐야겠는데요."

젊은이는 꽁무니를 빼고 있었다. 하지만 그런 것을 탓할 여유가 그녀에게는 없었다.

"맘대로 해요. 빨리 나가요!"

그녀가 앙칼지게 쏘아붙이자 젊은이는 어깨를 으쓱해 보이고는 도망치듯 방을 빠져 나갔다.

그녀는 급한 대로 우선 옷부터 입었다. 경찰의 말을 듣고 너무 놀란 나머지 이것저것 곰곰이 따져 볼 여유가 없었다. 뭐가 어떻게 돌아가고 있는지 종잡을 수가 없었다. 단지 지금 자신이 경찰의 포위망 속에 있다는 것, 그래서 빨리 피하지 않으면 체포될 것이라는 생각만이 그녀를 지배하고 있을 뿐이었다. 전화를 걸어 온 사람은 누구일까? 처음 들어 보는 목소리이다. 정말 경찰일까? 내 이름과 범죄 행위 등을 알고 있는 것을 보면 경찰임이 분명한 것 같다.

 그런데 경찰이 왜 나를 도와주려고 하는 것일까? 뭔가 대가를 바라고 그러는 게 아닐까? 나를 구해만 준다면 대가쯤이야 얼마라도 좋다.

 지푸라기라도 붙잡고 싶은 심정인 그녀는 이미 판단력을 상실하고 있었다. 그녀는 손목시계를 들여다본 다음 살그머니 방문을 열었다.

 복도는 쥐죽은 듯 조용했다. 자정이 가까운 시간이었다. 너무 조용하다는 그 사실이 오히려 그녀에게 두려움을 안겨 주었다. 분명히 형사들이 보이지 않는 곳에 숨어 있을 것이라는 생각 때문에 그녀는 걸음이 잘 떨어지지가 않았다. 형사들은 원래 교활하기 때문에 눈에 띄게 감시하지 않는다는 것을 그녀는 잘 알고 있었다.

 종종걸음으로 복도를 빠져 나온 그녀는 허둥지둥 비상계단을 올라갔다. 이윽고 9층으로 올라오자 조금 마음이 놓이는 것 같았다. 동시에 뭔가 좀 이상하다는 생각이 들었다. 그것은 본능적인 느낌이었다.

 그녀는 무엇에 이끌리는 것처럼 복도를 걸어가다가 마침내 908호실 앞에서 걸음을 멈추었다.

 전화로 들은 대로 908호실 출입문은 주먹 하나 들어갈 정도로 열려 있었다. 그녀는 틈으로 안을 들여다보았다. 방 안은 캄캄했다. 사람이 있는 것 같은 기척은 전혀 느껴지지 않았다. 다시 이상하다는 생각이 들었다. 그녀는 선뜻 안으로 들어서지 못

하고 머뭇거렸다.

그러나 이것저것 따지기에는 자신이 너무 위기에 몰려 있다는 사실이 그녀를 앞으로 내 몰아갔다. 그녀는 오른손을 뻗어 가만히 문을 밀었다. 문이 소리 없이 스르르 안쪽으로 열렸다. 그녀는 숨을 죽인 채 방 안의 동정을 살폈다. 방 안은 너무도 캄캄해서 아무것도 보이지가 않았다.

그 때 복도 저쪽 끝에서 인기척이 났다. 돌아보니 수상하게 보이는 건장한 남자 두 명이 걸어오고 있는 것이 보였다. 그 바람에 소스라치게 놀란 그녀는 더 이상 머뭇거리지 않고 방 안으로 얼른 들어서서 문을 닫아 버렸다. 문은 닫히면서 저절로 찰칵 하고 잠겼다.

그녀는 벽을 더듬어 스위치를 찾았다. 스위치를 누르자 방 안의 모습이 한눈에 들어왔다. 방 안은 텅 비어 있었다. 침대가 놓여 있는 곳은 오른쪽으로 꺾어져 들어가 있어서 벽에 가려 입구에서는 보이지가 않았다. 그녀는 욕실 앞을 지나 방 가운데로 나아갔다. 그리고 침대가 눈에 들어오는 순간 흑 하고 놀라면서 멈춰 섰다.

침대 위에는 웬 여인이 몸을 사리고 앉아 있었다. 이쪽을 쳐다보는 두 눈에 증오가 서려 있었다. 오지애는 오싹 소름이 돋는 것을 느끼면서 주춤하고 물러섰다.

"누, 누구예요?"

오지애는 겁에 질려 떨리는 목소리로 물었다.

침대 위에 걸터앉아 있는 여인도 아무 말도 없이 덜덜 떨고 있었다. 그녀는 무서워서 떨고 있는 게 아니라 증오에 사무쳐 떨고 있었다.

오지애는 순간 자신이 잘못 들어온 게 아닌가 하고 생각했다. 그래서,

"여기 908호실 아닌가요?"

하고 물었다.

그러자 여인이 일어서면서 차갑게 응수했다.

"맞아요, 여기가 908호실이에요. 오지애 씨, 당신을 기다리고 있었어요."

"당신은 누구예요?"

그녀는 함정에 빠졌다고 생각했다.

"차차 설명할 테니까 자리에 앉아요."

"당신 누구예요?"

그녀는 놀라서 뒷걸음질을 하면서 출입구 쪽을 흘깃 돌아다보았다.

그 때 욕실 문이 열리면서 웬 남자가 나타나고 있었다. 언젠가 본적이 있는 듯 약간 안면이 있는 남자였다. 남자의 안색은 창백했다. 적의에 서려 있는 얼굴이었다. 그는 곧장 그녀 쪽으로 다가왔다.

"앉으십시오, 오지애 씨."

남자는 감정이 없는 목소리로 조그맣게 말했다.

오지애는 비로소 그 남자가 아까 카바레에서 자기한테 춤을 청하던 사람임을 알아보았다.

"당신은……"

"네, 아까 카바레에서 보았죠."

"경찰이 아니군요?"

그녀는 출입구 쪽을 주시하며 물었다. 여차하면 출입구로 달려가 방에서 빠져 나가려고 틈을 노렸지만 남자는 빈틈을 보이지 않고 있었다.

"네, 나는 경찰이 아닙니다. 하지만 나는 언제라도 당신을 체포하도록 경찰을 부를 수 있어요. 만일 당신이 내 말을 듣지 않으면……"

"도대체 당신들은 누구예요? 뭣하는 사람들인데 사람을 이렇게 유인해서 가둬 놓고 이 야단이에요? 비켜요! 비키지 않으면 사람을 부를 거예요!"

그녀는 여기에서 적극적으로 대처하지 않으면 안 된다고 생각한 것 같았다. 자신이 강하다는 것을 보여 줌으로써 상대방으로 하여금 함부로 범접하지 못하게 하려는 것이 분명했다. 그녀는 앞을 가로막고 있는 남자를 주먹으로 밀치면서 계속 비키라고 소리쳤다. 그러나 남자 역시 그녀 못지않게 완강하게 그녀를 막아서고 있었다.

"오지애 씨, 내가 시키는 대로 순순히 해요. 내 허락 없이는 절대 이 방에서 나갈 수 없어요. 정 이렇게 말을 듣지 않고 시끄럽게 굴면 경찰을 부를 수밖에 없어. 전화만 걸면 경찰은 달려오도록 되어 있어."

경찰을 부르겠다는 남자의 말에 오지애의 기세는 그만 주춤하지 않을 수 없었다. 앞을 가로막고 있는 남자가 카바레에서부터 어떤 계획이 있어서 자신에게 접근했다고 생각하자 그녀의 공포심은 극에 달했다. 그러나 그녀는 그것을 내색하지 않으려고 기를 썼다.

"도대체 당신들은 누구예요!? 누군데 사람을 이렇게 방에 붙잡아 놓고……"

그녀의 말이 채 끝나기도 전에 양미화가 두 손으로 그녀의 머리칼을 움켜잡았다.

"이년, 이 더러운 년! 내 딸 어딧어!? 내 딸 내놔! 내 딸 내놓으란 말이야!"

살인자의 손

　종화는 오지애의 머리칼을 움켜쥐고 몸부림치는 아내를 떼어 내느라고 애를 먹어야 했다. 악에 받친 양미화는 오지애의 머리칼을 단단히 움켜잡고 앞뒤로 마구 흔들어 대며 내 딸 내놓으라고 울부짖고 있었고, 오지애는 양미화의 손에서 풀려나려고 기를 쓰고 있었다.

　종화가 그런 아내를 가까스로 오지애로부터 떼어 냈을 때 그녀의 두 손에는 머리칼이 한 움큼씩 들어 있었다. 두 여자 다 숨이 턱에 차서 서로를 노려보고 있었다. 양미화는 분노에 떨며 오지애를 노려보고 있었고, 오지애는 어떻게든 이 위기에서 벗어나려고 눈을 번득이고 있었다.

　여자들이 모두 잔뜩 흥분해 있는 데 반해 종화만은 시종 침착했다. 그는 상대방 여인을 어떻게든 설득시켜 상대방으로 하여금 자진해서 입을 열게 하려고 애를 썼다. 폭력은 그의 취미에 맞지 않는 일이었다. 그것은 그의 기질에도 철학에도 맞지 않는 것이었다.

"우리는 당신이 유괴한 김장미의 부모요. 그 애는 하나뿐인 우리 자식이오. 그 애를 찾게만 해 주면 당신을 경찰에 넘기지 않겠소. 내가 약속하는데 장미를 돌려주기만 하면 더 이상 당신의 죄를 묻지 않겠소. 당신도 자식이 있다면 자식을 잃은 부모의 심정이 어떻다는 거 잘 알 거요. 우리는 그 애가 없으면 살 수가 없어요. 만일 그 애가 죽으면 우리도 죽을 거요. 자, 장미는 지금 어디 있죠?"

"기가 막혀서! 당신들은 자식을 잃으니까 제정신이 아닌가 본데, 제발 제정신을 가지고 사람을 똑똑히 보세요! 당신들은 착각하고 있어요. 오해하고 있단 말예요! 도대체 장미가 누구예요? 그리고 유괴라니, 그게 무슨 말이에요!? 내가 왜 당신들 딸을 유괴해요!? 생사람 잡지 말고 비키세요!"

"제발 딴소리 하지 말아요. 이미 알고 있는 사실을 부인한다고 해서 먹혀 들어갈 줄 알아요? 여기서 빨리 빠져 나가려면 장미를 넘겨줘요. 쓸데없는 시간 허비하지 말고 순순히 말을 들어요. 참는 데도 한계가 있으니까."

"정말 누가 할 소리인지 모르겠네. 생사람 잡아 놓고 사람 찾아내라니, 정말 기가 막혀 말이 안 나오네."

"시간을 절약합시다. 당신하고 말씨름 벌이고 싶지는 않으니까. 장미는 지금 어디 있어요?"

종화는 양복 안주머니에서 장미의 사진을 꺼내 오지애의 코앞에 디밀었다.

"이 애가 바로 내 딸이오. 당신이 지난 7월 20일 K여중 앞에서 유괴했던 내 딸이란 말이오. 당신은 갓난아기를 업은 시골 아낙네로 분장해 가지고 동생 집을 찾는 척하면서 내 딸아이를 유괴했어요. 당신은 어린 소녀의 아름다운 마음을 역이용해서 팔아먹은 간악한 여자란 말이오. 하지만 그런 것은 다 지나간 일이니까 더 이상 묻지 않겠소. 내 딸아이만 무사히 집에 돌아올 수 있게 해 준다면 나는 더 이상 아무것도 묻지 않겠소. 당신이 개인택시 운전사를 살해했다는 것도 이미 우리는 다 알고 있어요. 하지만 그런 것은 우리하고 상관없는 일이오. 우리는 딸만 찾으면 되요. 아까 내가 경찰이라고 하면서 당신한테 전화를 걸었을 때 당신은 나한테 도와 달라고 애원했어요. 도와만 주면 나한테 충분히 보답해 주겠다고 했어요. 그건 당신이 장미를 유괴했다는 사실과 개인택시 운전사를 살해했다는 것을 인정했기 때문에 그런 게 아닌가요? 인정했기 때문에 당신은 이 방까지 도망온 게 아닌가요? 그래 놓고 이제 와서 부인한다는 것은 이상하지 않아요?"

오지애는 말문이 막혀 버렸다. 계속 부인한다는 것이 소용없는 일이라는 것을 알았는지 두 사람의 눈치만 보면서 머뭇거리고 있었다.

"정 부인하면 경찰에 넘길 테야! 넌 어린 학생을 유괴하고 사람까지 죽인 살인범이야!"

양미화가 참지 못하고 쏘아붙였다.

오지애는 경찰에 넘기겠다는 말에 더욱 움츠러들었다. 이러지도 저러지도 못하게 된 그녀는 안 되겠다 싶었는지 돌연 벌떡 일어나더니 온몸으로 종화에게 부딪쳐 왔다. 워낙 세차게 그리고 갑작스레 온몸으로 부닥쳐 오는 바람에 종화의 몸이 휘청했다. 쓰러질 듯 비틀거리는 그를 밀어붙이고 오지애는 문 쪽으로 돌진했다.

"붙잡아!"

종화가 소리치자 어리둥절해 있던 양미화가 재빨리 오지애를 뒤쫓았다.

오지애는 막 문을 열고 밖으로 빠져 나가려고 하고 있었다. 그런 그녀를 양미화의 손이 뒤에서 낚아챘다. 양미화는 그녀의 허리춤을 붙잡고 늘어졌다.

"이거 놔!"

오지애는 손을 뒤로 돌려 양미화의 머리통을 후려쳤다. 그러나 허리춤을 악착같이 움켜잡은 양미화의 두 손은 더욱 억세어지기만 했다. 하지만 억센 면에서는 오지애 쪽이 더 나았다. 그녀는 양미화를 질질 끌어당기면서 문 밖으로 거의 빠져 나가고 있었다.

그제서야 종화의 손길이 뻗어 왔다. 종화는 뒤에서 그녀의 목을 휘어 감았다. 오지애는 고개를 숙여 이빨로 그의 팔뚝을 물어뜯었다. 종화는 얼굴을 일그러뜨리며 그녀를 안은 채 뒤로 몸을 굴렸다. 그 바람에 두 사람의 몸뚱이가 방 안에 나뒹굴었다. 양미화는 재빨리 문을 닫았다. 그녀는 보조 자물쇠까지 잠근 다음 쇠줄걸이를 걸었다.

"빨리 약 가져와!"

종화는 오지애의 배 위에 올라앉아 소리쳤다. 그는 두 손으로 그녀의 목을 누르고 있었다. 그의 얼굴은 흉포하게 일그러져 있었다. 지금까지의 표정과는 전혀 다른 모습이었다. 그는 무서운 힘으로 오지애의 목을 죄어 대고 있었다. 허우적거리는 오지애의 얼굴 위에 질퍽하게 젖은 거즈가 놓였다.

오지애는 발버둥치고 있었지만 그녀한테는 구원을 청하는 소리를 지를 수 없는 약점이 있었다. 사람 살리라고 계속 소리를 질러대면 당장의 위기를 모면할 수 있을지는 모르나 그렇게 되면 경찰이 달려올 것이고, 그녀는 결국 체포되고 말 것이다. 그녀는 그것을 두려워하고 있었다. 이번에 경찰에 체포되면 끝장이라는 것을 그녀 자신이 누구보다도 잘 알고 있었다. 따라서 지금 같은 상황에서는 누구의 도움도 받지 않고 혼자서 탈출하는 수밖에 별도리가 없었다.

발버둥치던 그녀의 팔다리에서 서서히 힘이 빠져 나갔다. 약기운이 퍼지기 시작하는 모양이었다. 여자의 몸에서 완전히 힘이 따지자 종화는 몸을 일으켜 뒤로 물러났다. 오지애가 물어뜯은 오른쪽 팔뚝에서 피가 흘러내리고 있었다. 그것을 보고 그는 얼굴을 찌푸렸다. 고통스러워서 그런 게 아니라 기분이 언짢아서 그런 것이었다. 그는 어떻게 해서든지 피를 보지 않으려고 했었다. 그것이 비록 자신이 흘린 피라 해도 그는 그것을 보는 순간 불길한 생각이 들었다.

"병원에 가 봐야겠어요. 상처가 깊어요."

피를 닦아 내면서 미화가 말했다.

"괜찮아. 나가서 소독약이나 사다 줘."

아내가 약을 사러 밖으로 나가자 그는 방 안을 서성거리며 오지애를 내려다보았다.

오지애는 완전히 의식을 잃고 있었다. 빨간 티셔츠는 갈기갈기 찢겨 있었기 때문에 상체가 거의 드러나 있었다. 찢긴 옷 사이로 그녀의 젖가슴이 보였다. 젖가슴은 의외로 크고 탄력이 있어 보였다. 그는 광대뼈가 튀어나온 강파른 얼굴을 한참 동안 내려다보다가 침대 밑에서 가방을 끌어냈다.

먼저 그는 철사로 오지애의 발목부터 묶었다.

두 발목을 모아 함께 단단히 묶은 다음 두 손목도 배 위에 올려놓고 철사로 휘어 감았다. 그러고 나서 움직일 수 없게 손목과 발목을 연결시켜 철사를 죄었다. 오지애의 몸뚱이는 마치 새우처럼 앞으로 오그라졌다. 그는 발과 손이 맞닿을 때까지 철사줄을 바싹 조였다.

그 일을 마쳤을 때 아내가 돌아왔다. 그녀는 오지애의 모습을 보고는 놀라는 표정을 지었다. 그러나 이내 고개를 돌려 상처에 머큐로크롬을 바른 다음 붕대로 그 곳을 싸맸다.

"이제 어떡하실 거예요?"

"두 시간 후면 마취에서 깨어날 거야. 그 때까지 기다리는 수밖에 없어."

그는 포장용 테이프로 오지애의 입을 봉했다.

"됐어. 화장실로 운반해."

그들은 오지애를 들고 화장실로 들어갔다. 그리고 그녀를 욕조 속에 짐짝처럼 부려 놓았다. 그 때까지 욕조 속에는 물이 들어 있지 않았다. 오지애의 몸뚱이는 새우처럼 오그라진 채 욕조 속에 처박혔다.

애꾸는 이맛살을 찌푸리며 상체를 일으켰다. 손을 더듬어 스위치를 틀자 전기스탠드에 불이 들어왔다. 은은한 불빛에 방 안의 모습이 어슴푸레 드러났다.

전화벨이 계속 요란스럽게 울려 대고 있었다.

그는 눈을 게슴츠레 뜬 채 손을 뻗어 사이드 테이블에 놓여 있는 전화통을 더듬어 수화기를 집어 들었다.

"접니다, 짱굽니다."

짱구는 그가 데리고 다니는 똘마니 중의 한 명으로, 정보통이라고 할 수 있었다. 놈은 정보를 물어 오는 데 있어서는 뛰어난 재주가 있었다.

"무슨 일이야?"

애꾸는 퉁명스럽게 물었다.

"저기, 큰 뉴스가 있습니다."

짱구는 꽤 흥분해 있었다.

"뭔데 그래?"

"도끼에 관한 겁니다."

"뭐라고!?"

애꾸는 벌떡 일어나 앉았다. 그 바람에 옆에 발가벗은 채 모로 누워 잠들어 있는 여자의 몸뚱이가 아래위로 흔들렸다.

"도끼가 잘 나가는 술집을 알아냈습니다."

"어디야!?"

애꾸는 몸에 걸려 있는 시트를 걷어 냈다. 그 역시 몸에는 아무것도 걸치고 있지 않았다. 그의 오른쪽 눈이 초점 없이 허공에 떠 있는 것과는 달리 왼쪽 눈은 불빛을 받아 무섭게 번득이고 있었다.

그가 오른쪽 눈을 잃은 것은 5년 전이었다. 눈을 잃은 뒤 지난 5년 동안 그는 자기 눈을 앗아간 자를 찾아 구석구석을 뒤지고 다녔지만 지금까지 만날 수가 없었다. 두어 번 만날 기회가 있긴 했지만 그 때마다 번번이 놓치곤 했었다. 그 자의 이름은 노태식이라고 하는데, 도끼를 잘 휘두른다고 해서 도끼라는 별명으로 통하고 있었다.

5년 전 애꾸는 노태식이 휘두르는 도끼에 맞아 오른쪽 눈을 잃었다. 비껴서 맞았기에 망정이기 정통으로 맞았다면 목숨을 부지하기 힘들었을 것이다.

"놈은 지금 부산에 있습니다. 부산 S동에 있는 황금종이라는 술집에 자주 나타난답니다."

"정말이야?"

"믿을 만한 정보입니다."

"날 새는 대로 부산에 내려간다. 열 명을 차출해. 완전 무장하고 말이야."

양미화는 부지런히 화장실을 드나들었다. 오지애가 얼른 깨어나지 않나 싶어서였다. 그러나 그녀는 그렇게 얼른 깨어나지 않고 2시간쯤 지나서야 눈을 떴다.
"그년이 깨어났어요."
침대에 누워 잠시 눈을 붙이고 있던 종화는 벌떡 일어나서 화장실로 들어가 보았다.
오지애는 욕조 속에 처박힌 채 눈을 깜박거리고 있었다. 자신이 지금 어떤 상태에 놓여 있는지 미처 깨닫지 못한 것 같은 그런 표정이었다. 그러나 그 표정은 이내 공포로 변했다. 그녀는 팔다리를 움직여 보려고 했지만 그럴수록 철사가 살 속을 파고 드는 바람에 고통스럽기만 했다. 그렇지만 입이 봉해 있는 바람에 고통을 호소할 수도 없었다. 새우처럼 몸을 구부리고 있었기 때문에 허리가 부러질 듯 아파왔다.
종화는 아내를 밖으로 내보냈다. 이제부터 일어나는 일을 아내한테 보여 주고 싶지가 않았던 것이다.
오지애는 위에서 사기를 내려다보고 있는 남자의 눈이 얼음장처럼 차가운 것을 보고 가만히 몸을 떨었다. 종화는 수도꼭지를 틀었다. 뜨거운 물이 김을 뿜으며 흘러내리기 시작했다. 그는 그것을 샤워기 쪽으로 돌렸다. 샤워기를 들고 뜨거운 물을 오지애의 얼굴에다 겨누자 그녀는 기겁을 하며 얼굴을 흔들었다. 그러나 그녀는 얼굴도 마음대로 돌릴 수 있는 처지가 아니었다. 종화는 물줄기를 돌렸다.
"말을 듣지 않으면 네 얼굴은 뜨거운 물에 익을 거다. 그리고 얼마 후에는 욕조 속에 물이 가득 찰 거야. 그렇게 되면 네가 어떻게 될지 네 자신이 잘 알겠지. 나는 너를 당장 죽이고 싶어. 하지만 내 딸을 찾기 위해 참겠어. 바른대로 말해. 내 딸을 유괴한 게 사실이지?"

그녀는 머리를 흔들었다. 뜨거운 물이 고이기 시작하자 그녀는 괴로운 듯 몸을 틀었다. 종화는 뜨거운 물을 다시 그녀의 얼굴로 가져갔다. 그녀는 미친 듯 머리를 흔들었다.

"내 딸을 유괴했지!? 인정하면 고개를 끄덕거려!"

아무리 얼굴을 피하려고 해도 뜨거운 물은 계속 따라왔다. 그녀의 얼굴은 금방 벌겋게 달아올랐다. 더 이상 견뎌 낼 수 없게 된 그녀는 다급하게 고개를 끄덕거렸다.

"유괴 해다가 팔아먹었지?"

실내는 허연 김이 뿌옇게 차오르기 시작했다. 오지애는 밑에서 올라오는 뜨거운 감촉을 조금이라도 피해 보려고 격렬하게 몸부림쳤지만 모두 다 쓸데없는 짓이었다.

"대답해! 유괴 해다가 팔아먹었지!?"

오지애는 벌겋게 부풀어 오른 얼굴을 끄덕였다.

종화는 그녀의 입을 봉했던 테이프를 뜯어냈다.

"소리 지르지 마. 네가 소리 질러도 여기서는 소리가 새어 나가지 않지만 조용히 하는 게 좋아. 시끄럽게 굴면 다시 입을 봉할 테다."

"뜨거워 죽겠어요! 제발!"

그녀는 울부짖으며 몸을 들썩거렸다.

"절대로 그럴 수는 없어. 뜨거운 물이 싫으면 내가 묻는 대로 빨리 대답해. 네가 유괴한 내 딸은 지금 어디 있나!? 있는 곳을 말해 봐!"

"나는 모, 몰라요. 알 수 없어요. 돈 받고 넘기면 어디로 가는지 알 수 없어요. 정말 어디 있는지 나는 몰라요. 정말이에요! 믿어 주세요!"

그녀는 뜨거운 물에서 나오려고 필사적이었다.

그녀의 말은 사실인 것 같았다. 그런데 지금 사랑하는 딸이 있는 곳을 알 수 없다고 말하는 그 사실이 그를 더욱 분노케 만들었다.

"그 애를 가장 빨리 찾을 수 있는 방법을 말해 봐! 가장 빨리 말이야!"

"너무 뜨거워요! 뜨거워서 말 못 하겠어요!"

뜨거운 물은 이제 그녀의 머리를 적시고 있었다.

"좋아, 여유를 주지. 하지만 거짓말 하면 용서 없어!"

종화는 뜨거운 물을 잠그는 대신 차가운 물을 틀었다.

"나를 풀어 주세요. 그러면 빨리 찾을 수 있어요. 그 방법이 제일 빨라요."

"풀어 달라고? 그건 안 돼. 절대 그럴 수는 없어. 나를 그렇게 어리석게 보지 마. 자, 장미를 빨리 찾으려면 어떻게 해야 하지? 빨리 말해 봐."

물은 식어 가고 있었지만 그 대신 그녀의 몸뚱이는 점점 물 속으로 잠겨 가고 있었다.

"정말 전 그 애가 지금 어디 있는지 전혀 몰라요. 이건 정말이에요."

"빨리 찾을 수 있는 방법을 말하란 말이야!"

그는 고무장갑 낀 손으로 오지애의 머리를 힘껏 눌렀다. 머리가 물 속에 잠기는 바람에 그녀는 얼떨결에 물을 마시고 가쁜 숨을 내쉬었다.

"빨리 찾을 수 있는 특별한 방법은 없어요. 일단 제 손에서 떠나면…… 전 그 애가 어디로 가는지 알 수가 없어요. 전 공급만 하고 있어요."

"여자 애들을 데려다가 팔아먹기만 하고 그 다음은 모른다 이 말이지? 그러면 장미를 누구한테 팔아먹었지? 그리고 얼마 받고 팔았어?"

7월 29일 아침이 뿌옇게 밝아 오고 있었다.

양미화는 창문을 통해 멀리 여명의 빛을 바라보다가 더 이상 기다릴 수 없다는 듯 얼른 돌아섰다. 남편이 화장실 문을 걸어 잠그고 안에서 무슨 짓을 하고 있는지 대강 짐작은 갔지만 시간이 너무 오래 걸리고 있었다.

그 동안 두어 번 화장실 문을 두드렸지만 그 때마다 남편은 아직 끝나지 않았으니 기다리라고만 말했다. 그녀는 기다리다 지쳐 소파에 앉아 깜박 졸기까지 했다. 그리고 지금 막 깨어났던 것이다.

화장실 문을 두드렸지만 아무 반응이 없다. 그녀는 문을 밀어

보았다. 문이 가만히 열렸다.

종화는 화장실 바닥에 쭈그리고 앉아 있었다. 미화를 보고도 넋이 나간 듯 멍한 표정이었다.

"어떻게 됐어요?"

미화는 대답을 기다리지 않고 안으로 들어서서 욕조 안을 들여다보았다.

욕조에서는 뜨거운 물이 밖으로 넘쳐흐르고 있었다. 그리고 욕조 속의 여인은 물 속에서 아무 움직임도 보이지 않고 있었다. 얼굴은 물 속에 잠겨 있었고 뜨거운 물에 익을 대로 익어 벌겋게 부풀어 있었다. 두 눈은 물 속에서 부릅떠진 채 천장을 향하고 있었다.

"죽어 버렸어."

종화가 혼잣말처럼 중얼거렸다. 미화는 떨리는 손으로 수도꼭지를 잠갔다. 그리고 다시 한 번 시체를 내려다보면서 몸서리를 쳤다.

"당신 말대로 진즉 경찰에 넘기는 건데…… 내가 생각을 잘못했어."

종화가 비틀거리며 몸을 일으켰다. 미화는 남편이 쓰러지지 않도록 부축했다.

"경찰에 신고해."

"안 돼요!"

미화는 남편을 욕실에서 끌어내려고 했다. 종화는 아내의 손을 뿌리치고 시체를 들여다보았다.

"지금도 저주스러워. 다시 한 번 죽이고 싶어. 죽일 수 있으면 말이야."

미화는 전율하면서 뒤에서 남편의 허리를 끌어안았다. 그리고 가만히 흐느껴 울었다.

"경찰에 신고할 수는 없어요. 당신은 가만 계세요."

그들은 욕실을 나와 소파에 나란히 앉았다.

그들은 약속이나 한 듯 한동안 입을 꼭 다문 채 꼼짝 않고 앉아 있었다.

그들이 움직인 것은 방 안의 어둠이 완전히 가셨을 때였다. 그들은 더 이상 떨고 있지 않았다.

종화가 먼저 창가로 다가가 커튼을 젖히고 밖을 내다보았다. 이윽고 그는 몸을 돌려 아내를 바라보았다. 이럴 때는 아내 이상의 상대가 있을 것 같지 않았다.

"어떡하지?"

아내라고 특별한 수가 있는 것도 아니었다. 그런 줄 알면서도 그는 묻지 않을 수 없었다.

"경찰에 알릴 수는 없어요."

미화는 단호하게 말했다. 아내의 그 같은 태도에 종화는 내심 적이 놀랐다. 그녀에게 그런 단호한 데가 있는 줄은 지금까지 몰랐던 것이다.

"저런 년은 죽어도 싸요. 살려 둘 가치가 없는 년이에요. 정말 잘 죽었어요."

종화는 자신의 두 손을 내려다보았다. 그것은 남자 손치고는 희고 가냘픈 손이었다. 지금까지 책만 뒤적거리던 손이었다. 그런 손으로 사람을 죽인 것이다. 살인자의 손. 그는 소름이 쫙 끼쳐 왔다.

"이걸 경찰에 신고하면 당신은 바로 살인범으로 구속될 거예요. 그러면 앞으로 누가 장미를 찾죠? 저 혼자서 장미를 찾으라는 거예요?"

그녀의 눈에는 눈물이 가득 고였다.

"아무튼 이제 나는 살인자야. 아무리 죽어도 좋을 여자라고는 하지만 사람은 사람이야. 나는 사람을 죽인 거야. 이 손으로 말이야."

그는 두 손을 쳐들어 보였다.

"그러지 마세요! 당신이 그러면 저는 이제 어떡하라는 거예요!? 당신은 더러운 악마를 제거한 거예요. 저건 인간이 아니에요, 악마예요!"

종화는 다가가서 아내를 힘껏 끌어안았다. 그러나 그는 울지는 않았다.

"경찰에 신고하더라도 장미를 찾고 나서 하세요."

"알았어. 나야 어떻게 되든 상관없어."

"저 여자가 자백했어요?"

"결정적인 것은 듣지 못했어. 장미가 지금 어디 있는지는 저 여자도 모르고 있는 것 같았어. 저 여자는 어린애들을 유괴 해다가 다른 사람들한테 팔아넘기기만 하면 그것으로 끝난다는 거야. 그 다음은 그 애가 어디로 가는지 모른다는 거야. 일단 그렇게 넘겨진 애들은 여러 사람 손을 거쳐서 전국에 흩어지나 봐. 그러니까 저 여자가 모르는 게 당연하지. 하지만 찾을 수는 있을 거야. 그 애들이 팔린 과정을 추적해 가면 결국에는 찾을 수 있을 거야."

"저 여자가 장미를 유괴 해다가 누구한테 팔아 넘겼는지 알아내셨어요?"

"음, 그건 겨우 알아냈어. 아무래도 장미를 찾는 데는 시일이 좀 걸릴 것 같아."

종화는 갑자기 입을 다물었다. 문득 시체를 어떻게 처리해야 할지 걱정이 되었던 것이다. 생각 같아서는 시체를 흔적도 없이 치워 버리고 싶었다.

범인들

여우가 B호텔에서 발생한 살인 사건에 대해 보고를 받은 것은 그 날 오후 2시경이었다. B호텔은 S서 관할이 아닌 Y서 관할이었기 때문에 그렇게 보고가 늦은 것이었다.

여우는 자신이 맡고 있는 사건 수사에 필요한 만큼 전국에서 일어나고 있는 살인 사건을 비롯 각종 사건들을 면밀히 체크하고 있었다. 특히 살인 사건에 대해서는 신경을 바싹 곤두세우고 있었다.

Y서가 살인 사건 신고를 접수한 것은 그 날 낮 12시 5분경이었다. 그리고 그것은 5분 뒤에 시경 상황실과 치안본부 상황실에 보고 되었다. 그런데 여우가 몸담고 있는 수사본부에서는 그보다 2시간가량 늦어서야 그 사건을 알게 된 것이다.

각 경찰서와 경찰서, 그리고 시경과 치안본부 등은 컴퓨터 터미널이 설치되어 있기 때문에 버튼 하나만 누르면 전국에서 일어난 사건 발생 상황을 하나도 빠지지 않고 그때그때 즉시 한눈에 알아볼 수가 있다. 시경이나 치안본부에 접수된 사건 신고는 즉시 컴퓨터에 입력되기 때문에 컴퓨터 단말기가 설치되어 있는 전국 경찰서에서는 거의 동시에 사건 발생과 그 개요를 알 수가 있는 것이다.

그날따라 수사본부를 지키고 있는 경찰관은 게으름을 피웠다. 여우는 그에게 30분마다 상황실에 가서 사건 발생을 체크하라고 일렀었다. 그런데 그는 11시경에 상황실에 들렸다가 점심 식사를 하고 나서는 나른한 기분에 젖어 책상 앞에 비스듬히 앉아 졸음을 즐겼던 것이다. 그리고 그가 상황실에 다시 가 보기 위해 자리에서 일어난 것은 거의 2시간이나 지나서였다. 상황실에 가 보니 상황판에 살인 사건 발생이 나와 있었다. 컴퓨터 터미널을 지키고 있는 여 경찰관이 무표정한 얼굴로 2시간 사이에 일어난 각종 사건 개요가 타이핑되어 있는 종이를 뜯어 그에게 내주었다.

본부로 돌아온 그는 무전으로 여봉우 반장을 불렀다. 그 때 여우는 사창가에 잠복 중이었다.

보고를 받은 여우는 연락이 늦은 데 대해 부하를 호되게 꾸짖고 나서 지 형사를 데리고 곧장 B호텔로 달려갔다.

B호텔 908호실은 Y서 수사과 형사들로 난장판이 되어 있었다. 이미 그들은 현장수사를 거의 끝내 가고 있었다.

여우는 몇몇 아는 형사들에게 고개를 끄덕여 보이면서 시체가 들어 있는 욕실로 뛰어 들어갔다. 형사들이 막 시체를 욕조 속에서 끌어내려 하고 있었다. 그는 그들을 제지하고 시체를 들여다보았다.

"얼굴을 전혀 알아볼 수 없습니다. 아주 잔인무도하게 살해됐어요."

누군가가 그에게 들으라는 듯 말했다.

"세상에 이럴 수가! 얼굴이 엉망인데요."

시체를 별로 접해 보지 못한 지 형사의 말이었다.

"화상을 입었군."

"얼굴이 익어 버렸어요. 뜨거운 물로 익힌 모양이에요."

Y서 형사가 말했다.

그의 말대로 시체의 얼굴은 벌겋게 부풀어 올라 있었다. 그리고 그것은 흉칙하게 일그러져 있었다. 손발은 철사로 단단히 묶여 있었고, 묶인 손발을 앞에서 서로 맞닿게 하여 단단히 죄어 놓았기 때문에 시체의 몸뚱이는 흡사 새우처럼 구부러진 채 욕조 속에 처박혀 있었다.

"물이 가득 차 있는 것을 빼냈습니다."

천장을 향해 두 눈을 부릅뜨고 있는 것을 내려다보다가 여우는 구역질을 느끼고 고개를 돌렸다.

그는 방으로 나와 Y서의 형사계장을 만났다. Y서의 형사계장은 50대의, 머리가 벗겨지고 몸집이 뚱뚱한 사나이였다. 그는 자기의 관할 구역에 뛰어든 불청객을 달갑지 않은 표정으로 맞았다. 그러나 다른 서의 수사관이라 하더라도 필요에 따라서는 관할 밖에서 발생한 사건을 수사할 수 있는 것이고 관할서에서는 거기에 협조해야 함이 규칙이었다. 마지못해 그는 사건 개요와 감식 결과를 여우에게 말해 주었다.

"신원을 알 수 있는 것은 하나도 없어. 사망 원인은 질식이야. 물 속에 처박아 질식사시킨 모양이야. 얼굴에 화상도 심하지만 그건 직접적인 사망 원인은 아니야. 수법은 잔인하지만 손발을 묶은 것으로 봐서 아마추어의 솜씨 같아. 사망 시간은 오늘 새벽 4시 전후로 추정되지. 오전 11시경에 프런트에서 체크를 하려고 이 방으로 전화를 걸었지만 전화를 받지 않더라는 거야. 12시 가까워서 호텔 직원이 비상열쇠로 문을 따고 방에 들어와 보니 이 지경이 되어 있더라는 거야. 물론 시체 외에는 방 안에 아무도 없었지. 피살자의 지문을 채취했으니까 곧 신원은 밝혀지겠지."

Y서의 형사계장은 더 구체적인 이야기는 피했다. 나타난 상황만 이야기했지 현장에서 얻은 수사 결과에 대해서는 일체 함구했다.

"피살자의 지문 외에 나타난 것이 있습니까? 범인의 것으로 보이는……"

"범인은 혼자인가요, 아니면 그 이상인가요?"

"있긴 하지만 그게 범인의 것이라고 단정할 수는 없지. 알다시피 여기는 많은 사람들이 드나드는 호텔방이니까 말이야."

"아직 그것도 알 수 없어."

그 때 전화벨이 울렸다. 형사 한 명이 전화를 받아 대화를 나눈 다음 전화를 끊고 계장을 바라보았다.

"숙박 카드에 적힌 건…… 모두 가짜랍니다. 이름도 주소도 주민등록 번호도 어느 것 하나 맞는 게 없답니다."

계장은 고개를 끄덕이면서 여우에게 908호의 숙박 카드를 내보였다.

"이게 모두 가짜라는 거야."

여우는 계장이 내미는 숙박 카드를 받아 들고 꼼꼼히 들여다보았다. 거기에 적혀 있는 글씨는 조그맣고 예쁜 것이 얼른 보기에도 여자의 글씨임을 알아볼 수가 있었다. 거기에 적혀 있는 이름은 김숙자였다. 이름을 비롯해서 주소와 주민등록 번호, 연락 전화번호, 직업 등이 모두 가짜로 밝혀졌다니 들여다볼 필요도 없었다. 그러나 여우는 그것을 만지작거리면서 한동안 거기에서 눈을 떼지 않았다.

"이건 죽은 여자가 작성한 건가요?"

"아닌 모양이야. 이걸 작성한 사람 역시 여자이긴 한데 다른 여자인 모양이야. 숙박 카드를 작성할 때 지켜본 프런트 계원이 한 말인데 그 여자는 40대 여인으로 상당한 미인이었다는 거야. 그리고 옷차림이 전혀 다르다는 거야."

"그럼 피살자는 그 여자와 함께 투숙한 건가요?"

"그야 알 수 없지."

"저는 지금 범인으로 지목된 한 여인을 찾고 있습니다. 유괴범이자 살인범으로 수배된 여인입니다."

"우리와 얽히지 않았으면 좋겠군."

그것은 Y서의 수사에 방해가 되지 말아 주었으면 좋겠다는 그런 뜻의 말이었다.

"네, 저도 그러기를 바랍니다만……"

여 형사는 908호를 나와 엘리베이터로 향했다.

"뭔가 느낌이 이상하지 않아?"

엘리베이터 속에서 여우는 지 형사를 곁눈질로 쳐다보며 물었다. 지 형사는 조그만 두 눈을 끔벅거리며 모르겠다는 듯 고개를 갸우뚱했다.

"글쎄요, 고문을 당한 것 같던데요. 지독한 고문을……"

"그거 말고 말이야."

지 형사는 여전히 모르겠다는 표정을 지었다. 여우는 앞장서서 엘리베이터 밖으로 나갔다.

그들은 로비에 서서 이야기를 나누었다. 로비는 들락거리는 사람들로 어수선했다.

"피살자는 중년 여인이야. 그리고 빨간 티셔츠를 입고 있었어. 빨간 티셔츠 말이야. 그런데 개인택시 운전사 유기태와 여관에 투숙했던 그 여인도 빨간 블라우스를 입고 있었어. 이건 여관 종업원이 증언한 거야."

"그렇군요. 그렇다면 욕실에 죽어 있는 여인이 바로 우리가 찾고 있는 거미란 말입니까?"

"그것만 가지고는 뭐라고 말할 수 없어. 빨간 티셔츠를 입은 여자가 어디 한둘이라야 말이지."

"저기도 빨간 티셔츠가 있는데요."

지 형사는 라운지 저쪽 창가에 외국인과 앉아 있는 빨간 티셔츠의 여인을 턱으로 가리켜 보였다.

여우는 프런트 쪽으로 다가갔다.

어젯밤 908호실 투숙객을 받았던 프런트 계원은 비번인데도 귀가하지 못하고 호텔에 남아 있었다. 경찰이 수사를 위해 그를 붙잡아 두었기 때문이다. 여우 일행은 그를 데리고 커피숍으로 들어갔다.

그 젊은 프런트 계원은 똑같은 진술을 또 되풀이해야 한다는 사실에 진력이 난 듯 하품부터 했다.

커피숍은 사람들로 북적거리고 있었다. 908호실에는 시체가 누워 있는데 여기는 이렇게 손님들로 흥청거리고 있다고 생각하니 여우는 기묘한 배반감 같은 것이 느껴졌다. 호텔 측으로서는 자기 호텔에서 살인 사건이 일어났다는 사실을 극비에 부치고 있을 것이다. 장사에 지장이 있으니까 말이다.

"귀찮고 피곤하겠지만 자세히 좀 이야기를 해 줘야겠소."

"이미 말씀드렸는데요."

프런트맨은 다분히 귀찮다는 표정으로 말했다.

"알고 있어요. 하지만 다시 좀 말해 줘야겠소. 나는 소속이 다르니까 처음부터 자세히 좀 말해 줘요. 어젯밤 그 여자가 여기 나타나서 방을 얻은 게 언제였지요?"

"밤 11시 가까워서였습니다."

"혼자였나?"

"네, 혼자 와서 방을 얻었습니다."

"908호실 숙박 카드는 그 여자가 직접 작성한 건가요?"

"네, 제가 보는 데서 직접 적었습니다."

"거기에 적은 것은 모두 가짜로 드러났어요. 카드를 작성할 때 주민등록증은 확인하지 않나요?"

"규칙은 확인하도록 되어 있지만 보통 내국인에 대해서는 확인하지 않고 있습니다. 손님들이 그것을 불쾌하게 생각하기 때문에……"

"그 여자에 대한 인상착의를 좀 말해 주시오."

"40대 부인이었는데 부인치고는 아주 미인이었습니다. 퍼머 머리에 눈이 크고 검었습니다. 옷차림은 검정 바지에 밤색 체크 무늬 남방 차림이었습니다. 그런데 나중에 엘리베이터를 탈 때 보니까 어떤 남자하고 함께 올라가는 것 같았습니다."

여우는 눈이 번쩍 하고 빛났다.

"어떻게 생긴 남자였나요?"

"뒷모습만 봤기 때문에 뭐라고 말씀드릴 수가 없습니다. 키는 중키였고 안경을 끼고 있는 것 같았습니다. 그리고 가방을 들고 있었습니다. 밤색 가방이었는데 여행 다닐 때 흔히 들고 다니는 그런 것이었습니다."

"옷차림은?"

"좀 야한 색깔의 남방을 입고 있었습니다. 울긋불긋한 남방에다 검정 바지를 입고 있었습니다."

"그들은 언제 나갔나요?"

"나간 시간은 잘 모르겠습니다. 나가는 것을 보지 못했습니다. 나중에 방에 들어가 보니까 열쇠를 방에 두고 나갔더군요. 아마 몰래 빠져 나간 것 같았습니다."

"죽은 여자에 대해 아는 대로 말해 주시오."

"그 여자는 정확히는 말할 수 없지만…… 제 기억에 옷차림으로 봐서 815호실에 투숙했던 젊은 남자와 동행이 아니었나 생각됩니다."

"815호실에 투숙했던 남자는 누구인가요?"

"어떤 젊은 남자였는데…… 11시경에 여기 와서는 815호실을 얻었습니다. 908호실을 얻은 여자와 거의 같은 시간에 여기서 체크인했습니다. 그 젊은 남자는 호텔비를 지불하고 커피숍으로 가더니 조금 있다가 빨간 티셔츠를 입은 여자와 함께 나와서 엘리베이터를 타고 올라갔습니다. 그 여자는 빨간 티셔츠에 검정 바지를 입고 있었습니다. 하지만 죽은 여자가 그 여자인지는 자세히 알 수 없습니다."

"그 젊은 남자라는 사람은 어떻게 생겼나요?"

"제비족같이 옷차림이 미끈했습니다. 아래위 흰색 싱글 양복에다 안에는 노란 남방을 입고 있었습니다. 몸이 건장하고 미남이었습니다. 그런데 그 사람은 1시경에 혼자 내려와서 밖으로 나가는 것 같았습니다. 엘리베이터에서 나와 급히 밖으로 사라지는 것을 봤는데 그 다음에는 그 사람이 들어오는 것을 보지 못했습니다."

"815호실 숙박 카드를 좀 봅시다."

"경찰에서 이미 가져갔는데요."

그것은 Y서 형사들이 이미 815호실에 투숙했던 사람에 대해서도 수사를 진행하고 있다는 뜻이었다.

"그 815호실 숙박 카드에 적혀 있는 것도 모두 가짜라고 하던데요."

하고 프런트맨이 덧붙여 말했다.

여우는 프런트맨을 돌려보내고 식은 찻잔을 집어 들었다. 그리고 지 형사를 쳐다보았다.

"815호실에 젊은 놈팽이와 투숙했던 여인이 908호실에서 시체로 발견되었어. 이건 가정이지만 가능성이 없는 이야기는 아니란 말이야."

"피살된 여자가 젊은 남자와 함께 815호실에 투숙했던 여자가 분명하다면 어떻게 해서 908호실까지 옮겨 갔는가 하는 게 문제겠는데요?"

"그래, 바로 그 점이 문제야. 자, 이제부터 우린 가 봐야 할 데가 있어."

B호텔을 나온 그들은 택시를 잡아타고 곧장 장미네 집으로 달려갔다.

장미네 집에는 적지 않은 사람들이 몰려와 있었다. 친척들인 것 같은데 거의가 여자들이었다. 김종화는 집에 없었고 양미화가 형사들을 맞아들였다. 긴히 할 이야기가 있다고 하자 그녀는 그들을 남편의 서재로 안내했다.

김종화의 서재 벽은 온통 책으로 뒤덮여 있었다. 곤충학자의 서재가 먼지만 쌓이게 됐다고 생각하자 여봉우는 마음이 아려왔다. 학자는 연구에만 몰두할 수 있게 도와주어야 한다. 아니 도와주지는 못할망정 방해하지는 말아야 한다. 그런데 우리 사회는 그를 방해하고 있는 것이다. 그에게 견디기 어려운 고통을 안겨 주고 있는 것이다. 그가 그 고통을 견뎌 내고 다시 이 서재에 앉을 수 있을지는 아무도 알 수 없는 일이다.

"김 교수님은 어디 가셨는가요?"

갑자기 들이닥친 형사들을 앞에 두고 양미화는 어쩔 줄 모르고 있었다. 당황한 나머지 자기 딸의 소식을 묻는 것조차 잊고 있었다.

"모르겠는데요."

그녀의 안색은 창백하다 못해 파리했다.

여우는 그녀의 얼굴을 유심히 살폈다. 눈과 눈 사이에 난 검은 점이 유난히 도드라져 보였다. 그는 바짝 말라붙은 자신의 입술을 혀로 핥았다. 지 형사가 그에게 심각한 시선을 던지고 있는 것을 묵살하고 그는 질문을 던졌다.

"실례지만 어젯밤에는 어디서 묵으셨나요?"

"어디서 묵다니요?"

"어젯밤 전화를 걸었는데 두 분 모두 집에 안 계시더군요. 김 교수님도 외출중이시구요. 두 분이 함께 어디서 무슨 일을 하고 계셨나요?"

"전 그이에 대해서는 아무것도 모르겠어요. 울릉도에서 돌아오신 뒤로는 집에 계시지 않고 장미를 찾겠다고 내내 밖으로만 돌아다니고 계시니까요."

그녀의 두 눈에 물기가 번지고 있었다. 여우는 고개를 돌리고 물었다.

"부인께서는 어젯밤 어디서 무엇을 하셨나요?"

"전…… 전…… 장미 찾아 돌아다녔어요."

"구체적으로 말씀해 보십시오. 밤중에 어디를 어떻게 돌아다니셨다는 건지 말씀해 보십시오."

"영등포 사창가를 돌아다녔어요. 혹시 장미를 찾을 수 있을까 해서요."

여우는 책상 위에 놓여 있는 사진을 바라보았다. 그것은 세 식구가 찍은 사진이었다. 바다를 배경으로 배 위에서 찍은 것으로 장미 양은 부모 사이에서 활짝 웃고 있었다.

"부인, 어젯밤 혹시 B호텔에 가시지 않았나요? 김 교수님과 함께 말입니다."

"B호텔에요? 아, 아뇨. 가지 않았어요."

그녀는 떨고 있었다.

"어젯밤 B호텔에서 살인 사건이 발생했습니다. 어떤 중년 여인이 잔인하게 살해되었는데…… 아직 신원이 밝혀지지는 않았지만 우리가 찾고 있는 여자…… 그러니까 장미 양을 유괴했던 바로 그 여자 같습니다."

"아니, 그럴 수가……"

양미화는 중얼거리면서 형사들의 시선을 피했다.

여우는 미간을 찌푸렸다.

"누가 그 여자를 살해했는가 하는 것보다 그 여자가 죽어 버리는 바람에 우리 수사본부로서는 장미 양을 찾는 일이 더욱 어렵게 되고 말았습니다."

여우는 양미화의 반응을 기다렸지만 그녀는 갑자기 벙어리라도 된 듯 입을 꼭 다물고 있었다. 그 바람에 실내에는 한참 동안 무거운 침묵이 흘렀다.

"그런 여자는 죽어 마땅해요."

한참 만에 양미화가 침묵을 깼다. 그녀의 목소리에는 증오가 서려 있었다.

"그래요. 그 여자는 그럴 만해요. 그렇다고는 하지만 그 여자를 죽여서는 안 됩니다."

여우는 단호한 어조로 말했다. 그러자 양미화가 성난 눈길을 그에게 던져 왔다.

"그럼 그런 여자도 이 사회의 일원으로서 살아 있어야 한다는 말씀인가요?"

"그 여자를 죽일 수 있는 건 법 뿐입니다."

"만일 법이 그 여자를 죽이지 않으면 어떡하지요?"

"법이 그 여자를 죽이지 않으면 우리도 그 여자를 죽여서는 안 됩니다."

"저는 거기에 동의할 수 없어요!"

그녀는 손등으로 눈물을 훔쳤다.

"자식을 잃은 사람의 심정을 이해하시지 못하니까 그렇게 말씀하실 수 있을 거예요."

"충분히 이해가 갑니다. 하지만……"

"우리 가정은 이제 산산이 부서져 버렸어요. 모든 게 끝났어요. 사람이 마지막까지 갔을 때 뭐가 남는지 아세요? 발악과 절망뿐이에요. 그런 상태에서는 무서운 게 아무것도 없어요. 장미를 찾기 위해서 무슨 짓이라도 우리는 할 수 있어요! 뭘 어떻게 해야 할지 난 모르겠어요……"

그녀는 고개를 흔들더니 마침내 두 손으로 얼굴을 감싸 쥐고 흐느껴 울기 시작했다.

여우는 매우 곤혹스런 얼굴로 그녀를 지켜보고 있다가 지 형사에게 고개를 끄덕해 보이고는 천천히 일어섰다. 지 형사도 따라 일어섰다.

여우는 책상 위에 놓여 있는 사진 액자를 집어 들었다. 양미화는 여전히 흐느끼고 있었다. 여우는 액자를 지 형사에게 건네주었다. 지 형사는 그것을 들고 앞장서서 방을 나갔다. 그 뒤를 여우가 조용히 따라 나갔다. 양미화는 그대로 방 안에 웅크리고 앉아 울고 있었다.

밖으로 나온 형사들은 사진 액자를 가지고 다시 택시를 타고 B호텔로 향했다.

아까 만났던 그 프런트맨은 그 때까지도 호텔에 대기하고 있었다.

여우는 가지고 온 사진을 보이며 말했다.

"혹시 어젯밤 908호실을 얻은 사람이 이 사람들 가운데 있는지 봐 주시오."

"바로 이 여잡니다!"

프런트맨은 양미화를 가리켜 보였다. 여우는 긴장해서 손가락을 입으로 가져갔다.

"아무한테도 이 이야기해서는 안 됩니다. 사진을 봤다는 이야기도 해서는 절대 안 돼요."

"알겠습니다. 절대 안 하겠습니다."

여우는 당황해서 지 형사를 쳐다보았다. 지 형사도 당황하기는 마찬가지였다.

그들은 라운지로 가서 주스를 한 잔씩 시켜 마셨다.

"자, 이거 어떡하지?"

"체포해야 하지 않습니까?"

"그게 급한 일일까?"

그 말에 지 형사는 두 눈을 끔벅거렸다.

"일이 엉뚱하게 돌아가는데…… 이걸 어떡하지?"

두 사람은 한동안 침묵 속에 빠져 들었다.

여우는 갑자기 허탈감에 빠져 아무것도 할 수 없을 것만 같은 생각이 들었다.

김종화 교수는 경찰 수사보다 한 발 앞서 가고 있었다. 수사에 대해서는 정말 아무것도 모르는 그가 그 정도에까지 가 있다니 확실히 놀라운 일이 아닐 수 없었다.

어쨌든 그는 거미를 찾아냈던 것이다. 그리고 아내와 함께 그녀를 미행했을 것이다. 그들 부부는 908호실에 투숙했고 거미는 젊은 놈팡이와 함께 815호실에 투숙했다. 김 교수는 거미를 908호실로 유인했을 것이다. 815호실에서 살해하여 908호실로 시체를 운반한다는 것은 거의 불가능한 일이고 또 그럴 필요도 없는 것이다.

어떤 방법을 썼는지는 몰라도 그는 그 젊은 놈팡이를 쫓아 버리고 거미를 908호실로 유인해 들였을 것이다. 그리고 그들 부부는 합세하여 거미를 묶은 다음 장미 양의 행방을 알아내기 위해 거미를 욕조 속에 처박아 놓고 고문을 가했을 것이다. 고문 끝에 거미가 죽었는지 아니면 고의적으로 살해당했는지는 알 수 없다.

아무튼 김 교수는 거미한테서 무엇인가 중요한 것을 알아냈을 것이고, 그것을 근거로 해서 지금 장미 양을 찾고 있을 것이다. 이미 피를 본 손이다. 또 다른 살인이 있기 전에 그를 제지해야 한다.

아기

B호텔 908호실에서 살해된 여인의 신원이 밝혀진 것은 그 날, 그러니까 7월 29일 오후 5시경이었다.

과거 같으면 지문만 가지고 신원을 밝히려면 지문 감식반원 수백 명이 동원되어 며칠 동안 밤을 새우며 일일이 지문을 대조해야 했지만 지금은 그 때와는 사정이 아주 달라져 불과 두서너 시간이면 그 방대한 작업을 마칠 수가 있었다. 그것은 현대 과학 기술의 첨단이라고 할 수 있는 컴퓨터 덕분이었다. 경찰은 이미 확보하고 있는 수천만 개의 지문을 컴퓨터에 입력시켜 놓고 있었기 때문에 거기서 필요한 지문을 찾아내는 것은 아주 간단한 일이었다.

피살자의 이름은 오지애였다. 나이는 42세. 본적과 현주소, 그리고 가족관계도 밝혀졌다. 가족관계에서는 한병수라는 자가 남편으로 되어 있었고, 두 사람 사이에 자식은 없었다. 자식이 하나 있었긴 했지만 수년 전 사망한 것으로 되어 있었다. 딸이었는데 2년 전에 죽은 것으로 되어 있었다. 오지애의 기록에 전과는 없었다.

오지애의 남편 한병수는 저녁 식사를 준비하다가 형사들의 방문을 받았다.

형사들은 앉은 채로 그들을 맞는 사내가 오지애의 남편임을 알고는 안도의 한숨을 내쉬었지만 이내 그가 두 다리를 못 쓰는 앉은뱅이라는 것을 발견하고는 숨을 죽였다.

"부인 이름이 오지애 맞습니까?"

"네, 그렇습니다만……"

"부인은 어디 있습니까?"

"모르겠습니다. 어젯밤에 나가서는 아직 집에 들어오지 않았습니다."

방 안쪽에서는 갓난아기의 울음소리가 가냘프게 들려오고 있었다.

Y서의 형사들은 거기에 별로 주목하지 않았지만 여봉우만은 달랐다. 그는 방 안으로 들어가 아기를 안아 들었다.

아기의 몸에서는 악취가 풍기고 있었고 옷은 땀과 오줌에 절어 있었다. 손가락으로 입술을 건드리자 냉큼 입을 벌려 그것을 빨려고 했다. 몹시 배가 고픈 모양이었다. 아기는 까맣게 탄 데다 피골이 상접해 있었고 안타까울 정도로 가냘프게 울고 있었다. 이마를 만져 보니 열이 있었다. 그대로 두면 얼마 안가서 죽을 것만 같았다.

"이 아기는 누구의 아기입니까?"

여우의 물음에 사내는 쭈뼛거리다가 대답했다.

"우리 아기입니다."

"부인께서 낳았다는 겁니까? 부인께서는 마흔이 넘은 것으로 알고 있는데……"

여우가 선수를 치며 추궁하자 불구의 사내는 당황해 하면서 말했다.

"아, 아닙니다. 집사람이 이 애를 낳은 것은 아니고…… 집사람이 밖에서 데려다가 기르는 앱니다. 집사람은 자식이 없으니까 아기를 몹시 기르고 싶어 하지요. 집사람은 아기를 무척 귀여워합니다."

"아기를 귀여워하는 게 아니라 이건 학대요. 이 아기는 죽어가고 있어요."

여우는 방구석에 놓여 있는 우유병을 집어 들었다. 거기에는 우유가 반쯤 남아 있었다. 젖꼭지를 입에 갖다 대자 아기는 정신없이 그것을 빨다가 도로 입을 빼내고는 다시 울기 시작했다. 여우는 우유 방울을 자신의 입 속에 떨어뜨려 보았다. 시큼한 맛이 나는 것이 우유는 이미 심하게 부패해 있었다. 여우는 사내를 노려보았다.

"이것은 상했소. 빨리 우유를 타서 아기한테 먹이시오."

다른 형사들은 집 안을 샅샅이 뒤지고 있었다.

Y서 형사들이 볼 때 그 집은 어디까지나 피해자의 집이었다. 따라서 집 안을 뒤지는 것은 어디까지나 가해자를 체포하는 데 필요한 단서를 찾아내기 위해서였다.

그러나 여우의 입장과 견해는 그들과는 사뭇 달랐다. 그는 거미의 죽음에 별로 관심이 없었다. 그녀가 누구의 손에 의해 살해당했는가는 어느 정도 짐작이 가는 일이었다. 하지만 그는 거기에 대해 더 이상 관심도 기울이지 않았고 수사도 하지 않았다. 거미 같은 존재의 죽음은 오히려 환영해야 할 일이라는 게 그의 생각이었다. 극단적인 생각이었지만 그것은 그의 솔직한 생각이었다.

살인 사건에 대해서는 피살자가 누구이든 공정한 수사를 벌여야 한다는 것 정도는 기본적인 상식에 속하는 일이었다. 하지만 그의 감정은 그런 상식을 받아들이기를 거부하고 있었다. 그는 거미의 죽음을 수사하기보다는 하루빨리 김장미 양을 찾고 싶었다.

그 집의 골방에서 그는 가난한 시골 아낙네에게나 어울릴 성싶은 낡고 더러운 옷가지를 찾아냈다. 다른 형사들의 눈에는 그것은 아무 의미도 없는 것으로 보였겠지만 여우의 눈에는 그것은 아주 중요한 물증으로 보였다.

다른 서의 형사들이 모두 빠져 나간 뒤에도 여우는 그 집에 남아 있었다. 피살자의 남편 한병수는 아내의 주검을 확인하기 위해 형사들을 따라갔다. 여우는 거기에 지 형사를 딸려 보냈다. 피살자의 집 안에는 이제 여우와 아기만 남아 있었다. 아기는 새로 타준 우유 한 병을 순식간에 먹고 나더니 이내 쌔근쌔근 잠이 들었다. 계집아이였다.

그는 정말 오랜만에 야릇한 기분에 젖어 아기의 자는 모습을 지켜보고 있었다. 그렇게 한가로운 시간을 가져 보기는 실로 오랜만이었다.

2시간쯤 지나 한병수가 지 형사의 등에 업혀 돌아왔다. 마루 위에 내려놓자마자 그는 주먹으로 마루 바닥을 때리면서 목 놓아 울었다.

"얼굴은 알아볼 수 없었지만 몇 군데 특징을 찾아냈습니다. 아내가 틀림없다고 증언했습니다."

지 형사가 무슨 큰 비밀이나 되는 듯 여우의 귀에다 대고 속삭거렸다.

"이제 저 사람이 살아갈 일이 큰일입니다. 누가 돌봐 줄 사람이 있어야지요."

"저 사람도 큰일이지만 아기가 더 큰일이야."

한병수는 아내의 죽음을 슬퍼해서 우는 게 아니었다. 자신의 신세가 불쌍해서, 그리고 앞으로 혼자 살아갈 일이 무서워서 우는 것이었다.

사내가 하도 서립게 울고 있었기 때문에 형사들은 한동안 그의 우는 모습을 멀거니 쳐다보고만 있었다.

한참 후 사내의 울음이 약해지자 여우는 기다렸다는 듯이 질문을 던졌다.

"이런 질문해서 안됐지만 좀 대답해 줘야겠습니다. 죽은 부인은 아기를 기르고 싶어서 기른 게 아니었지요? 사실대로 말씀해 주십시오."

"모릅니다, 몰라요!"

사내는 핏발 선 눈으로 여우를 쏘아보면서 머리를 흔들었다. 그 바람에 머리칼이 헝클어지고 있었다.

"그렇게 막무가내로 부인하지 마십시오. 부인은 이미 죽었습니다. 부인이 아기를 데려다가 무슨 짓을 했는지 사실대로 말해 주십시오. 우리는 이미 다 알고 있습니다."

"무슨 짓을 했는지 내가 어떻게 압니까? 집 안에만 처박혀 있는 놈이 어떻게 압니까?"

한병수는 손등으로 거칠게 눈물을 훔치고 나서 한숨을 길게 내쉬었다.

"당신 부인은 초라한 시골 아낙네 차림으로 매일 아기를 업고 밖에 나갔지요?"

한병수는 멈칫하더니 허공을 잠시 바라보다가 힘 없이 고개를 끄덕였다.

"매일 그러지는 않았지만 며칠에 한 번씩 그런 차림으로 아기를 업고 나가긴 했습니다."

"그뿐입니까? 그런 차림으로 아기를 업고 나가 밖에서 무슨 짓을 했는지 아십니까?"

"모릅니다. 아내가 밖에서 무슨 짓을 했는지는 전혀 모릅니다. 집 사람은 나한테 그런 이야기는 조금도 해 주지 않았으니까요. 나는 집 지키고, 빨래하고, 청소하고, 밥만 하는 식모에 불과했으니까요. 내가 오히려 묻고 싶군요. 그 사람이 밖에서 무슨 짓을 했는지 말입니다."

"이야기해 드리죠. 오지애 씨는 가난한 시골 여자 차림으로 아기까지 업고 나가서 남들이 볼 때 마치 시골에서 갓 올라와 길을 잃은 여자처럼 행동했지요. 왜 그랬는지 아십니까?"

여우는 가만히 불구의 사내를 응시하고 있다가 다시 말을 이었다.

"동정을 구하기 위해서였지요. 그것도 어린 여학생들한테서 말입니다. 어린 여학생들한테 접근해서 주소를 찾아야 하는데 시골에서 갓 올라와 어디가 어딘지 잘 모르겠으니 좀 가르쳐 달라는 식으로 매달리면 순진한 소녀들은 그걸 뿌리치지 못하고 들어주곤 했지요. 그런데 여학생이 주소를 찾아 안내한 곳은 다른 곳이 아닌 바로 사창가였습니다. 거기서 그 여학생은 유괴되어 어디론가 팔려 가는 것이었습니다. 당신 부인이라는 사람은 그런 식으로 어린 여학생을 유괴 해다가 사창가에 팔아먹곤 했어요. 그야말로 인간으로는 상상할 수도 없는 짓을 자행하고 다닌 거지요."

"거짓말하지 말아요!"

사내가 버럭 고함을 지르며 일어나려고 했다가 도로 털썩 주저앉았다.

"그런 거짓말이 어딨어요!?"

"우리가 왜 쓸데없는 거짓말을 하겠소! 사실 우리는 당신 부인이 유괴 해다 팔아먹은 한 여학생을 찾고 있는 중이오."

"그럴 리가 없어요!"

"믿고 싶지 않을 거요. 하지만 증인이 다 있어요. 하긴 당신이 믿건 안 믿건 상관없는 일이지만……"

여우는 일어섰다.

격하게 달아올랐던 사내의 얼굴은 갑자기 찬물을 뒤집어쓴 것처럼 창백하게 변하고 있었다.

여우는 아기 쪽으로 시선을 돌렸다.

아기는 그 때까지도 세상모르고 자고 있었다.

"저 아기를 어떻게 할 거요?"

여우는 턱으로 아기를 가리켰다.

사내의 눈길이 힘없이 아기 쪽으로 흘렀다. 그는 아기를 쳐다보기만 할 뿐 아무 말도 하지 않았다.

"말해 봐요, 아기를 어떻게 할 것인지. 당신이 기를 자신이 있으면 여기 놔두고 가고, 그럴 수 없다면 우리가 데려가겠소. 어떻게 할 거요?"

그제서야 사내의 표정이 흔들렸다.

그는 머리를 흔들었다.

"난 기를 자신 없습니다. 내 자식도 아닌데 내가 왜 기릅니까. 내 몸 하나도 다루기 어려운데 나 혼자서 어떻게 저 애를 기릅니까. 난 자신이 없습니다. 제발 데려가십시오. 그렇지 않으면 내다 버리겠습니다."

"잘 생각했소."

여우는 지 형사에게 끄덕해 보였다.

지 형사는 머뭇거리다가 잠자는 아기를 안아 들었다. 그리고 도대체 어떻게 하려고 그러느냐는 듯한 표정으로 여우를 바라보았다.

노총각인 지 형사가 아기를 안고 있는 모습은 우스꽝스러웠다. 그는 어쩔 줄 모르며 아기를 들여다보고 있었다.

"이 애를 어떡하실 겁니까?"

그들이 아기를 안고 밖으로 나왔을 때 마침내 지 형사가 참지 못하고 물었다.

밖에는 어느 새 비가 내리고 있었다.

그들은 비를 피하기 위해 어느 건물 입구에 서서 거리를 바라보고 있었다. 아기를 안고 우두커니 서 있는 그들의 모습이 이상했던지 사람들이 흘낏흘낏 쳐다보며 지나쳐 갔다.

"아기를 어떡하면 좋지? 자네 집에서 당분간 좀 데려다 기를 수 없겠나?"

"제가요!? 아이구, 그런 말씀 마십시오. 집에서는 장가 안 간다고 야단인데, 느닷없이 아기를 데리고 들어가 보십시오. 아마 야단 날 겁니다."

지 형사는 머리를 설레설레 흔들었다.

"그렇다면 할 수 없군. 우리 집에 데려다 놓을 수밖에."

"반장님 댁에서 키우신다는 말씀입니까? 댁에도 식구가 많지 않습니까."

"몸이 좋아질 때까지 좀 돌보다가 적당한 데 있으면 보내지 뭐. 우리 집에는 딸이 없단 말이야."

그 때 아기가 눈을 떴다. 아기는 한참을 두리번거리다가 배가 고픈지 몸을 뒤틀며 울기 시작했다. 여우가 아기의 손을 잡아 흔들어 주며 어르자 신통하게도 아기는 울음을 딱 그쳤다. 아기의 까만 두 눈이 신기한 듯 여우를 올려다보았다. 흐뭇한 표정으로 아기를 내려다보는 여우의 얼굴에는 보호자 같은 따뜻함이 배어 있었다.

"사모님께서 아무 말씀 안 하실까요?"

"그러니까 수고스럽지만 자네가 좀 함께 가 줘야겠어. 아무 말 말고 아기만 내려놓고 나오란 말이야. 사정은 내가 나중에 가서 말할 테니까."

"사모님이 깜짝 놀라시겠는데요."

"자, 가 봐."

여우는 굴러 오는 택시를 불러 세웠다.

지 형사는 아기를 안고 힘겹게 택시에 올랐다.

빗속으로 사라지는 택시를 바라보며 여우는 실로 오랜만에 가슴 뿌듯한 평화로움을 느꼈다.

7월 30일 오후.

부산 S동 일대는 환락가로 그 중에서도 나이트클럽 '황금종'이 자리 잡고 있는 위치는 그 가운데서 가장 번화한 곳이라고 할 수 있었다.

황금종 나이트클럽은 그 일대에서 가장 호화로운 시설과 유명 연예인을 자랑하고 있었고, 그 때문에 손님이 가장 많이 몰리고 있었다.

그 곳으로부터 1백여 미터쯤 떨어진 뒷골목에는 '세림'이라는 모텔이 자리 잡고 있었다.

그 모텔의 한 방에는 열서너 명의 젊은이들이 모여 앉아 있었다. 모두가 한 가락씩 할 것처럼 보이는 그들은 하나같이 굳은 표정들을 하고 있었다.

방 안에는 살기가 감돌고 있었다.

서울에서 긴급히 내려온 그들은 빨리 날이 저물기를 기다리고 있었다.

방 한 구석에는 등산용 손도끼가 어지럽게 쌓여 있었다. 일전을 앞두고 서울에서 준비해 온 것들이었다. 그런 것 말고도 그들은 품속에 칼 같은 흉기를 품고 있었다.

모두가 벽을 등지고 둘러앉아 있는데 오른쪽 눈에 안대를 한 자는 아랫목에 펴져 있는 요 위에 비스듬히 드러누워 맥주잔을 기울이고 있었다.

그가 잔을 권할 때마다 둘러앉은 젊은이들은 두 손으로 공손히 잔을 받곤 했다. 마치 그것은 절대자에게 절대 복종하는 신하의 모습 그대로였다.

"도끼는 오늘 밤 죽는다. 오늘 밤 안 죽으면 내일 밤 죽는다. 도끼는 죽는다. 반드시 죽여야 해. 도끼한테 칼로 대항해서는 안 돼. 도끼에는 도끼로 대항해야 한다."

그는 자기 말의 반응을 살피려는 듯 좌중을 둘러보았다.

젊은이들은 숨을 죽인 채 꼼짝 않고 앉아 있었다.

"놈을 죽여야 한다는 데 대해 이의 없겠지?"

"없습니다!"

모두가 입을 모아 대답한다. 단 한 명, 가장 나이 들어 보이는 자만이 입을 다물고 있다. 애꾸의 시선이 자연 그 자의 얼굴에 가서 멎었다. 그의 별명은 소크라테스였다. 그는 조직에서 가장 지혜 있는 말을 할 줄 아는 자였고, 그래서 그런 별명이 붙어 있었다.

"소크라테스, 넌 왜 아무 말 않지?"

"네, 저기…… 거기에 대해서는……"

소크라테스는 난처한 듯 우물쭈물했다.

그는 서른이 조금 넘었는데도 머리가 거의 빠져 마치 거기가 빈터처럼 훤했다. 그리고 볼은 홀쭉했고 눈이 작아 마치 모사꾼 같은 인상이었다.

"우물쭈물하지 말고 말해 봐."

애꾸가 외눈을 부라리며 말했다.

"도끼를 죽이는 것만은 삼가는 게 좋지 않을까 생각합니다. 미안합니다."

소크라테스는 어쩔 줄 몰라 머리를 긁적이면서도 할 말은 다 했다.

"왜? 왜 죽여서는 안 된다는 거야?"

"죽여서는 안 된다는 게 아닙니다. 그놈은 죽어 마땅한 놈입니다. 당연히 죽어야겠지만…… 우리가 놈을 죽이면 아무래도 경찰이 가만있지 않을 거고, 그렇게 되면 일이 시끄러워질 것 같아서 그러는 겁니다. 사람을 죽이면 문제가 달라집니다. 목숨이 조금이라도 붙어 있는 거하고 그거라도 없는 거하고는 엄청난 차이가 있습니다. 경찰은 살인에 대해서만은 철저하게 수사를 벌입니다. 그럴 바에야 놈을 죽이지 않더라도 죽음 이상으로 더 참혹하게 만드는 방법은 얼마든지 있습니다. 목숨이 붙어 있어도 죽은 거나 마찬가지 상태로 만들면 됩니다."

"그렇게 만들려면 어떻게 해야지?"

"팔다리를 잘라 버리고 장님을 만들어 버리면 두고두고 고통을 맛보며 살아갈 겁니다."

"음, 그거 괜찮은 생각인데……"

애꾸는 끄덕이며 외눈을 깜박거렸다.

"그렇게 만들어 버리면 아무리 도끼라도 보복 같은 것은 생각할 수도 없을 겁니다."

"음, 그게 좋겠어. 그럼 그렇게 해. 도끼를 죽이지는 말고 병신을 만들어 버리란 말이야. 팔다리를 못 쓰게 만들고 눈도 못 쓰게 만들어 버려. 그놈을 죽여서는 안 돼. 목숨만 겨우 붙어 있게 만들어 놔."

애꾸의 시선이 빙 돌아서 유난히 뒤통수가 튀어나온 자한테 가서 멎었다.

"그건 그렇고…… 야, 짱구!"

짱구라 불린 청년은 두려운 빛으로 애꾸를 바라보았다.

"네가 물고 온 정보는 정확한 거겠지? 난 급해서 확인도 하지 않고 내려왔는데 말이야."

"네, 믿을 만한 겁니다."

짱구는 당황한 표정으로 대답했다.

"믿을 만하다구? 야, 이 자식아! 그 따위 말이 어딨어? 그런 정보는 아주 정확해야 해. 정확하지 않으면 우리가 당한단 말이야! 우리가 함정에 빠질 수도 있단 말이야! 도끼가 함정을 팠는지도 모르잖아!"

"저, 정확한 정보입니다."

"도대체 어디서 난 정보야?"

"명태한테서 얻은 정보입니다."

"명태가 누구야?"

외눈이 뿌옇게 흐려졌다.

"명태라고 있습니다. 보시면 아실 겁니다."

"그놈은 어디서 그런 정보를 들었다는 거야?"

"도끼 측근한테서 직접 들었습니다. 도끼 측근에 고향 선배가 있는데 그 선배한테서 들었다고 했습니다. 그 선배는 도끼한테 심하게 얻어맞고 앙심을 품고 있던 차에 우리한테 정보를 흘려 준 거라고 합니다."

애꾸는 아무래도 마음이 안 놓이는지 머리를 천천히 좌우로 흔들었다.

"그 선배라는 놈을 직접 만나 봤나?"

"전 만나 보지 못했습니다."

"명태의 말만 듣고 나한테 보고한 건가?"

"그, 그렇습니다."

"서울에 전화 걸어! 전화 걸어서 명태를 찾아내라고 해. 그놈을 조져서라도 정보가 진짜인지 가짜인지 알아보라고 해. 빨리 해!"

우람한 체격을 지닌 자가 전화통 앞으로 다가앉아 서울로 장거리 전화를 걸었다.

여덟 명의 형사들이 부산에 도착한 것은 서쪽 하늘이 노을로 붉게 타오르고 있을 때였다. 먼저 내려와서 현장을 답사한 두 명의 형사들이 그들을 현장으로 안내했다.

그러니까 여봉우 형사의 수사진 모두가 부산으로 내려온 것이었고, 그런 점에서 수사본부를 부산으로 임시로 옮겼다고 볼 수가 있었다.

답사를 끝낸 그들은 개별적으로 임시 본부로 모여들었는데, 임시 본부를 차린 곳은 봉고차 안이었다. 그들은 그것을 서울서부터 몰고 내려왔는데 그 겉면에는 'S전자 이동 서비스 센터'라는 글귀가 적혀 있었다. 창문에는 커튼이 드리워져 안에서 무슨 일이 벌어지고 있는지 전혀 알 수 없게 되어 있었다.

냉방이 시원치 않아 차 안은 무더웠다. 더구나 여덟 명의 사내들이 뿜어 대는 담배 연기와 체온으로 하여 차 안은 갈수록 더욱 더워지는 것 같았다.

"싸움이 벌어지면 우리가 이길 것이라는 보장이 없어요. 우리는 우선 수적으로 열세일 수도 있고, 또 놈들처럼 발악적일 수가 없으니까 말이야. 놈들은 목숨을 걸고 대항할 텐데 우리가 거기에 어떻게 대비해야 할지 각자 한번 생각해 봐요. 난 부상자가 생길까 봐 걱정이오. 저쪽에 부상자가 생기는 건 상관없는데 우리 쪽에 부상자가 생기면 곤란하단 말이야."

여우의 말이었다. 좀처럼 땀을 흘리지 않는 그도 얼굴에 땀이 번져 있었다.

"지원 병력을 부르죠."

젊은 형사가 의견을 말했다.

"그것도 생각해 봤는데…… 아무리 열세이더라도 우리 힘으로 해결하는 게 낫겠다 싶어 그만둔 거야. 이곳 형사들은 우선 얼굴이 알려져 있기 때문에 그들이 떼를 지어 황금종에 나타나면 금방 분위기가 이상해질 거란 말이야. 그들이 조심성 없이 냄새를 피우고 돌아다니면 모두 도망가 버리고 말 거야. 그래서 부르지 않기로 한 거야."

"놈들은 다급하면 손님들을 인질로 잡고 난동을 부릴지도 모릅니다. 나는 그 가능성이 제일 크다고 보는데요."

이것은 나이가 제일 많은 형사의 말이었다. 그 말에 모두가 침묵했다. 그것은 아주 적절한 지적이었던 것이다.

"그렇다고 손님들을 못 들어가게 할 수도 없고…… 그럼 어떡하지?"

여우는 곤혹스런 표정으로 수사관들을 둘러보았다.

늙은 형사가 다시 입을 열었다.

"만일 인질 사건으로 확대되면 기자들이 몰려들 거고…… 그렇게 되면 사건은 의외의 방향으로 확대될지도 모릅니다. 전국적인 관심사로 말입니다. 그렇게 되면 좀 곤란하지 않을까요?"

"곤란한 정도가 아니지. 그렇게 돼서는 안 되지."

문제점만 제기되었지 거기에 대한 뾰족한 해결책은 나오지 않고 있었다.

"놈들은 무기를 가졌지만 우리는 무기를 가지고 있지 않다는 점도 문제입니다."

"우리가 무기를 가지고 있다 해도 놈들을 당할 수는 없어요. 놈들은 사정없이 흉기를 휘두를 텐데……"

"안 되면 이걸로 해결할 수밖에 없어."

그렇게 말하면서 여우는 허리춤에서 권총을 꺼내 들었다.

납치

날이 어두웠다. 여름철이라 이미 8시가 지난 시간이었다.

애꾸는 손목시계를 들여다보고 나서 신경질을 냈다.

"서울에서는 도대체 왜 전화가 없어? 이 새끼들, 정말 화끈한 맛을 봐야 알겠어?"

그의 말이 떨어지기가 무섭게 한 명이 전화통 앞으로 달려가 서울로 장거리 전화를 부탁한다.

애꾸는 비스듬히 드러누운 채 통화가 끝나기를 기다렸다가 보고를 받는다.

"아직 명태를 만나지 못했답니다. 어디 갔는지 보이지 않는답니다. 지금 총동원해서 찾고 있답니다."

애꾸는 벌떡 몸을 일으켰다.

"명태라는 새끼 어디로 내뺀 거 아니야?"

애꾸의 외눈이 짱구를 노려본다. 짱구는 움찔 놀라 그의 시선을 피했다.

"그럴 리가 없을 겁니다. 그럴 애가 아닙니다."

애꾸는 손가락으로 짱구를 가리키며 말했다.

"만일 문제가 발생하면 네가 책임지는 거야. 만일 문제가 발생하면 넌 죽을 줄 알아. 알았어?"

"네, 알았습니다."

짱구는 사색이 되어 머리를 조아린다.

애꾸는 손도끼를 하나 집어 들더니 커버를 벗겨 내고 그것으로 갑자기 방바닥을 콱 찍었다. 장판 바닥이 파이면서 시멘트가 드러났다.

"도끼를 보면 무조건 이렇게 찍어! 우물쭈물할 필요 없어!"

그러자 소크라테스가 조심스럽게 한 마디 했다.

"서울에서 소식 오는 거 봐서 행동하는 게 어떨까요? 신중을 기하는 게 아무래도……"

그의 말을 애꾸의 다음 말이 막았다.

"필요 없어! 우물쭈물하다가 그 새끼를 놓칠지도 모르니까 오늘부터 대기해. 각자 지정한 제 위치를 잘 지켜. 놓치면 안 돼. 자, 출동해!"

먼저 두 명이 품속에 도끼를 품고 밖으로 나갔다. 조금 있다가 다시 두 명이 사라졌다. 그런 식으로 10명이 밖으로 조용히 빠져 나갔다.

이제 방 안에는 애꾸를 포함해서 4명이 남아 있었다.

애꾸는 가방을 들고 욕실로 들어갔는데 20분쯤 지나자 웬 여자가 밖으로 나왔다.

"어때?"

여자는 엉덩이를 내밀어 보이며 물었다. 목소리는 영락없는 남자였다.

"감쪽같은데요. 전혀 몰라보겠는데요."

부하들이 감탄하자 애꾸는 빨간색의 점퍼를 열어 보였다. 그의 가슴에는 브래지어까지 걸려 있었다.

"한두 번 해서 이렇게 되는 줄 알아? 열두 번이나 연습했어, 이 새끼들아."

"철두철미하십니다."

"하려면 철저히 하고 안 하려면 아예 그만두는 거야."

립스틱을 빨갛게 칠한 입술을 여자처럼 오므리면서 말하는 바람에 모두가 웃는다.

그는 퍼머 머리를 뒤집어쓰고 있었다. 그것도 노랗게 물들인 가발이었다. 빨간 점퍼 밑에는 흰 바지를 입고 있었다. 어깨에는 핸드백까지 걸어 놓고 있었다.

"문제는 이 안대야."

"하지만 여자로 알 텐데요, 뭐."

"하지만 그대로 두는 것보다는 이 위에다 안경을 끼는 거야." 그는 안대 위에다 검은 테의 안경을 끼었다. 그렇게 꾸미고 보니 정말 그럴 듯해 보였다.

"그럴 듯한데요."

"귀신이라도 날 못 알아보겠지?"

애꾸는 허옇게 분칠한 얼굴을 쳐들고 웃었다.

그는 마지막으로 도끼를 가슴에 품고 밖으로 나갔다. 나머지 세 명도 각자 흉기를 간직하고 그의 뒤를 따랐다.

일단 모텔 밖으로 나오자 애꾸는 우람하게 생긴 부하의 팔짱을 끼었다.

그의 키는 부하보다 훨씬 작았다. 누가 보기에도 그들은 연인관계 같았다. 남자가 우산을 펴 들었다. 날이 저물면서 비가 다시 내리고 있었던 것이다.

"이 새끼야, 뻣뻣이 걸어가지 말고 정답게 내 어깨를 감싸란 말이야. 그게 안 꼴려서 못 하겠어?"

팔꿈치로 우람한 부하의 옆구리를 내지르자 그는 얼굴을 찡그렸다.

"아, 아닙니다. 그럼 껴안겠습니다."

그는 애꾸의 어깨를 감싸 안았다.

다른 두 명은 3미터쯤 떨어져 뒤따라왔다. 그들은 잠시도 애꾸한테서 눈을 떼어서는 안 된다는 지시를 받고 있었다.

나이트클럽 황금종 입구에는 애꾸의 부하 두 명 어슬렁거리고 있었다. 애꾸는 그들을 흘겨본 다음 건물 안으로 들어갔다.

황금종은 2층에 자리 잡고 있었다. 1층은 식당이었다.

황금종이 들어 있는 건물로부터 10여 미터쯤 떨어진 곳에 S전자 이동 서비스 센터라고 소속을 밝힌 봉고차 한 대가 주차해 있었다.

"눈에 안대를 한 여자가 남자 한 명과 함께 들어갔습니다. 꼭 끌어안고 들어가는 걸 보니까 애인 사이인 것 같은데요."

망원경으로 황금종 입구를 감시하고 있던 형사가 말했다.

돌아앉아 있는 여우는 그 말에 아무 반응도 보이지 않았다. 그는 너무 피로했기 때문에 눈을 감고 있었다.

망원경을 들고 황금종 입구를 감시하고 있는 사람이 또 한 명 있었다. 그는 형사가 아닌 나이 어린 청년이었다. 청년이야말로 유일하게 애꾸의 얼굴을 알고 있었다. 그 역시 눈에 안대를 한 여자가 황금종 안으로 들어가는 것을 보긴 했지만 그것은 보고할 거리가 못 되었기 때문에 아무 말도 하지 않았다. 그가 그녀와 동행한 남자의 얼굴을 보았던들 가만있지는 않았을 것이다. 그런데 그 여자와 동행한 그 건장한 남자는 우산으로 앞을 가리고 있었기 때문에 얼굴이 보이지 않았던 것이다.

"야, 명태! 잘 보고 있어야 해."

여우가 눈을 감은 채 주의를 주자 비쩍 마른 청년은,

"네, 잘 보고 있습니다. 현재 모두 해서 열두 명 나타났습니다. 두 명은 여전히 밖에 대기하고 있습니다."
하고 말했다.

"열두 명 모두 애꾸의 부하란 말이지?"

"네, 그렇습니다. 제가 모두 아는 얼굴들입니다."

"열네 명이 내려왔다면 아직 두 명이 안 나타났군."

"애꾸하고 또 한 명이 안 나타났습니다. 조금 기다리면 나타날 겁니다. 애꾸는 조심성이 많은 놈입니다."

"만일 놈이 부하들만 들여보내 놓고 자신은 끝내 안 나타나면 어떡하지?"

 그 말에는 아무도 대답하지 않았다.

 여우는 권총을 꺼내 탄환을 하나씩 재어 넣었다. 제발 그것을 사용하지 않게 되기를 바라는 마음은 간절했지만 그렇게 될지는 의문이었다.

 명태는 애꾸 밑에 있다가 생각을 고쳐먹고 경찰 쪽으로 돌아선 인물이었다. 그러니까 그들 세계의 말에 따른다면 배신자였다. 지금 형사들의 보호를 받고 있긴 하지만 그는 사실 공포에 질려 있었다.

 배신행위가 밝혀지는 것은 시간 문제였다. 배신자에 대한 형벌은 가혹했다. 그는 어떻게든 붙잡히지 않고 무사히 빠져 나갈 수 있기만을 바라고 있었다.

 그에게는 명자라고 하는 사랑하는 여자가 있었다. 그녀는 그보다 네 살이 더 많은 창녀였다. 그러니까 사창가에서 알게 된 여자였다. 얼굴은 변변치 못했지만 그녀의 마음씨만은 천사 같았다. 밑바닥 똘마니로 궂은 심부름이나 하는 명태에게 그녀는 친누이 이상으로 다정하게 굴었다. 철따라 양말이며 옷가지를 사주기도 하고 틈틈이 용돈도 손에 쥐어 주곤 했다. 그런 사이에 명태는 그녀의 신앙에 감화되어 갔다. 그녀는 독실한 기독교 신자였다. 오누이 관계는 어느 새 사랑하는 사이로 발전되어 있었고, 그는 사창가에서 명자를 구해 내는 것이 자신의 의무라고 생각하게 되었다. 명자를 구해 내어 둘이서 아무도 모르는 시골 외딴 곳에 가서 농사나 지으며 살아야겠다고 그는 그 나름대로 생각을 먹었다. 그러나 그것은 쉬운 일이 아니었다. 무엇보다도 명자를 사창가에서 빼내려면 큰 돈이 필요했다. 명자가 지고 있는 빚은 자그마치 2백 50만 원이나 되었다. 그것은 명자가 빠져 나가지 못하게 포주가 어거지로 떠다 안긴 빚이었지만 그것을 갚지 못하는 한 명자는 한 발짝도 사창가를 벗어날 수 없다는 것을 명태는 잘 알고 있었다.

도저히 자신의 힘으로는 해결할 수 없는 그 문제로 명태는 고뇌의 나날을 보내야만 했다. 그렇지 않아도 비쩍 마른 그는 그 때문에 더욱 말라만 갔다. 그렇게 보내기를 1년 남짓. 그런데 며칠 전 명자를 구해 낼 수 있는 기회가 찾아왔다. 안면이 있는 형사가 일거리를 가지고 온 것이다. 그것은 애꾸를 체포하는 데 협조해 달라는 것이었다. 명태가 펄쩍 뛰자 형사는 애꾸의 귀에 들어가게끔 거짓 정보를 흘려주기만 하면 된다는 것이었다. 명태는 생각 끝에 그 제의를 수락하기로 하고 그 대신 명자를 사창가에서 꺼내 달라고 부탁했다. 그 조건을 받아들이지 않으면 자기도 경찰의 부탁을 들어줄 수 없다고 버텼다. 형사는 명태의 부탁을 들어주기로 했다.

사실 경찰이 손만 쓴다면 창녀 한 명쯤 사창가에서 꺼내 주는 것은 아주 간단한 일이었다.

명자는 곧 풀려났고, 두 사람만 알고 있는 시골로 먼저 피신했다. 명태는 일이 끝나는 대로 뒤따라가 그녀와 합류하기로 되어 있었다.

10시가 지났다. 그러나 애꾸는 나타나지 않고 있었다. 그의 부하들은 그대로 황금종을 떠나지 않고 있었다.

형사 다섯 명은 황금종 안에 들어가 있었다. 그 중 한 명이 수시로 3층으로 올라가 무전기로 임시본부와 연락을 취했다. 3층은 여관으로 사용되고 있었다. 경찰은 여관에다 방 하나를 얻어 놓고 있었다. 형사는 무전기를 들고 그 방으로 들어가 임시본부와 연락을 취하곤 했다.

10시 40분에 여우는 다시 무전 연락을 했다.

"자리는 거의 다 찼습니다. 그러나 그 자로 보이는 자는 아직 나타나지 않았습니다."

"인내심을 가지고 기다려야 해. 놈이 언제 나이트클럽에 나타날지 모르니까 말이야. 그리고 오늘 밤에 꼭 나타난다는 보장은 없단 말이야."

"명태를 안으로 들어오게 할 수는 없을까요?"

"그게 좋겠지만 안 돼. 그가 위험해."

"도대체 눈에 안대를 하고 있는 사람이라고는 여자 한 명뿐입니다."

"더 기다려 봐. 아직 시간은 많이 있으니까."

11시가 지났다. 11시 30분에 여우는 차에서 나와 황금종 안으로 들어갔다. 지 형사가 그와 동행했다.

실내는 넓었다. 그 많은 자리가 손님들로 가득 차 있었다. 허벅지까지 올라오는 미니스커트 차림의 아가씨들이 테이블 사이를 돌며 술시중을 들고 있었다. 귀를 막고 싶을 정도로 시끄러운 음악이 실내를 가득 채우고 있었다. 그 음악에 맞춰 플로어에서는 많은 남녀들이 몸을 흔들어 대고 있었다.

 눈에 안대를 하고 있는 사람은 쉽게 눈에 띄었다. 그러나 그 사람은 여자였다.

 그녀는 어두운 구석 자리에 남자와 함께 앉아 있었다. 여우의 시선은 그녀 위에 잠깐 머물렀다가 다른 곳으로 이동했다. 그는 두 번 다시 그녀를 쳐다보지 않았다.

 새벽 1시까지 앉아 있는 동안 그와 지 형사가 마신 술은 맥주 한 잔씩뿐이었다. 그는 철수하라고 신호를 보낸 후 먼저 그 곳을 빠져 나왔다.

 7월 31일,

 애꾸가 모텔로 돌아온 것은 새벽 2시가 지나서였다. 그는 화가 머리끝까지 치밀어 올라 있었다.

 모텔 방 안으로 들어서자마자 화가 나서 가발을 벗어 던지며 그는 소리쳤다.

 "도대체 도끼라는 놈은 그림자도 보이지 않았어! 허탕 치는 거 아니야?"

 방 안은 쥐죽은 듯 조용해졌다. 제일 입장이 난처해진 것은 짱구라는 자였다.

 "짱구, 너 이 새끼! 왜 아무 대답이 없어? 도끼는 왜 안 오는 거야?"

 "안 올 리가 없을 텐데요."

 "안 왔지 않아! 명태 잡았는지 알아 봐!"

한 명이 또 서울로 전화를 걸었다.

그 동안 애꾸는 욕실로 들어가 여자로 분장하느라 덕지덕지 바른 화장을 지우고 얼굴을 씻었다.

"아직 명태를 못 찾았답니다."

서울로 전화를 걸었던 자가 열린 욕실 문 사이로 고개를 디밀고 말했다.

"그 새끼 내뺀 게 틀림없어."

욕실을 나온 그는 씨근거리며 부하들을 노려보았다.

"포기하고 서울로 올라가는 게 좋을 것 같습니다 명태를 아직까지 찾아 내지 못했다는 게 아무래도 이상합니다. 뭔가 이상한 느낌이 드는데요."

이렇게 말한 사람은 소크라테스였다.

애꾸는 고개를 끄덕이다가 결정을 내렸다.

"허탕 치는 셈치고 한 번 더 기다려 보는 거야."

같은 시간에 경찰도 같은 결정을 내리고 있었다.

비는 여전히 내리고 있었다.

날이 어둑어둑해지자 여우는 봉고차를 황금종 입구 가까운 곳에 바싹 갖다 대게 했다. 거기서는 망원경을 사용하지 않고도 출입자들을 알아볼 수 있었다.

어제처럼 먼저 애꾸의 부하들이 짝을지어 나타났다. 9시가 지나자 12명이 모두 그 모습을 드러냈다. 그 중 두 명은 바깥에 대기했다.

"오늘도 그 여자가 오는데요."

출입구를 감시하던 명태가 말했다.

"그 여자라니?"

"눈에 안대를 댄 여자 말입니다."

여우는 남자의 팔짱을 낀 채 가까이 다가오는 여자를 바라보았다. 남자는 키가 건장했다. 그는 꾸부정한 모습으로 걸어오고 있었는데 앞으로 우산을 기울이고 있었기 때문에 그의 얼굴 모습은 가려 보이지가 않았다.

그들이 출입구 앞에 거의 이르렀을 때 갑자기 돌풍이 불었다. 그 바람에 우산이 뒤로 휙 젖혀졌다.

"어? 저건 그놈 아니야!"

명태가 몸을 일으키며 말했다.

"그놈이라니, 누구 말이야?"

그 때 두 사람은 이미 안으로 사라지고 있었다.

"방금 눈에 안대한 여자하고 함께 들어간 놈 말입니다. 그놈도 애꾸 부하입니다. 장다리라고 애꾸 보디가드입니다."

"그래?"

여우와 명태의 시선이 뜨겁게 부딪혔다.

연 이틀 계속 같은 곳에 나타나는, 눈에 안대를 하고 있는 여자. 그리고 그 여자를 꼭 붙어다니고 있는 건장한 사내. 여우는 아연 긴장해서 소리쳤다.

"바로 그 여자야!"

여우는 명태의 어깨를 탁 쳤다.

"네, 그러고 보니까……"

명태가 사색이 되어 중얼거리고 있을 때 여우는 이미 워키토키로 지시를 내리고 있었다.

"눈에 안대를 하고 안경을 끼고…… 빨간 점퍼를 입은 여자가 바로 애꾸다! 애꾸가 여장을 한 게 틀림없어! 모두 준비하고 대기하고 있어, 곧 가겠다! 내 신호가 있을 때까지는 아무도 덮치지 마!"

3층 여관방에서 무전을 수신한 형사대는 즉시 나이트클럽으로 달려갔다.

여우는 맥주 한 잔을 기울이며 안대를 한 그 여자를 바라보고 있었다.

그녀는 어제의 그 자리에 그 남자와 함께 앉아 있었다. 플로어에 나가 춤을 추거나 하지 않고 계속 그 자리에 앉아 줄담배만 피워 대고 있었다.

10시 반이 지났다. 그러나 여우는 아무런 지시도 내리지 않고 있었다. 그는 애꾸가 혼자 떨어질 때를 기다리고 있었다. 지금 같은 때에 덮치다가는 그와 그의 부하들에게 무기를 꺼낼 기회를 주기 때문에 많은 희생을 각오하지 않으면 안 된다는 것을 알고 있었다. 경우에 따라서는 목숨을 잃는 사람도 나올 수가 있다. 그는 희생을 최소한으로 줄이고 싶었다. 그들에게 무기를 꺼낼 기회를 주고 싶지 않았다.

11시가 가까웠을 때 애꾸가 일어서는 것이 보였다. 그의 보디

가드도 일어서고 있었다. 절호의 기회였다. 여우는 부하들에게 신호를 보냈다.

애꾸와 그의 보디가드는 소변을 보려는지 화장실 쪽으로 다가가고 있었다.

화장실은 남녀 구분이 되어 있었다. 형사들은 일제히 화장실 쪽으로 접근했다.

애꾸는 여자 화장실 안으로 사라지고 장다리는 그 앞에 잠시 서 있다가 남자 화장실 안으로 들어갔다. 그를 따라 두 명의 형사가 남자 화장실 안으로 들어갔다.

여우는 두 명의 부하를 데리고 여자 화장실 안으로 들어갔다. 다른 두 명에게는 출입구를 지키게 했다.

거울 앞에서 화장을 고치고 있던 두 명의 여자가 눈을 휘둥그렇게 뜨고 그들을 바라보았다. 아마 그녀들은

'어머나, 여긴 여자 화장실인데요'

하고 말하려 했을 것이다.

그러나 그보다 먼저 여우가 그녀들을 제지했다. 그는 손가락을 입으로 가져가면서 아무 말도 하지 말라는 표시를 해 보였다. 형사들의 표정이 너무 살벌했기 때문에 그녀들은 놀라서 아무 말도 못하고 서둘러 화장실을 나갔다. 여우는 그 여자들 중의 한 명을 붙잡고 작은 소리로 물었다.

"경찰이 수색 중입니다. 방금 전에 눈에 안대를 한 여자 어디로 들어갔나요?"

"가운데 칸이오."

화장실에는 칸막이 된 용변실이 세 개 있었다.

형사들은 가운데 칸으로 다가섰다. 문 양 옆으로 한 명씩 붙어 서고 건장한 형사가 가운데에 지켜 섰다.

건장한 형사는 가죽장갑을 꺼내 끼었다. 근육질의 어깨가 간지럽다는 듯 꿈틀거렸다.

물 흐르는 소리가 나더니 조금 후에 문이 열렸다.

애꾸는 완전히 방심하고 있었던 것 같았다.

그는 문 앞을 가로막고 서 있는 사람을 잠시 멍하니 바라보다가 그를 비켜 가려고 했다.

그 때 번개같이 손이 뻗어 와 그의 머리칼을 잡아챘다. 가발이 홱 벗겨져 나가자 애꾸는 그제서야 정신을 차리고 품속에서 도끼를 꺼내려고 했다.

그러나 그보다도 먼저 무술형사의 무쇠 같은 주먹이 그의 얼굴을 강타했다. 단 일격에 그는 뒤로 벌렁 나가떨어졌다. 이어서 구둣발이 그의 복부로 날아들었다. 애꾸는 숨넘어가는 소리를 냈다. 옆칸에서 일을 보고 나오던 여자가 놀라 비명을 지르려는 것을 형사가 제지했다.

"소리 지르지 말고 조용히 밖으로 나가요, 아무 일이 없었던 것처럼."

건장한 형사는 애꾸를 깔고 앉아 두어 번 더 얼굴을 갈겼다. 엄청난 힘으로 갈겼기 때문에 그의 얼굴은 금방 으깨져 버렸다. 그는 이미 저항할 힘을 잃고 있었다.

"수갑을 채워!"

여우의 명령에 형사는 애꾸의 팔을 등 뒤로 비틀어 손목에 수갑을 채웠다.

애꾸는 그 때까지도 도대체 누구한테 당하고 있는 것인지 모르고 있는 것 같았다. 피로 뒤범벅된 얼굴은 고통으로 잔뜩 일그러져 있었다.

형사들은 그가 소리치지 못하게 입에 재갈을 물린 다음 준비해 가지고 온 큰 자루를 덮어 씌었다. 워낙 자루가 컸기 때문에 애꾸의 몸은 완전히 그 속으로 들어갔다. 형사들은 자루를 단단히 묶은 다음 그것을 들고 화장실을 나왔다. 모든 것은 불과 5분도 안 걸린 사이에 일어난 일이었다. 그만큼 전격적으로 해치웠다고 볼 수 있었다.

대형 자루를 들고 나가자 웨이터들이 이상하게 생각하고 우루루 다가왔다. 그러나 그들이 접근하기 전에 형사들이 일 대 일로 그들을 가로막고 상대했기 때문에 문제는 발생하지 않았다. 형사들이 신분을 밝히면서 모른 체하라고 하자 그들은 잠자코 물러났던 것이다.

한편 남자 화장실에서는 이상한 광경이 벌어져 있었다. 건장한 사내가 손목에 수갑이 채워진 채 사람들의 웃음거리가 되고 있었던 것이다.

화장실에는 사람 몸통처럼 굵은 하수도 파이프가 기둥처럼 서 있었는데 그 건장한 사내는 그것을 끌어안은 상태에서 양손에 수갑을 차고 있었기 때문에 몸을 뺄 수가 없었다. 형사들은 애꾸의 보디가드를 그렇게 만들어 놓고 그 곳을 조용히 빠져 나갔던 것이다.

봉고차는 정확히 8분 후에 출발했다.

그런 줄도 모르고 애꾸의 부하들은 그 때까지도 클럽에 앉아 있었다. 그들이 애꾸에게 이상이 발생했음을 발견한 것은 그들 중 한 명이 화장실에 들렀다가 장다리의 수갑을 찬 우스꽝스러운 모습을 보고서였다.

그러나 그 때는 이미 봉고차가 떠나고 나서 10분이나 지난 뒤였다. 그들은 우르르 밖으로 달려 나갔지만 감쪽같이 사라져 버린 애꾸를 어디 가서 찾는단 말인가!

이상한 사람들

오른쪽으로는 시커먼 강물이 흐르고 있었다. 홍수로 강물은 많이 불어 있었다. 낮에 보면 누런 흙탕물이겠지만 어두운 밤이라 강물은 검게 보이고 있었다.

고급 승용차 한 대가 강물을 따라 달리다가 왼쪽 산허리로 뚫린 소로로 접어들었다. 소로의 입구에는 '해바라기 농장'이라는 조그만 간판이 서 있었다. 그것은 나무숲이 우거진 사이에 초라한 모습으로 서 있었기 때문에 주의 깊게 보지 않으면 거의 눈에 띄지 않을 정도였다. 길은 포장이 되어 있지 않아 몹시 울퉁불퉁했다.

차 안에는 운전사까지 포함해 다섯 사람이 타고 있었다. 모두가 남자들이었다. 차 안에는 일본 가수가 부르는 노래가 흐르고 있었다.

얼마 후 차는 다시 왼쪽으로 커브를 돌아 울창한 숲 속 길을 5분쯤 달리다가 이윽고 철제 대문 앞에서 멈춰 섰다. 대문 옆 기둥에도 '해바라기 농장'이라는 간판이 역시 초라한 모습으로 걸려 있었다. 철봉을 세워서 만든 문이었기 때문에 안쪽으로 뻗어 있는 콘크리트 포장길이 훤히 들여다보였다.

무섭게 생긴 셰퍼드 두 마리가 달려와 문 저쪽에서 사납게 짖어 대기 시작했다. 허락 없이 집 안으로 들어서는 자는 가차 없이 물어뜯어 죽일 것 같은 그런 기세였다.

대문 안쪽에 경비실이 있었다. 대문 양쪽으로는 철조망이 뻗어 가고 있었다. 그것은 이중으로 된 철조망으로 외부의 침투에 대비한 듯 매우 견고하게 설치되어 있었다. 아주 넓은 지역을 둘러싸고 있는 듯이 보였다.

승용차가 불빛으로 신호를 보내자 경비실에서 사람이 나와 앞자리에 앉아 있는 사람들을 살핀 후 대문을 열었다.

차는 숲 속으로 나 있는 포장도로를 다시 한참을 달려갔다. 차가 달리는 거리로 보아 농장은 매우 넓게 자리를 잡고 있는 것 같았다.

콘크리트 포장도로는 계속 꼬불꼬불 이어지다가 이윽고 드넓은 공지로 들어섰다. 공지에는 잔디가 깔려 있었고 그 저쪽 끝에는 2층 양옥이 한 채 서 있었다. 포장길은 잔디밭을 가로질러 그 양옥 앞에까지 이어져 있었다. 붉은 벽돌로 지은 그 집은 담쟁이 덩굴로 뒤덮여 있었고, 그 주위는 앞면을 빼고는 숲으로 둘러싸여 있었다. 집 앞 잔디밭에 서 있는 두 개의 전등이 주위에 은은한 빛을 뿌리고 있었다.

승용차는 잔디밭을 가로질러 가면서 속력을 줄이다가 집 앞에 이르러 이윽고 멈춰 섰다.

 운전대 옆 자리에 앉아 있던 자가 급히 차에서 뛰어내리더니 승용차 뒷문을 열었다.

 뒷자리에 앉아 있던 세 명의 남자가 천천히 차에서 내려 주위를 휘둘러보더니 자기들끼리 일본말로 뭐라고 쑤군거렸다. 아무래도 그런 한적한 곳에 그런 집이 있다는 사실에 좀 놀라는 눈치들이었다.

 현관문이 열리더니 한 사내가 뛰어왔다. 그는 차를 타고 온 세 명의 사내들에게 허리를 깊이 숙여 절을 하고는 굽실거리며 그들을 안내했다.

 그들은 다섯 개의 계단을 올라가 양옥집의 현관 안으로 들어섰다.

 거기서부터는 젊은 여자가 그들을 안내했다. 젊다기보다는 앳되게 생긴, 채 스물이 될까말까한 나이 어린 여자였다. 그녀는 어깨와 허벅지가 드러나는 아주 짧은 란제리만 입고 있었는데, 놀랍게도 그것은 속살이 훤히 비치는 것이었다. 더욱 놀라운 것은 그녀가 란제리 안에 아무것도 입고 있지 않다는 사실이었다. 그 때문에 몽실몽실한 젖가슴과 그늘진 음부가 아슬아슬한 느낌으로 방문객들의 시선을 어지럽혔다.

 그녀는 마치 몽유병자처럼 움직이고 있었다. 남자들의 시선에 부끄러워한다거나 하는 기색이 전혀 없이 바보 같은 웃음을 흘리면서 그들을 거실로 안내했다.

 거실에는 값 비싸 보이는 카펫이 깔려 있었다.

일본 말을 지껄이는 세 명의 사내들은 크고 푹신한 가죽 소파에 가서 앉았다.

실내는 냉방이 잘 되어 있어 조금도 덥지 않았다.

그들이 앉아 있는 머리 위 천장에서는 샹들리에의 휘황한 불빛이 흘러내리고 있었다.

실내에는 그들이 온 것을 환영하는 듯 일본 유행가 가락이 흐르고 있었다.

2층으로 통하는 계단에 거구의 한 사내가 나타났다. 콧수염을 기른 중년의 남자였는데 고급 실크로 만든 코발트색의 가운을 입고 있었다. 레슬러처럼 비대한 몸집의 그 사내는 만면에 미소를 띤 채 계단을 내려왔는데, 그가 무겁게 걸음을 옮길 때마다 계단에서는 삐걱삐걱 소리가 났다. 그가 다가오는 것을 보고 방문객들도 자리에서 일어났다.

금테 안경을 낀 거구의 사내는 입에 물고 있던 파이프를 빼면서 방문객들을 향해 손을 내밀었다.

"원로에 오시느라고 수고가 많았습니다."

그는 일본말로 말했고, 방문객들 역시 일본말로 그의 인사를 받았다.

세 명의 방문자들은 일본인들이었다. 한 명은 중년이었고 나머지 두 명은 30대의 젊은이들이었다. 중년의 일본인은 비쩍 마른 데다 얼굴빛이 검었다. 그리고 브라운 빛깔이 도는 안경에 가려진 두 눈은 초점을 맞추지 못하고 자꾸만 엇갈리고 있었다. 심한 사시였다. 그는 푸른 와이셔츠 위에 체크무늬의 저고리를 걸치고 있었다.

두 명의 젊은이들은 똑같이 점퍼 차림이었다. 그리고 머리는 퍼머를 했는지 하나같이 곱슬곱슬했다.

"이런 깊은 산골로 데리고 오기에 우리는 꼭 납치되는 줄 알았습니다."

사팔뜨기가 한 마디 하자 레슬러처럼 생긴 거구의 사내는 껄껄거리고 호탕하게 웃었다. 그렇지 않아도 작은 눈이 웃는 얼굴이 되자 완전히 감겨 버렸다. 그는 두 손가락으로 콧수염 끝을 비비면서

"오시느라고 불편하셨을 겁니다. 하지만 거기에 대한 보상은 충분히 해 드리겠습니다. 이래뵈도 여기에는 없는 것이 없습니다. 좋은 술에다 싱싱한 미녀까지 있으니까요."

하고 말했다.

그렇게 말하고 나서 그는 뭐가 그렇게 우스운지 또 껄껄거리고 웃었다.

"여기에 이런 훌륭한 집이 있는지 몰랐습니다. 마치 숲 속의 궁전 같은데요."

이야기는 주로 레슬러처럼 생긴 사내와 일본인 사팔뜨기 사이에 오갔고, 다른 두 명은 조용히 경청하고만 있었다.

"자, 그럼 한잔하면서 이야기를 나눌까요?"

주인은 손님들을 방 안으로 안내했다.

방 안에는 이미 술상이 마련되어 있었다. 그야말로 호화판 술상이었다. 조금 있자 문이 열리면서 란제리 차림의 어린 아가씨

들이 사뿐히 들어왔다. 모두 네 명으로 하나같이 아름다운 얼굴에 미소를 띠고 있었다. 그녀들의 그 미소는 기계적으로 억지로 지어낸 것 같았다.

"야, 이거 대단한 미인들인데요."

사팔뜨기가 입을 벌리며 그녀들을 바라보았다.

그의 말대로 아가씨들은 모두가 미인들이었다. 몸매도 아름다웠고 피부는 눈처럼 희고 싱싱했다.

"횟감으로는 그만이지요."

주인 사내가 능글맞은 미소를 띠며 말하자 일본인은 머리를 끄덕였다.

"정말 그렇겠는데요. 여기에 이런 미인들이 있는 줄은 정말 몰랐습니다."

"잘 봐주시니 고맙습니다."

여자들은 마치 꿈속을 걷는 것처럼 움직였다. 하나같이 몽롱한 상태 속에 빠져 있는 그런 표정들이었다.

그녀들은 각자 흩어져 남자들 사이에 짝을 지어 끼여 앉았다. 그 중 제일 돋보이는 아가씨는 스스럼없이 콧수염의 품에 가서 안겼다.

"호호호…… 언제 봐도 요건 귀엽단 말이야."

콧수염의 사내는 그녀의 엉덩이를 두드리며 사팔뜨기를 힐끗 쳐다보았다.

사팔뜨기는 자기 곁에 앉아 있는 아가씨보다는 콧수염의 품에 안겨 있는 아가씨의 미모에 더 홀린 것 같았다.

"요놈 이름은 장미라고 하는데…… 내가 여기서 제일 귀여워하는 놈이지요. 요놈 때문에 내가 요새 회춘을 하고 있다니까요. 껄껄껄……"

콧수염은 갑자기 란제리의 어깨 끈을 벗겨 냈다. 란제리가 밑으로 흘러내리면서 그녀의 젖가슴이 드러났다. 콧수염은 그녀의 겨드랑이 밑으로 손을 넣어 젖가슴을 움켜잡았다. 장미는 얼굴을 뒤로 젖히며 소리 없이 웃었다.

"이걸 보십시오. 이렇게 멋진 젖가슴을 보신 적이 있습니까? 이게 열여섯 살짜리 젖가슴입니다. 열여섯 살짜리 가슴이라고는 도저히 믿어지지 않을 겁니다. 이렇게 풍만하고 단단하고 탄력이 있는 젖가슴은 정말 보기 드물죠. 일어서 봐!"

장미는 기계적으로 일어섰다. 조금도 부끄러워하거나 저항하는 기미 같은 것은 보이지 않았다. 그녀는 명령에 따라 움직이는 노예 같았다.

란제리가 발등으로 떨어지면서 그녀의 새하얀 나체가 완전히 드러났다.

그녀는 남자들 앞에 서서 콧수염이 시키는 대로 몸을 이리저리 움직였다.

그것은 미국 영화에서 마치 흑인 노예들이 팔려 가기 전에 백인들 앞에 자기 몸을 상품으로 내놓고 전시하는 것 같은 그런 장면이었다.

거구의 사내는 그녀의 엉덩이를 쓰다듬으며 한바탕 자랑을 늘어놓았다.

"이 엉덩이를 보십시오. 얼마나 멋집니까. 크고 육감적이면서도 균형미가 있지 않습니까. 이 다리는 얼마나 늘씬합니까. 너희들도 그러고 있지 말고 옷을 모두 벗어!"

 나머지 세 아가씨들도 말이 떨어지기가 무섭게 일제히 란제리를 벗었다.

 "장미야, 넌 여기 있지 말고 저 손님한테 가서 술을 따라 드려라. 귀한 손님이니까 시중을 잘 들어야 한다. 그리고 양귀비 너는 이쪽으로 와."

 아가씨들의 표정은 조금도 변하지 않았다. 그녀들은 아무렇지도 않다는 듯 자리를 바꿔 앉았다.

 장미가 자리를 바꿔 옆에 다가앉자 사팔뜨기는 비로소 흡족한 표정이었다.

 두 명의 젊은이들은 어느 새 벌거벗은 아가씨들의 몸을 희롱하고 있었다.

 "길을 잘 들여 놨군요. 약을 먹였나요?"

 사팔뜨기가 장미의 가슴을 어루만지며 물었다.

 "네, 약을 안 먹일 수가 없지요. 정상적인 상태에서는 이럴 수가 없으니까요. 약을 먹이면 우선 부끄러움 같은 것이 없어지니까 다루기가 쉽지요."

 "중독이 되겠군요?"

 "할 수 없죠."

 "오 사장의 솜씨는 정말 보통이 아닙니다. 우리도 많이 배워야 할 것 같은데요."

이상한 사람들 · 337

일본인은 레슬러처럼 생긴 사내를 오 사장이라고 불렀다.

그는 장미가 따라 주는 술을 받아 일부러 빨리 취하고 싶다는 듯 그것을 단숨에 들이켰다. 그리고 장미가 젓가락으로 집어 주는 안주를 받아먹었다.

취기가 돌자 남자들도 하나 둘씩 옷을 벗기 시작했다. 그들이 옷을 벗게끔 아가씨들이 도와주었다. 그러나 그들은 마지막 하나만은 벗으려 들지 않았다. 그들은 팬티 하나만 걸친 채 술을 마셨다. 아가씨들이 그것을 벗기려 들면 개중에는 아가씨들의 손에서 몸을 피하려 들었고, 그러면 아가씨들은 깔깔거리고 웃어 대는 것이었다.

"이런 미인들은 어떻게 모았습니까?"

"다 모으는 수가 있지요. 하지만 쉬운 일은 아니지요. 모든 일이 다 그렇지만 피나는 투쟁이 없이는 이런 미인들을 얻을 수가 없는 거지요."

오 사장은 그녀들을 모으는 데 있어 몹시 힘이 들었다는 것을 특별히 강조하고 있었다. 그것은 그녀들의 값을 올릴 수 있는 요인이 될 수도 있기 때문이었다.

"어떻습니까, 최상품 아닙니까?"

상대방이 아무 반응을 보이지 않자 오 사장은 마치 물건을 놓고 흥정하듯 물었다.

일본인 사팔뜨기가 고개를 끄덕였다.

"네, 물건은 아주 좋은데 너무 어리군요. 열여섯 살이라면 이제 겨우……"

그의 말이 채 끝나기도 전에 오 사장이 손을 흔들어 그의 말을 막았다.

"어린 것들을 원하지 않았나요?"

"네, 그렇긴 하지만 이렇게 어릴 줄은 몰랐습니다."

"나이만 어리다 뿐이지 몸은 다 컸습니다. 보시면 알겠지만 모두 다 몸 하나만은 기막히게 빠지지 않았습니까. 세계 어디에 내놔도 이런 애들 구하기는 쉽지 않을 겁니다."

"한국 아가씨들이 일본 여자보다 몸이 좋고 아름답다는 것은 인정합니다."

"그리고 이 애들은 하루가 다르게 크고 있습니다. 날이 갈수록 아름다워지지 늙어 가지는 않습니다. 적어도 앞으로 10년 정도는 최고의 값으로 거래할 수가 있을 겁니다."

 그들이 그런 말을 하고 있는데도 여자들은 그들의 말뜻을 아는지 모르는지 계속 바보 같은 웃음을 흘리며 남자들의 품에 안겨 있었다.

"여자들이 어리다는 것은 좋으면 좋았지 흠 될 게 하나도 없을 겁니다. 남자들 모두가 어린 여자를 원하는데 왜 야마다 상께서는……"

 야마다라고 불린 일본인은 손을 내저었다.

"싫다는 뜻은 아닙니다. 너무 어려서 이 애들이 견뎌 낼지 그게 염려스러워서 한 말입니다."

"워언, 별 걱정도 다 하시는군요. 여자는 다 마찬가지입니다. 다 견뎌 내도록 되어 있습니다. 얼마든지 견뎌 낼 테니까 그런 걱정은 하지 않으셔도 됩니다."

"제가 괜한 걱정을 한 건가요?"

술이 몇 순배 돌아 취흥이 도도해지자 남자들은 여자들에게 노래를 부르게 했다.

아가씨들은 돌아가면서 차례로 노래를 불렀는데 하나같이 일본 노래를 불렀다. 언제 그렇게들 배웠는지 멋들어지게 일본 유행가를 불러 대는 것이었다. 장미도 남 못지않게 아름다운 목소리로 노래를 불렀다. 그것도 남자의 품에 안겨서.

그녀들에 이어 이번에는 남자들이 역시 일본 노래를 불렀다. 시간이 흐름에 따라 그들의 목소리는 더욱 높아 갔고, 장단 맞춰 두드려 대는 젓가락 소리도 한층 시끄러워졌다.

노랫소리가 시들해질 때쯤 해서 오 사장은 아가씨들을 내보냈다. 그녀들을 내보내면서,

"손님들 조금 있다 목욕하실 거니까 준비들 하고 있어."
하고 말했다.

여자들이 밖으로 나가자 그들은 비로소 자세를 고쳐 앉고 본격적으로 상담에 들어갔다. 그런데 그 상담이라는 것이 이상한 것이었다.

"몇 명이나 필요하십니까?"

오 사장이 사팔뜨기에게 물었다.

"우리는 많으면 많을수록 좋습니다. 얼마든지 수입하겠습니다. 저 정도라면 얼마든지 좋습니다."

사팔뜨기의 말에 오 사장은 머리를 흔들었다.

"저런 애들은 그렇게 얼마든지 댈 수 있는 물건이 아닙니다. 아주 귀한 거라서 지금 여기서도 구하기가 여간 힘들지가 않습니다. 저 애들 정도라면 정말 최상품으로 어디다 내놔도 손색이 없을 겁니다."

"제가 말하는 것은 열 번에 걸쳐서 하는 일을 단 한 번에 해치우자 이겁니다. 그렇게 하면 여러 번 하는 것보다 위험 부담도 적을 거고, 경비도 적게 들고 여러 면에서 서로 이익이 아닙니까. 서로가 이익이 되는 줄 알고 있는데, 오 사장께서는 생각이 다른가 보지요?"

"그렇지 않습니다. 나도 생각은 마찬가지인데 물건 확보하기가 어려워서 그러는 겁니다. 품질을 까다롭게 따지지 않는다면야 얼마든지 공급이 가능하지만 최상품을 고르자니 그게 어디 쉬운 일입니까?"

"우리는 최상품이 아니면 안 됩니다. 오야붕도 그것을 누차에 걸쳐 강조하셨고, 또 사실 최상품이 아니면 쓸모가 없습니다. 지금 확보된 최상품은 몇 개나 됩니까?"

"열여섯 개입니다."

"그것밖에 안 됩니까?"

일본인은 실망한 표정으로 물었다.

"그것도 최대로 확보한 겁니다. 열여섯 명이면 한 번에 수송이 가능할 겁니다."

"나는 한 오십 명쯤 바라고 왔는데……"

일본인이 볼멘소리로 그렇게 중얼거리자 오 사장은 그의 어깨를 툭 쳤다.

"야마다 상, 성미도 몹시 급하시군요. 첫 거래에 그렇게 많은 인원을 보낼 수가 있습니까. 그쪽에서 성의만 보여 주신다면 나도 열심히 모아 보겠습니다. 사실 그전에는 고작해야 한두 명이었지 않습니까. 그래서 대량 수출 같은 것은 생각지도 못했었지요. 이제 길이 트였으니까 본격적으로 나서 보지요. 아가씨 장사야말로 불경기도 타지 않고 정말 좋은 거 아닙니까. 그야말로 하나하나가 모두 금덩이지요. 사실 금보다도 낫지요. 아가씨들이 계속 돈을 벌어들이니까요. 정말 오야붕께서는 기막힌 아이디어를 가지고 계십니다."

"아이디어는 좋은데…… 결과가 좋게 나와야지요."

"결과야 뭐 뻔한 거 아닙니까."

"자, 그건 그렇고 하나에 얼마씩 받으실 생각입니까?"

"얼마 내놓으실 생각입니까?"

"그거야 받을 사람이 먼저 값을 말해야지요."

"에또…… 보자……"

오 사장은 가운 주머니에서 조그만 계산기를 꺼내더니 손가락으로 숫자판을 콕콕 눌러 댔다.

일본인들은 그의 그런 모습을 냉소 어린 눈으로 쳐다보고 있었다.

거구의 사내는 고개를 갸우뚱하면서 입맛을 다시다가 이윽고 결심한 듯 입을 열었다.

"우리는 이것저것 생각보다 경비가 꽤 많이 들었습니다. 그리고 운반비까지 생각하면…… 적어도 하나당 오백만 엔은 받아야겠는데요."

"오백이라고요?"

어림도 없는 수작 말라는 듯 일본인은 눈을 크게 뜨고 그를 쏘아 보았다.

오 사장은 바위처럼 버티고 앉아 고개를 끄덕였다.

"그것도 최소한으로 부른 겁니다. 위험 부담 같은 것은 생각지도 않은 거지요."

"그건 터무니없는 값인데요? 오백만 엔짜리는 일본에도 없어요."

"도대체 일본에서 저렇게 싱싱한 아이들을 구할 수가 있나요? 저 애들은 황금알을 낳을 애들입니다. 오백만 엔이 비싸다니, 너무 인색하군요."

오 사장은 정색을 하고 말했다.

"우리 오야붕께서는 일백에서 일백오십만 엔 정도로 말씀하셨습니다."

"그 돈으로는 운반비도 나오지 않습니다."

오 사장은 머리를 설레설레 흔들었다.

일본인은 최대한으로 값을 깎으려고 했지만 오 사장이라는 자는 5백만 엔 이하로는 절대 안 된다는 식으로 단호하게 나왔다. 일본인이 여자들의 매력에 홀딱 반한 것을 알고 있는 그는 결국 그들이 어떤 대가를 치르더라도 그녀들을 사갈 것이라는 것을 이미 간파하고 있었다. 아쉬운 것은 그쪽이지 절대로 이쪽이 아니었다.
 홍정은 여간해서 이루어질 것 같지가 않았다. 양쪽이 부르는 가격 차이가 너무 컸던 것이다.
 상담이 맴돌기만 하자 일본인은 최후 수단으로 그 자리에서 도쿄로 전화를 걸었다. 그들의 보스한테 사실을 보고하고 지시를 받기 위해서였다.
 보스는 술 취한 목소리로 전화를 받았다.
 "물건은 최상품입니다. 저도 일찍이 보지 못했던 최고의 상품입니다. 그런데 오백만 엔 이하로는 절대 안 된다고 고수하고 있습니다."
 물건이 좋다는 말을 그는 몇 번이고 했다. 놓치기 싫다는 말까지 덧붙여 말했다.
 "그렇다면 사백을 제시해. 그래도 안 들으면 사백오십 까지 제시해. 그것도 싫다면 그만두는 거야. 알았지?"
 "네, 알겠습니다."
 전화를 걸고 난 일본인은 보스의 지시대로 4백만 엔을 제시했다. 오 사장은 한참 생각해 보고 나서 4백5십만엔 이하로는 절대 안 된다고 말했다.
 "좋습니다, 사백 오십으로 합시다!"
 그들은 건배했다. 비로소 오 사장의 얼굴에 웃음이 돌았다. 그러나 그는 이내 미소를 거두었다.
 "그런데 이번에 보낼 아이들은 열다섯 명입니다."
 "아까는 열여섯 명이라고 하지 않았습니까?"

일본인이 정색을 하고 물었다.

"네, 그런데 그 중 하나는 팔고 싶지 않아서 그럽니다. 내가 아끼는 아이이기 때문에……"

"어떤 아이를 말씀하시는 겁니까?"

일본인은 눈을 번득이며 물었다.

"아까 야마다 상 옆에서 시중들던 아이입니다."

"그 장미라는 아이 말입니까?"

"네, 그렇습니다."

오 사장은 무겁게 고개를 끄덕였다.

일본인은 천부당만부당하다는 듯 고개를 가로 저었다.

"그건 말도 안 되는 소리입니다!"

팔려가는 여자들

 사팔뜨기 일본인이 정색하고 말하자 오 사장이라는 자는 껄껄거리며 웃었다.
 "그건 마치 남의 물건을 통째로 가지겠다고 떼를 쓰는 것 같군요. 껄껄껄껄……. 미안합니다, 이런 말을 해서……"
 일본인의 얼굴이 모욕감으로 금세 붉어졌다. 오 사장을 쏘아보는 사팔뜨기의 두 눈은 초점을 맞추지 못한 채 이리저리 서로 엇갈리고 있었다.
 "공짜로 가지겠다는 게 아닙니다. 거래할 물량에서 왜 하필 그것만 빼돌리느냐 그 말입니다."
 "그건 제 자유 아닐까요? 물건 임자가 팔기 싫다면 할 수 없는 거 아닙니까?"
 오 사장은 능글거리는 표정으로 말했다. 그럴수록 물건의 주가가 오른다는 것을 그는 알고 있었다.
 "그걸 여기에서 빼놓으면 난 흥미가 없습니다. 이건 기계로 찍어 내는 물건하고 다르잖아요. 기계로 찍어 내는 물건이면 제품이 모두 똑같으니까 거기에서 하나쯤 빼낸다고 해서 흠될 게 없죠. 하지만 그 아가씨들은 모두가 각자 서로 다른 개성미를 가지고 있다는 말입니다. 그 중에서 장미라는 아가씨는 그 가운데서도 가장 뛰어난 미모를 갖추고 있는 핵심적인 인물이라고 할 수 있어요. 나머지는 그 아가씨의 들러리라고 하면 어울릴 것 같은 그런 애들이고요. 그런데 그 아가씨를 빼놓다니, 그건 말도 안 되는 소립니다!"

"그리고 보니까 야마다 상께서는 그 아가씨한테 단단히 반하신 모양이군요."

"내가 반한 게 아니라…… 그 애를 우리 오야붕한테 바치고 싶어서 그러는 겁니다. 우리 오야붕을 즐겁게 해 주면 앞으로 그만큼 돌아오는 혜택이 있을 겁니다. 그 애를 빼겠다는 말은 취소하십시오."

그러나 오 사장은 여전히 능글거리며 고개를 흔든다.

"말씀 안 하셔도 웬만하면 제가 드리지요. 하지만 그 애만은 안 됩니다. 정말 안 됩니다."

"왜 안 된다는 겁니까?"

일본인의 관자놀이께가 불끈거리기 시작했다. 젊은 일본인들도 노골적으로 불쾌한 빛을 보이고 있었다. 오 사장은 턱으로 그들을 가리켰다.

"우리는 이야기를 더 해야겠으니까 젊은 친구들은 나가서 목욕이나 하시지. 아가씨들이 서비스를 잘 해 줄 거요."

그가 벽에 붙은 부저를 누르자 문이 열리고 아까의 아가씨 한 명이 들어왔다.

"이분들 욕실로 안내해. 서비스 잘 해 드려야 해!"

오 사장의 지시에 아가씨는 살짝 무릎을 굽혀 보인 다음 젊은 일본인들을 욕실로 안내했다.

이제 방 안에는 그들 두 사람만 남아 있었다. 그들은 상담을 계속했다.

"장미라는 그 아가씨만 빼놓는 이유가 뭡니까? 왜 안 된다는 겁니까?"

야마다는 화가 나서 따지듯 그에게 물었다. 오 사장은 난처한 표정을 지었다. 그는 멋쩍은 듯 목덜미를 긁다가 마지못한 듯 입을 열었다.

"특별한 이유라면…… 제가 그 애를 놓고 싶지가 않아서 그러는 겁니다. 그 애는 제가 제일 아끼는 애입니다. 그리고 그 동안 그 애하고 너무 정이 들어서 도저히 헤어질 수가 없는 입장이 되어 버렸습니다. 돈을 아무리 줘도 저는 지금 그 애만은 놓치고 싶지 않은 심정입니다."

이번에는 일본인이 킬킬거리고 웃었다.

"오 사장님한테 그런 감상적인 면이 있는 줄은 정말 몰랐습니다. 놀랐는데요!"

"나이 들어 주책이지 뭡니까."

"그런 애매모호한 말씀은 그만두시고 우리 솔직히 이야기합시다. 나는 그 애를 꼭 데려가야겠습니다. 그 애를 안 주겠다면 언제까지고 여기 눌어붙어 있겠습니다."

"그건 곤란합니다. 정말……"

"그러시지 말고…… 그렇다면 그 애는 얼마를 드리면 되겠습니까? 그 애는 특별히 더 비싸게 받겠다는 뜻인 것 같은데, 얼마면 되겠습니까?"

"그 애는 돈으로 따질 애가 아니에요. 돈으로 따질 수 없을 만큼 가치가 있는 애이지요."

그 말에 일본인은 한참 동안 소리 내어 웃었다.

"오 사장님은 갈수록 어마어마한 말씀만 하시는군요. 그러지 말고 받을 금액만 확실하게 말씀해 보십시오. 너무 그렇게 거창하게 나오시지 말고……"

한참동안 침묵이 흘렀다. 오 사장은 괴롭다는 듯 미간을 찌푸린 채 한참 동안 입을 다물고 있었다. 일본인은 그 야비한 한국인이 본색을 드러내기를 초조하게 기다렸다. 마침내 오 사장이 입을 열었다.

"그 애한테는 다른 애들보다 특별히 몇 배의 경비가 더 들었습니다."

"그랬을 테지요."

"정 그 애가 욕심나시면…… 두 장은 내놓으셔야 합니다. 그것도 아주 헐값으로 말씀드리는 겁니다."

"두 장이라니요?"

일본인은 놀라서 후다닥 안경을 벗고 눈알을 굴리더니 도로 끼었다.

"그렇게 놀라실 것까지는 없습니다. 그 애가 욕심나시면 두 장을 내놓으라는 말에 그렇게 놀라시니까 오히려 제 쪽에서 놀랄 것 같은데요."

"아니, 두 장이라면 이천만 엔을 말씀하시는 건가요?"

"그렇습니다. 그런 애라면 이억 엔을 불러도 주기가 아까운 애입니다. 그런 애는 만에 하나 있을까 말까 한 애이니까요. 그 애는 집안도 좋습니다. 아버지가 대학 교수로 우리 나라 곤충학계에서는 가장 권위 있는 사람이지요."

일본인은 한동안 벌어진 입을 다물지 못한 채 오 사장을 바라보고 있다가,

"이천만 엔이라면 다른 애들보다 네 배 이상을 더 받겠다는 건데……"

하고 말끝을 흐렸다.

그 말을 받아 오 사장이 말했다.

"네, 그렇게 받아야 합니다. 그 애는 네 배 이상의 엄청난 가치가 있지요."

"지금까지 우리는 여자 하나를 사는 데 아무리 아름답다고 해도 그만한 거금을 지불한 적이 없습니다. 그건 터무니없는 값인데요?"

"천만에! 경제 규모가 우리보다 수십 배나 크면서 어떻게 그런 말씀을 하십니까. 이천만 엔이라야 우리 돈으로 겨우 일억 원 정도에 불과합니다. 일억 원이면 서울에서 쓸 만한 집 한 채 값도 못 됩니다. 그래 그 애가 아무리 집 한 채 값도 못 된단 말씀

입니까?"

야마다의 얼굴에 당황한 빛이 스쳐 갔다.

"아니, 그렇다는 건 아니고……. 지금까지 이런 거래에서 우리는 그만한 거액을 지불한 적이 없었다 이겁니다. 그래서 제가 놀란 거지요."

"그만한 돈을 지불한 적이 없었다는 건 그만한 가치가 있는 여자를 발견하지 못했다는 것이겠지요. 장미 같은 애라면 단 하룻밤에 그만한 돈을 뽑아 낼 수 있을 겁니다. 여자를 제대로 볼 줄 알고 즐길 줄 아는 사람이 있다면 장미 같은 애한테 하룻밤 화대로 이천만 엔 정도 지불하는 거야 별로 아깝지 않다고 생각할 겁니다."

"그래도 그건 너무 과한데요."

일본인은 고개를 흔들다가,

"한 장 정도면 고려해 볼 수 있겠습니다만……"

하고 말했다.

그 말에 한국인은 코웃음 쳤다.

"이천만 엔에서 한 푼도 깎을 수는 없습니다. 저는 그 애의 값을 놓고 흥정하고 싶지는 않습니다. 애초에 그 애를 팔려고 한 것도 아니고요."

그는 마음껏 배짱을 내밀고 있었다. 살 테면 사고 말 테면 말라는 식이었다.

일본인은 안 되겠다 싶었는지 일본의 보스한테 알아봐야겠다고 하면서 다시 도쿄로 전화를 걸었다.

보스는 아까보다 더 혀 꼬부라진 소리로 전화를 받았다. 그런데 이야기를 듣고 난 그는 조금도 놀라지 않고 구미가 동하는 기색을 보였다.

"네가 물건을 보고 판단할 때는 어때? 그만한 가치가 있다고 생각하나?"

"네, 제가 볼 때는 정말 보기 드문 아가씨라고 말씀드리고 싶습니다만 다른 사람이 그 아가씨를 보기에는 또 어떨지 몰라 뭐라고 말씀드리기가……"

"네가 책임지고 결정해. 그런 애라면 나는 이천 정도 지불할 용의는 있어. 하지만 그건 정말 특별한 경우에 한하는 거야. 만일 일본에 데려와서 내가 그 애를 보고 특별하지 않다고 판단되면 그 때는 네가 책임져야 해. 네가 보상을 하든가 해야 한단 말이야. 난 여기서 그 애를 보지도 않고 지금 뭐라고 말할 수는 없어. 단 그렇게 특별한 애라면 이천 정도는 내놓을 수 있다 그 말이야. 알겠나?"

"네, 알겠습니다."

"그럼 잘 알아서 해."

야마다는 보스의 지시를 받고 수화기를 내려놓으면서 괴로운 표정을 지었다. 그의 사팔뜨기 눈이 더욱 기묘하게 엇갈리는 것 같았다.

그는 자신이 괴로운 표정으로 담배 한 대를 다 피울 때까지 생각에 잠겨 있다가 마침내 결심을 한 듯 담배꽁초를 재떨이에 비벼 끄면서,

"오 사장님의 장사 수완에는 정말 아무도 당해 내지 못하겠습니다."
하고 말했다.
그 말에 오 사장은 어깨를 으쓱했다.
"다시 말씀드리지만 저는 그 애를 절대로 놓치고 싶지 않았습니다. 그런 애가 과연 이 세상에 또 있을런지 모르겠습니다. 아마 모르면 몰라도 그런 애는 더 이상 없을 겁니다. 정말 야마다 상의 보는 안목과 과단성은 놀랍습니다."
그들은 서로 상대방을 추켜세웠다.
"오야붕은 그런 애라면 이천만 엔을 내놓을 용의가 있다고 했습니다. 단, 모든 책임은 저보고 지라고 했습니다. 만일 오야붕이 직접 보고 물건이 좋지 않다고 말하면 저는 이천만 엔을 변상해야 합니다."
"워언, 야마다 상은 별 걱정을……. 그런 걱정은 하나도 안 하셔도 됩니다. 걱정할 게 따로 있지 어찌 그런 걱정을 다 하십니까? 장미를 일단 오야붕 앞에 데려가 보십시오. 오야붕이 아마 밤잠을 못 잘 겁니다."
그렇게 말해 놓고 오 사장은 스스로도 우스운지 그는 또 껄껄거리고 웃었다.
"그럼 계산해 보시지요."
"그럴까요."
오 사장은 주머니에서 다시 계산기를 꺼내 들더니 숫자판을 손가락으로 쿡쿡 눌렀다.

"에또, 열다섯 명에 4백5십이면 6천7백50만 엔…… 거기다 이천을 더하면 합계가 8천7백50만 엔이군요."

"지불은 이렇게 하겠습니다. 오늘 선금으로 우선 4천만 엔을 지불하고 나머지는 물건을 인수하는 것과 동시에 지불하도록 하겠습니다."

"좋습니다."

오 사장은 그 같은 조건을 선선히 수락했다.

야마다가 수표책을 꺼냈다.

"한 장에다 써 드릴까요?"

"아니오, 넉 장에다 나누어 써 주십시오. 1천씩 말입니다."

야마다가 수표에다 액수를 적고 있는 것을 보면서 오 사장은 은근한 목소리로 이렇게 물었다.

"장미라는 애를 오야붕한테만 진상할 겁니까?"

"글쎄요."

일본인은 한국인을 힐끗 쳐다보고 나서 수표책에 쓰기를 계속했다.

"그럴 필요가 뭐 있습니까? 흔적이 남는 것도 아닌데 객지에서 마음에 드는 애를 품고 하룻밤 객고를 푸는 것이야말로 진짜 여행의 맛 아닙니까."

"생각해 주셔서 감사합니다. 그렇지 않아도 그럴 생각이었습니다. 나중에 오야붕한테 맞아 죽더라도 그 애하고 하룻밤 자야겠습니다."

그렇게 말하고 나서 그는 넉 장의 수표를 오 사장에게 건네주었다.

"생각 잘 하셨습니다."

거구의 사나이는 수표를 한장 한장 자세히 살피고 나서 그것을 접어 주머니 속에 집어넣었다.

"한국에서 배가 출발할 때 우리 애들 두 명을 배에 동승시키겠습니다."

물건이 모두 제대로 선적되는지 처음부터 그들이 지켜보겠다는 거였다.

"그거야 맘대로 하십시오."

오 사장은 문제될 거 없다는 듯 쾌히 말했다.

"그런데 장미만은 제가 따로 데려갈 수 없을까요?"

"어떻게 말입니까?"

오 사장이 정색하고 물었다.

"비행기로 말입니다."

그 말을 듣자 오 사장은 천부당만부당하다는 듯 고개를 크게 가로 저었다.

"그건 불가능합니다. 우선 여권이 없거든요. 그리고 그 애는 수배 인물입니다."

"어떻게 위조 여권을 사용해서라도 안 될까요?"

"그건 주문 외의 말씀인데요."

"알고 있습니다. 작은 배에 태워서 가면 고생이 이만저만 아닐 텐데, 고생시키고 싶지 않아서 그러는 겁니다."

"그 애를 벌써부터 끔찍이도 아끼시는군요. 아직 정을 나누지도 않았으면서……. 그 심정은 충분히 알겠습니다. 하지만 그건 불가능합니다. 설혹 위조 여권을 마련한다 해도 공항에서 걸리고 맙니다. 수배 대상이기 때문에 공항에는 그 애의 사진이 비치되어 있을 겁니다."

"그렇다면 안 되겠군요."

야마다는 시무룩해서 말했다.

"구체적인 운송 계획은 내일 말하기로 하고 이제 목욕이나 하시지요."

"그럴까요."

야마다는 장미의 안내를 받고 지하로 내려갔다. 지하로 내려가는 계단과 벽과 천장에는 일정한 간격으로 전등이 켜져 있었다. 계단 위로는 은은한 불빛이 흐르고 있었다.

계단을 모두 내려가자 유리문이 앞을 가로막았다. 뿌옇게 흐린 문이라 안쪽이 보이지가 않았다.

장미는 맨몸에 란제리만 걸치고 있었다. 그녀는 앞장서서 꿈속을 걷듯 걸어가 문을 밀었다.

유리문 저쪽은 욕탕이었다. 웬만한 실내 풀장 정도로 넓은 욕탕이었다. 바닥에는 회색의 고급 대리석이 깔려 있었고, 한쪽 벽에는 다섯 개의 문이 달려 있었다. 그 중 한 개의 문이 열려 있었는데 그 안쪽은 침실로 꾸며져 있었다. 침실에 놓여 있는 침대는 흐트러져 있었고 탁자 위에 켜져 있는 스탠드의 은은한 불빛은 야마다를 어서 안으로 들어오라고 유혹하고 있었다. 다른 방에서는 여자의 교성과 웃음소리가 흘러나오고 있었다. 먼저 자리를 떴던 젊은 일본인들이 이미 아가씨들과 일을 벌이고 있음을 알 수 있었다.

욕탕은 냉탕과 온탕으로 구분이 되어 있었다. 다른 쪽 벽면의 중간쯤에는 대형 텔레비전 수상기가 유리관 속에 설치되어 있었고, 화면에는 포르노 여배우의 신음 소리가 방에서 새어 나오는 소녀들의 신음 소리와 뒤섞여 혼란을 일으키고 있었다. 천장에서는 나이트클럽에서나 볼 수 있는 공 모양의 대형 점멸등이 번쩍거리는 빛을 뿌리고 있었다. 그 불빛 때문에 욕탕 안은 환상적인 분위기를 이루고 있었다. 텔레비전 화면에서는 유난히 검게 빛나는 피부를 가진 흑인이 뒤에서 백인 여자를 힘차게 공격하고 있었다.

갑자기 첨벙하는 물소리에 야마다가 고개를 돌리니 장미가 어느 새 냉탕 속에 뛰어 들어가 있었다. 그녀는 벌거벗은 몸으로 헤엄쳐 가고 있었다. 그녀의 헤엄치는 모습은 능숙하고 멋있게 보였다. 저쪽 끝까지 헤엄쳐 간 그녀는 야마다를 향해 들어오라고 손짓을 보냈다.

그는 헤엄칠 줄을 몰랐다. 그러나 그는 옷을 벗어 던지고 물속으로 뛰어들었다. 물의 깊이는 가슴 높이 정도였다. 그는 물을 헤치며 장미 쪽으로 걸어갔다.

그가 장미에게 손을 뻗치려고 했을 때 그녀는 그에게 물을 끼얹으며 온탕 쪽으로 이동했다. 그녀가 뿌리는 웃음소리가 욕탕 안에 가득했다.

"요시! 요것 어디 보자!"

야마다도 냉탕을 나와 온탕으로 뛰어들었다. 그는 너무 말라 갈비뼈가 앙상히 드러나 있었다. 그는 며칠 굶은 늑대처럼 이를 드러내며 장미에게 덤벼들었다. 그러나 장미는 재빠르게 몸을 피하면서 그에게 또 물을 끼얹었다. 야마다는 물을 한 모금 마시고 콜록거렸다.

"햐아, 요것 봐라!"

손을 잡는 순간 그녀는 잽싸게 그를 뿌리치면서 밖으로 뛰쳐나갔다. 야마다는 콜록거리면서 그녀를 뒤쫓았다. 장미는 물 속으로 들어가지 않고 탕 주위를 맴돌기 시작했다. 야마다는 기를 쓰고 그녀를 따라갔다.

벌거벗은 남녀가 탕 주위를 맴돌고 있는 모습은 그야말로 우스꽝스럽기도 하고 기이하기도 했다.

야마다는 처음에는 옷을 벗은 채 뛴다는 것이 어쩐지 몸에 익숙지 않아 쭈뼛거리기도 하고 주위를 두리번거리기도 했지만 아무도 보는 사람이 없다 싶자 차츰 대담하게 팔을 흔들고 괴성을 지르며 장미를 뒤쫓았다.

장미의 뛰는 모습은 싱그러워 보였다. 머리칼을 나풀거리며 탄력 있게 뛰는 모습은 경쾌하고 아름다워 보였다. 야마다는 그녀의 매혹적인 모습에 차츰 넋을 잃어 갔다. 넋을 뺀 채 달리다가 커브에서 대리석 바닥에 미끄러져 왼쪽 이마를 그만 탕의 돌출 부위에 세게 부딪치고 말았다.

그는 이마를 어루만지며 비틀비틀 일어섰다. 이마에서는 피가 흐르고 있었다. 몹시 아픈 느낌과 함께 약이 올랐다. 장미는 탕 저쪽에서 손뼉을 치며 웃고 있었다.

"잡아 봐요, 잡으면 저를 드릴게요."

오랜 기간 한국을 자주 드나든 그는 어느 정도는 한국말을 이해하고 있었다.

"못 잡을 줄 알아?"

그는 벌떡 일어나 다시 그녀를 추격하기 시작했다. 장미는 비명을 지르며 도망쳤다. 야마다의 뛰는 모습은 영양실조에 걸린 노쇠한 말 같았다. 그러나 약이 잔뜩 올라 기를 쓰고 뛰었기 때문에 그녀와의 간격이 좁아지기 시작하고 있었다. 장미는 숨이 가빠졌다. 그녀는 오래 뛰는 데는 자신이 없었다.

일본인의 우악스런 손이 그녀의 어깨를 잡아채는 순간 그녀는 다시 물 속으로 뛰어들어 잠수했다. 야마다도 물 속으로 뛰어들었다. 그러나 그녀의 모습이 보이지 않았다. 야마다는 이마에 흐르는 피를 손으로 훔치면서 수면을 노려보았다.

조금 후 저쪽 끝에 장미의 얼굴이 올라왔다. 그녀는 웃으며 그를 쳐다보다 말고 표정이 굳어졌다.

"드라큘라 같아요, 무서워요!"

그녀는 어깨를 움츠리며 말했다.

번쩍거리는 조명등 아래 피를 흘리며 그녀를 노려보고 있는 야마다의 모습은 확실히 드라큘라 같은 데가 있었다. 더구나 초점을 맞추지 못하고 뒤틀리는 시선이 더욱 그의 모습을 무섭게 만들어 주고 있었다.

"이리 와."

그가 말했다. 그러나 장미는 고개를 살살 흔들었다.

"이리 오라니까!"

야마다는 씩씩거리며 말했다. 그럴수록 장미는 공포 어린 모습으로 고개를 흔들었다.

그녀는 약 기운이 떨어져 가고 있었다. 그녀의 눈에 비로소 모든 것이 사실대로 비쳐들기 시작하고 있었다. 강제로 주사를 맞고 나면 한참 동안은 몽롱한 상태 속에서 이성을 잃은 채 행동하게 된다. 수치심도 자존심도 자신이 왜 그런 곳에 끌려 와 있는지도 모르게 된다. 그저 모든 것이 아름답게 보이고 황홀한 느낌일 뿐이다.

그러나 서서히 약 기운이 떨어져 가고 있는 지금은 전혀 그렇지가 않았다. 웬 낯선 남자가 흉칙한 몰골로 물 속에 서서 그녀를 부르고 있었다.

그녀가 올 기미를 보이지 않자 야마다는 물을 헤치며 그녀 쪽으로 돌진했다. 장미는 놀라서 밖으로 뛰어나갔다.

"잡기만 해 봐라! 가만 두지 않을 거다!"

야마다는 이제 완전히 화가 나 있었다.

그들은 탕 주위를 두 바퀴 돌았다. 장미는 필사적으로 뛰고 있었다. 두 사람 다 헐떡거리고 있었다. 장미는 계단으로 통하는 문 쪽으로 달려갔다. 문을 잡아당겨 보았지만 그것은 꿈쩍도 하지 않았다.

야마다는 바로 앞에까지 와 있었다. 손에는 플라스틱 의자가 들려 있었다. 도망치면 그것으로 내리치기라도 할 것 같은 험악한 표정이었다.

"도망치면 때릴 거야!"

장미는 떨면서 그의 손아귀 속에 끌려들어 갔다. 그녀는 흡사 경련이라도 일어난 듯 떨어 대고 있었다.

"넌 내 거야. 내가 일억 원이나 주고 샀단 말이야!"

그는 장미를 번쩍 안아 들었다. 그리고 그녀의 얼굴에다 자기의 얼굴을 비벼 댔다. 그 바람에 그녀의 얼굴에도 피가 묻었다.

그녀는 손발을 버둥거리면서 그의 품에서 빠져 나가려고 기를 썼다.

"이거 왜 이래? 가만있어!"

야마다는 무서운 표정으로 그녀에게 겁을 준 다음 침실로 들어섰다. 그리고 그녀를 침대 위에 동댕이쳤다. 장미는 발딱 일어나 문으로 돌진했다. 일본인은 문을 가로막고 서서 손을 뒤로 돌려 문을 걸어 잠갔다. 장미는 바들바들 떨면서 뒷걸음질쳤다. 그녀가 너무 심하게 떨어 대고 있었기 때문에 야마다는 잠시 어이없는 표정으로 그녀를 바라보고 있다가 오른손을 높이 쳐들어 그녀의 따귀를 냅다 후려갈겼다.

눈에는 눈

　같은 시간, 김종화는 이제 자신의 앞날에 대해서는 일절 생각하지 않았다. 그것은 절망적인 것과는 차원이 다른 것이었다. 절망적인 상황에서는 거기로부터 탈출하려는 몸부림이라도 있게 마련이다. 그러나 지금의 그에게는 탈출의 몸부림 같은 것은 전혀 없었다. 그는 오직 사랑하는 딸을 찾으려는 일념에 몰입하고 있을 뿐이었다.

　사람을 죽였을 때 그는 처음 조금 당황했었다. 그러나 그 같은 당황감은 이내 사라지고 곧 그는 침착을 되찾을 수가 있었다. 그와 함께 그는 자신의 살인 행위를 아주 당연하고 정당한 것으로 생각했다.

　'다른 입장에 있는 사람들이 내 행위에 대해 이러쿵저러쿵 판단을 내리는 것을 나는 허용치 않는다. 판단은 내가 내리고 행동도 내가 한다.'

　그는 자신에게 이렇게 다짐해 두고 있었다.

그 전에는, 그러니까 장미가 유괴되기 전까지만 해도 모든 종류의 인간들은 각자 나름대로의 존재 가치가 있기 때문에 그들의 삶은 존중되어야 한다고 생각했었다. 그러나 장미가 유괴된 후부터는 그러한 생각은 바뀌었다. 존중될 수 없는 삶을 영위해 가는 자들이 존재하고 있음을 발견했던 것이다. 그렇다 해도 그들이 그와 무관한 입장이라면 그는 길거리에 굴러다니는 돌멩이 정도로 그들을 생각했을 것이다. 그러나 그들은 이제 그의 증오의 대상으로 존재하고 있었던 것이다. 그들은 그의 사랑하는 딸을 유괴했고, 그 때문에 그는 가정도 학문도 버리고 오로지 딸을 찾는 데 전력을 기울이고 있었던 것이다.

이제 그는 그 존중될 수 없는 삶을 영위하는 자들을 쓰레기 정도로 여기고 있었고, 그들은 말살되어 마땅하다고 생각하고 있었다. 딸을 찾기 위해서라면 그 쓰레기 같은 것들을 주저 없이 제거해 버릴 준비가 되어 있었다.

첫 번째 살인 이후 그는 많이 달라져 있었다. 자신도 놀랄 정도로 공격적이 되어 있었다. 아내를 통해 경찰이 자신을 살인 용의자로 보고 있다는 것도 알고 있었지만 그는 자신의 공격 템포를 늦출 생각은 추호도 없었다. 경찰보다 한 걸음 앞서서 달려 나가고 싶은 생각뿐이었다. 바라고 싶은 것은 경찰이 자신을 체포하는 것을 좀 늦추어 줬으면 하는 것이었다. 그래서 그는 수사본부에 전화를 걸었다. 여봉우와는 네 번 만에야 가까스로 통화할 수 있었다. 그가 굳이 여봉우를 찾은 것은 그러면 어느 정도 이야기가 통할 수 있을 것 같았기 때문이다. 그러나 그의 반응은 의외로 차가웠다.

"지금 바로 저를 만나셔야겠습니다. 지금 김 교수님이 계신 데가 어딥니까? 이쪽으로 오시기 어려우면 제가 그쪽으로 가겠습니다."

"만날 수 없습니다. 나는 딸을 찾아야 합니다."

"김 교수께서는 딸 찾는 일을 당장 중지하지 않으면 안 됩니다. 장미는 우리가 찾아 드리겠습니다."

"나는 경찰에 기대를 걸고 있지 않습니다."

"김 교수, 당신은 큰 오류를 범하고 있어요. 당장 중지하지 않으면 안 됩니다. 당신은 지금 수배 대상에 올라 있다는 걸 알아야 합니다. 무슨 말인지 알겠습니까?"

"알고 있습니다. 하지만 나는 딸을 찾을 때까지 결코 중지하지 않을 겁니다. 부탁이 있습니다."

"뭡니까?"

"나에 대한 수배를 좀 늦춰 주십시오. 딸애를 찾을 때까지 말입니다."

"그건 안 됩니다. 이렇게 되면 우리는 제2의 살인을 방지하는 데 수사력을 집중하지 않을 수 없습니다. 제 말을 듣고 당장 중지하십시오. 그리고 경찰에 협조해 주십시오. 김 교수의 심정은 이해하겠지만 그 행위는 용납할 수 없습니다."

"난 그만둘 수 없습니다. 나보고 그만두라는 것은 죽으라는 말이나 같습니다. 나는 지금 목숨을 걸고 내 딸을 찾고 있는 겁니다. 내 딸을 유괴 해다 팔아먹은 인간쓰레기들을 나는 결코 용서하지 않을 겁니다. 미안합니다."

종화는 전화를 끊었다.

공중전화 부스를 나오는데 다리가 휘청거렸다. 이미 자정이 지난 시각이었다. 그제서야 그는 자신이 점심부터 굶은 것을 알았다. 그는 먹는 데 전혀 관심을 두지 않고 있었다. 고통스러울 정도로 배가 고파야만 그제서야 먹을 것을 찾는 것이었다. 때문에 그는 하루가 다르게 초췌해져 가고 있었다. 허기진 몸을 그는 딸을 찾겠다는 집념과 쓰레기 같은 인간들에 대한 증오심으로부터 내고 있었다.

그는 골목에 주차해 놓은 차 속으로 들어가 피곤한 몸을 의자에 깊숙이 묻었다. 차 속은 불을 켜지 않아 어두웠다. 손을 뻗어 오른쪽 조수석에 놓인 가방 속을 더듬어 보았다. 먹다 남은 빵 조각이 손에 집혔다. 딱딱하게 굳어진 식빵 조각을 그는 천천히 씹기 시작했다. 장미를 찾기 위해서는 무엇보다도 고통을 견디어 낼 수 있는 건강이 필요했다. 그리고 건강하려면 배를 채워 두어야 했다. 그러나 그는 음식을 먹는 것 자체를 고통스럽게 생각하고 있었다.

그가 골목에 차를 세워 놓고 기다린 지 이미 5시간이 지나고 있었다. 앞으로 또 얼마 동안을 기다려야 할지 그는 알 수가 없었다. 그러나 그는 그 여자가 나타날 때까지 계속 기다리고 있을 생각이었다.

열어 놓은 차창을 통해 비가 그친 뒤의 습기 찬 무더위가 몰려들어 오고 있었다. 밤이 깊었는데도 더위는 식을 줄 모르고 계속

되었다.

　8월 1일, 새벽 1시가 되었을 때 모퉁이 다방 문이 열리면서 누군가가 나왔다. 여자였다. 종화는 상체를 바로 하면서 망원경을 통해 앞을 쏘아 보았다. 바로 그 여자라고 생각하는 순간 자동차 키를 오른쪽으로 돌렸다. 엔진이 걸리고 이어서 기계 돌아가는 소리가 부드럽게 들려 왔다. 불은 그대로 끈 채 놔두었다.

　가로등 불빛 속으로 그녀가 들어왔다. 그녀의 모습이 보다 확실하게 시야에 들어왔다. 그녀는 청바지 위에 노란 셔츠만을 걸친 아주 간편한 차림이었다. 한 손에는 손지갑이 들려 있었다. 그 안에는 그 날의 판매 수입금이 들어 있을 것이다.

　그녀는 유명한 포주였다. 물들인 붉은 머리와 툭 튀어나온 광대뼈가 멀리서도 그녀를 쉽게 알아볼 수 있게 해 주고 있었다. 위에서 흘러내리는 불빛이 광대뼈 밑에 그늘을 드리우자 그녀의 인상이 더욱 광포해 보였다. 그녀는 악질 포주로, 돈을 벌어 다방까지 차린 여자였다.

　그녀는 사창가에서 칠칠이 아줌마로 통하고 있었다. 딸 하나 있는 것이 학교에도 보내지 못할 정도로 바보이기 때문에 붙여진 별명이었다. 그녀는 독살스러운 점으로, 그리고 돈을 많이 번 점으로 사창가에서 유명해져 있었다. 그녀가 그렇게 악착스럽게 수단 방법을 가리지 않고 돈을 번 데에는 단 하나밖에 없는 딸이 병신이라는 사실이 크게 작용했는지도 몰랐다.

　그녀는 유괴되어 온 나이 어린 소녀들을 싼값에 사들여서는 무자비하게 그녀들을 혹사시키곤 했다. 그녀는 어린 소녀들이 남자들에게 무참하게 짓밟히는 것을 기쁜 마음으로 지켜보곤 했다. 짓밟히는 정도가 잔인하면 할수록 그녀는 더 큰 희열을 맛보는 것이었다. 그녀는 예쁘고 똑똑한 소녀들을 증오하고 있었다. 그녀는 서른일곱 살이었다.

죽은 오지애의 자백에 따르면 칠칠이 아줌마는 장미를 10만 원에 인수하여 다른 곳으로 넘겼다고 한다. 넘길 때 그녀는 30만 원을 받았다고 했다. 그것이 종화가 오지애한테서 자백 받은 전부였다.

칠칠이 아줌마의 모습이 가로등 불빛을 벗어나 어둠 속으로 들어왔다. 그녀는 언제나 그 시간에 다방에서 그 날의 판매 수입금을 챙겨 들고 걸어서 집으로 돌아가곤 했다. 그녀가 경영하는 다방에서 그녀의 집까지는 걸어서 불과 10분 정도의 거리밖에 되지 않는다.

밤이 깊은 시간이라 골목에는 인적 하나 없었다. 그 골목은 차가 한 대 다닐 수 있을 정도의 좁은 길이었다.

종화는 차에서 가만히 빠져 나와 차 뒤로 돌아가 트렁크를 열었다. 그리고 플래시를 켜 들고 무엇을 찾는 척했다.

조금 후 슬리퍼를 끄는 소리가 들려 왔다. 발짝 소리로 보아 그녀는 몹시 느리게 걸어오고 있는 것 같았다. 마침내 그녀의 모습이 그의 옆에 나타났다.

그녀는 웬 남자가 트렁크에 상체를 구부리고 무엇인가를 찾고 있는 것 같은 모습을 힐끗 한 번 쳐다보고는 그대로 지나쳐 갔다. 그 때 뒤에서 그녀를 부르는 남자 목소리가 들려 왔다.

"칠칠이 아줌마!"

그녀가 멈칫하면서 채 뒤돌아보기도 전에 그녀는 뒤통수에 격심한 충격을 느꼈다.

종화는 비틀거리는 그녀를 보고 다시 몽둥이를 쳐들었다. 그것으로 뒤통수를 두 번째 치려는데 그녀가 무릎을 꺾으며 길바닥 위에 나동그라졌다. 너무도 갑작스런 공격에 그녀는 소리 한 번 지르지 못하고 쓰러진 것이다.

종화는 잠시 그녀를 내려다보았다. 그녀는 죽은 듯 누워 있었다. 뒤통수를 내리친 것은 발악적으로 대들까 봐 선수를 친 것이다. 그러나 죽이기 위해 그런 것은 아니었다. 그녀가 죽으면 안 된다. 그녀의 입을 열게 하는 것이 목적이었다.

가로등 불빛 속으로 한 남자가 비틀비틀 들어서는 것이 보였다. 비틀거리는 것이 몹시 취한 것 같았다. 남자는 가로등 앞으로 다가서더니 거기에다 오줌을 갈기기 시작했다.

종화는 칠칠이 아줌마를 안아 들었다. 여자치고는 몸집이 크고 무거웠지만 그는 별로 힘들지 않게 그녀를 들어올렸다. 그로서는 위험하고 모험스런 상황이었기 때문에 자기도 모르게 놀라운 힘이 발휘되고 있었던 것이다.

그는 여인을 재빨리 트렁크 속에 처박았다. 몸이 바로 누워 있는 상태에서는 넣을 수가 없었기 때문에 상체를 먼저 내려놓은 다음 무릎이 가슴에 닿도록 꺾고 나서 하체를 밀어 넣었다. 트렁크를 닫고 열쇠로 잠그고 나자 술에 취한 남자가 비틀비틀 다가왔다. 종화는 운전석으로 들어가 앉았다가 그 남자가 지나가고 난 뒤 도로 밖으로 나와 여인이 쓰러졌던 자리를 플래시로 비춰 보았다. 이윽고 그는 여인이 떨어뜨렸던 손지갑을 주워 들면서 자신이 강도 같다는 생각이 들었다. 지갑이 두툼한 것으로 보아 돈이 꽤 들어 있는 것 같았다.

그는 골목 밖으로 천천히 차를 몰아 나갔다.

차도로 들어서서 밝은 데로 나가자 비로소 운전대를 잡고 있는 왼손이 피에 젖어 있는 것을 알았다. 몽둥이에 맞은 그녀의 뒤통수가 터진 모양이었다. 그는 피 묻은 손을 가리기 위해 장갑을 꺼내 끼었다.

차도는 차량 통행이 적어 한산했다. 그는 계속 액셀러레이터를 밟아대고 있었다. 속도계의 바늘이 110을 가리키는 것을 보고서야 그는 액셀러레이터에서 발을 떼었다.

30분 후에 그는 벌써 남쪽으로 뻗은 국도를 달리고 있었다. 10분쯤 더 달리다가 그는 국도를 벗어나 숲 속으로 차를 집어넣었다.

숲 속으로 난 좁은 길을 계속 올라가면 그의 선산이 있었다. 그래서 그는 그 일대의 지리를 잘 알고 있었다. 야산을 끼고 돌아가면 국도 쪽에서는 보이지 않게 되어 있었다. 야산 뒤쪽에 창고처럼 생긴 큰 가건물이 한 채 있었다. 바람이라도 세게 불면 날아갈 것 같은 낡고 볼품없는 블록 건물이었다. 천장 여기저기에는 구멍이 뚫려 하늘의 별이 다 보였고 벽도 군데군데 구멍이 나 있었다. 원래 누군가가 양계장으로 지어 닭을 기르던 곳이었는데 닭 값이 계속 폭락하는 바람에 더 이상 닭을 기를 수가 없게 되자 그대로 버려 둔 것이었다.

　차를 바로 양계장 앞에까지 바싹 들이댄 다음 그는 트렁크에서 여자를 끌어냈다. 그녀의 입에서는 가늘게 신음 소리가 흘러나오고 있었다. 그녀가 죽지 않았다는 사실이 그에게 어느 정도 위안을 주었다.

　그는 어떻게 해서라도 그녀의 입에서 몇 마디의 말이라도 듣고 싶었다. 그러나 그 몇 마디의 말이라 하더라도 정상적인 방법으로는 도저히 얻어들을 수 없을 것이라는 것을 그는 잘 알고 있었다.

　그녀가 아무리 심한 부상을 입었다 하더라도 그녀를 소중히 다룰 생각은 추호도 없었다. 그는 그녀를 질질 끌고 가건물 안으로 들어갔다. 그녀의 신음 소리가 점점 심해지고 있었다. 그는 플래시를 그녀의 얼굴 가까이 들이대고 비추었다.

　"아이고…… 아이고…… 나 죽네…… 아이고…… 나 죽네…… 아이고…… 아이고."

　그녀는 계속 신음하면서 중얼거리고 있었다. 그녀의 얼굴은 옆으로 돌려진 채 땅바닥에 처박혀 있었다. 뒤통수의 머리카락은 피에 엉겨붙어 있었다.

　"아이고…… 나 죽네…… 아이고…… 나 죽네…… 나 살려 줘…… 나 살려 줘…… 아이고…… 아이고……"

　"개 같은 년…… 정신 차려!"

　그는 주먹으로 그녀의 턱을 후려갈겼다. 그러나 그녀는 여전히 눈을 감은 채 신음 소리만 내고 있었다.

그는 플래시로 주위를 비춰 보았다. 손잡이가 떨어져 나간 플라스틱 물통이 눈에 띄었다. 그것을 들고 밖으로 나갔다. 가까운 곳에 썩은 물이 고여 있는 웅덩이가 있었다.

그는 썩은 물을 한 통 가득 담아 가지고 다시 건물 안으로 들어왔다. 그리고 조금도 머뭇거리지 않고 그것을 그녀의 얼굴에다 몽땅 들이부었다. 악취가 풍기는 썩은 물은 그녀의 얼굴과 상체를 질퍽하게 적셔 놓았다. 그녀는 곧 숨넘어가는 소리를 내면서 눈을 떴다. 머리를 세차게 흔들면서 짐승 같은 울부짖음을 토해 냈다.

"내가 누군지 모르겠지?"

그녀 쪽에서는 그의 모습이 전혀 보이지 않았다. 그녀의 노리끼한 두 눈은 공포로 얼어붙어 있었다.

"나는 강도가 아니야. 내 딸을 찾고 싶을 뿐이야."

그녀의 움직임이 천천히 멈췄다.

"딸을 유괴당한 아버지의 심정이 어떤 건지 넌 모르겠지. 여긴 서울에서 멀리 떨어진 산 속이야. 아무리 몸부림치고 소리쳐 봐야 소용없어."

그는 차 속에 놓아 둔 가방을 가져오기 위해 다시 밖으로 나갔다. 가방을 가지고 건물 안으로 들어와 보니 여자는 저만치 기어가고 있었다. 살기 위해 발악을 하고 있었다.

그는 가방에서 가는 철사를 꺼내 먼저 그녀의 발목을 묶었다. 철사는 결코 늘어나는 법이 없이 단단히 죄어들기 때문에 움직이면 움직일수록 살 속을 파고든다. 발목을 묶고 나서 다음에는 두 팔을 뒤로 꺾어 손목을 묶었다. 마지막으로 여자가 밖으로 기어 나가지 못하게 하기 위해 발목을 기둥에다 연결시켜 놓았다. 이제 그녀는 누구의 도움 없이는 결코 밖으로 빠져 나갈 수 없게 되었다.

종화는 다시 그녀의 얼굴에 플래시를 갖다 댔다.

"묻는 대로 빨리, 그리고 정직하게 대답하면 넌 살 수 있어. 이 애를 알고 있지?"

그는 그녀의 눈앞에 장미의 사진을 비쳐 보였다. 그 사진을 본 순간 그녀는 흠칫 놀라는 것 같았다. 그러나 여자는 이내 고개를 저었다.

"몰라요, 모르겠어요."

"이 애는 내 외동딸이야. 지난 7월 20일 오지애한테 유괴되어 너한테 팔린 애야. 이름은 김장미…… 기억나지?"

여자는 다시 머리를 흔들었다.

"몰라요, 그런 애는 몰라요. 처음 보는 애예요."

"거짓말 마! 너하고 입씨름하고 싶지도 않고 그럴 시간도 없어! 오지애가 죽은 거 알고 있겠지? 내가 오지애를 죽였어. 내 딸애를 유괴해 갔기 때문에 죽인 거야. 오지애한테서 죽기 전에 너에 대한 이야기를 들었어."

그 말에 그녀는 경련을 일으켰다. 그러나 쉽게 자백하려 들지는 않았다.

"하늘에 맹세코 전 정말 몰라요. 전 그런 애를 산 적이 없어요. 정말이에요!"

"개 같은 년! 하늘에 맹세한다고? 너 같은 게 어떻게 하늘 운운할 수 있지?"

그는 분노에 떨며 칼을 뽑아 들었다. 끝이 날카로운 칼이었다. 불빛을 받아 그것은 번쩍번쩍 빛을 뿜었다. 칼을 가까이 들이대자 그녀는 그것을 피해 얼굴을 이리저리 돌렸다. 날카로운 칼끝은 계속 그녀의 왼쪽 눈을 노리며 따라가다가 갑자기 앞으로 쑥 뻗어 나갔다.

"아악!"

여자는 얼굴을 뒤로 젖히며 비명을 질렀다. 처절한 비명 소리였다. 종화는 왼쪽 눈에 박힌 칼을 천천히 뽑아냈다. 이미 왼쪽 눈에서는 검붉은 피가 흘러넘치고 있었다.

"아이구, 눈이야! 아이구, 내 눈이야!"

그녀는 고통을 이기지 못해 몸부림치며 울부짖었다.

"바른대로 말하지 않으면 이쪽 눈알도 후벼 버릴 거야. 내 딸애가 받고 있을 고통에 비하면 이건 아무것도 아니야. 빨리 말해! 장님이 되고 싶지 않으면 빨리 말하란 말이야!"

그는 다시 칼끝을 그녀의 눈에 갖다 댔다. 이번에는 오른쪽 눈을 겨누었다.

"일 분 여유를 주겠다. 내 딸애가 어디 있는지 말해. 그렇지 않으면 오른쪽 눈도 찔러 버릴 거야."

그는 정말 그쪽 눈도 찔러 버릴 생각이었다. 그는 그녀의 살아 있는 눈을 썩은 동태 눈깔 정도로 생각하고 있었다. 왼쪽 눈에서 흘러넘치는 피로 그녀의 얼굴은 온통 피투성이가 되어 있었다.

그녀는 피할 수 없음을 깨달았다. 그와 함께 상대방 남자에 대한 확신이 섰다. 그것은 그가 1분 후에는 틀림없이 그녀의 오른쪽 눈마저 찌를 것이라는 확신이었다.

"말하겠어요! 제발 찌르지 말아요!"

그것은 호소라기보다는 비참한 울부짖음이었다.

"바른대로 말하면 찌르지 않겠어. 거짓말로 자백할 생각은 하지 마. 만일 거짓말하면 돌아와서 오른쪽 눈까지 파 버릴 거야. 사실인지 거짓말인지 확인될 때까지 넌 여기서 기다리고 있어야 해. 그러니까 거짓말하지 않는 게 좋을 거야. 자, 내 딸은 어디 있지?"

"오, 오 사장이라는 사람이 사 갔어요."

그녀는 헐떡이며 숨넘어가는 소리로 말했다.

"오 사장이라고? 어디 가면 그 사람을 만날 수 있지?"

"그건 몰라요. 어디 살고 있는지 그건 잘 모르겠어요. 그 사람 부하들이 장미를 데려갔어요."

"얼마 받고 팔았지?"

"30만 원 받았어요."

그는 칼 쥔 손을 들었다. 칼끝이 부르르 떨리고 있었다.

"그럼 지금 오 사장이라는 사람이 내 딸애를 데리고 있나?"

"지금도 데리고 있는지 그건 잘 모르겠어요. 그 사람 부하들이 와서 데리고 갔으니까요."

"그게 언제였지?"

"바로 그 날 밤이었어요. 오지애가 그 애를 데리고 온 바로 그

날 밤에 그들이 와서 데리고 갔어요."

"오 사장이라는 사람을 만나려면 어떻게 해야 하지? 만날 수 있는 방법을 말해 봐."

"전 그 사람이 어디 살고 있는지 몰라요."

"알고 있는 사람이 있을 거 아니야!"

"그 날 밤 문어하고 오랑우탄이 장미를 데리고 갔어요. 그 사람은 알고 있을 거예요."

"문어하고 오랑우탄이라고? 별명인가?"

"네……"

"그 자들의 본명은 뭐지?"

"본명은 모르겠어요. 정말 몰라요."

그녀의 피에 젖지 않은 한쪽 눈이 애처롭게 반짝이고 있었다.

"어디에 가면 그놈들을 만날 수 있지?"

"H호텔 나이트클럽에 자주 나간다는 말을 들었어요."

"오 사장이라는 자는 어떤 자야?"

"여자 장사하고 마약 장사를 한다고 들었어요. 진 한 빈도 보지 못했어요."

"그 자가 우두머리인가?"

"그 사람 부하들이 모두 잡고 있어요. 그 사람들 말을 듣지 않으면 장사를 할 수 없어요."

"지금까지 한 말은 모두 정말이겠지?"

그는 플래시를 껐다. 앞을 분간할 수 없는 캄캄한 어둠이 그들 사이를 가로막았다.

"네, 정말이에요. 저는 하나도 거짓말하지 않았어요. 제발 살려 주세요!"

"살려 달라고?"

그는 한숨을 내쉬었다.

"이대로 두고 가시면 전 죽을 거예요. 제발 살려 주세요!"

"넌 죽지 않을 거야."

그는 다시 플래시를 켰다. 그리고 갑자기 칼을 들어 그녀의 오른쪽 눈을 마저 찔렀다.

"으악!"

그녀가 몸부림치는 것을 보고 그는 플래시를 껐다. 짐승처럼 울부짖는 소리를 들으며 그는 조용히 그 곳을 빠져 나왔다.

〈하권으로 이어집니다〉

〈지은이 김성종에 대하여〉

전남 구례가 고향이며 중국 산동성 제남시에서 출생, 연세 대학교 정외과를 졸업하였다.

1969년 조선일보사에서 모집하는 신춘문예 소설 공모에 단편소설 〈경찰관〉이 당선. 현대문학의 추천을 받았다.

한국일보 창간 20주년 기념 200만원 현상 장편소설 공모에 〈최후의 증인〉(2권) 이 당선 작가로 성공한다.

일간스포츠 신문에 장편 대하소설 〈여명의 눈동자〉(전10권)를 연재하여 대하소설의 새로운 지평을 열었다. 특히 〈여명의 눈동자〉는 대하 MBC TV드라마로 방영되어 전 세계를 경악케 하였다.

일간스포츠 신문에 추리소설 〈제5열〉을 연재하여 한국 최초로 추리 문학의 장르을 열었다.

어느 날 그는 갑자기 부산으로 이주하여 달맞이 언덕에 전문 도서관인 〈추리 문학관〉을 개관하고 계속 장편 추리소설을 집필하고 있다.

김성종은 자신만의 독특한 문체를 갖고 있는 작가이다. 여타의 수많은 작가들이 평범한 문체 때문에 골머리를 앓고 있다는 것은 놀랄 일이 아니다.

김성종 식 문체의 특징은 시각적 내지는 영상적인 언어 구사에 있다. 그의 추리소설을 읽으면 스크린이 눈앞에 촤르르 펼쳐지는 듯 한 착각에 사로잡히게 된다. 이것은 그의 문체가 일체의 군더더기가 없이 늘 오감에 호소하기를 지향하기 때문이다. 물론 이 점은 교과서적인 지침에 충실하다고 볼 수 있지만 결국 그렇게 표현해 낼 수 있는 현실의 능력은 그의 특징일 수밖에 없다. 김성종의 문체는 시간적 –공간적 축약을 가급적 사용하지 않음으로써 끊임없이 이어지는 장면 속에서 스릴과 서스펜스를 추구한다.

한국일보 장편소설 공모에 당선된 "최후의 증인"이 동지에 연재된 것을 시작으로 김성종은 대하소설 "여명의 눈동자"와 "제5열"을 일간스포츠 신문에 동시에 연재했는데 이것은 한국뿐만 아니라 전 세계 어느 신문에서도 찾아볼 수 없는 엄청난 사건이었다.

수 많은 작가들이 평생 한 번도 주요 일간지에 연재를 하지 못하는 상황에서 한 신문에 동시에 두 소설을 연재했다는 것은 소설을 쓰는 그의 능력이 그만큼 탁월하다는 것을 입증한다.

더욱 놀라운 것은 김성종은 주요 일간신문에 그 후로부터 현재에 이르기까지 간단없이 줄곧 연재소설을 발표하고 있다는 점이다.

김성종 스스로가 가장 영향을 받는 작가는 프레드릭 포사이드라고 말하고 있다. 포사이드는 영국 작가이며 〈재칼의 날〉로 유명하다. 김성종은 이 작품에 대해 "놀라울 정도로 정교하고 논리적인 작품"이라는 평가와 함께 다음과 같이 말하고 있다.

"오래 전 이 작가의 작품을 보고 이거야말로 멋진 작품이다라는 생각을 했어요. 저의 작품 세계에도 많은 영향을 받았지요."

그러나 또한 우리가 간과해서는 안 될 점은 그의 인생과 작품 여러 곳에서 발견되는 프랑스 문학의 영향이다.

김성종은 여러 차례 〈인간의 조건〉을 쓴 앙드레말로를 언급했으며, 대학시절 도서관에 온종일 틀어박혀 프랑스문학을 파고들었다고 고백했다.

● 김성종 추리소설

『최후의 증인』-상·하 | 김성종 장편추리소설
한국일보 창간 20주년 기념 공모 당선작! 살인 혐의로 20년간 억울하게 옥살이를 한 황바우의 출옥과 동시에 일어나는 살인 사건! 사건을 뒤쫓는 오병호 형사의 집념으로 20년 동안 뒤엉킨 사건의 전모가 백일하에 드러난다.

『제 5 열』-상·중·하 | 김성종 장편추리소설
일간스포츠에 연재한 최고의 인기소설! 대통령선거를 기화로 국제 킬러를 고용, 국가를 송두리째 삼키려는 범죄 집단의 음모를 적나라하게 파헤친 수사진! 종래의 추리물과는 그 궤를 달리한 한국 최초의 하드보일드 추리소설!

『부랑의 강』- | 김성종 추리소설
여대생과 외로운 중년신사가 벌인 불륜의 사랑이 몰고 온 엽기적인 살인 사건! 살인범으로 몰린 아버지의 무죄를 확신하고 이 사건에 뛰어든 딸이 집요한 추적을 벌이는 정통 추리극! 사건의 종점에서 부딪치게 되는 악마의 얼굴은 과연?

『일곱개의 장미송이』- | 김성종 추리소설
임신 3개월 된 아내가 일곱 명의 악당에 의해 유린당하자 평범하고 왜소하고 얌전하던 남편이 복수의 집념을 불태운다. 아내의 유언에 따라 범인을 하나씩 찾아 내어 잔인하게 죽이고 영전에 장미꽃을 한 송이씩 바치는 처절한 복수극!

『백색인간』-상·하 | 김성종 장편추리소설
허영의 노예가 되어 신데렐라의 꿈을 쫓는 미녀의 끈질긴 집념과 방탕! 그리고 그녀를 죽도록 사랑하는 나머지 그녀를 혼자 독차지하려는 이상 성격을 가진 청년의 단말마적인 광란! 그리고 명수사관이 벌이는 사각의 심리 추리극!

● 김성종 추리소설

『제5의 사나이』-상·중·하 | 김성종 장편추리소설

국제 마약조직이 분실한 2천만 달러의 헤로인 6kg ! 배신자들을 처치하고 헤로인을 찾기 위해 홍콩으로부터 날아온 국제킬러 '제5의 사나이' ! 킬러가 자행하는 냉혹한 살인극과 경찰이 벌이는 숨가쁜 추적의 하드보일드 추리극 !

『반역의 벽』-상·하 | 김성종 장편추리소설

한국이 개발한 신무기 '레이저-X', ─핵무기를 순식간에 녹여버릴 수 있는 레이저-X의 가공할 위력 ! 이를 빼내려는 국제 스파이의 음모와 배신, 이들의 음모를 저지하는 수사관들의 눈부신 활약. 국내 최초의 산업스파이 소설 !

『아름다운 밀회』-1·2 | 김성종 장편추리소설

신혼여행 도중 실종된 미모의 신부로 인해 갑자기 살인 용의자가 되어버린 신랑 ! 그가 벌이는 도피와 추적 ! 미녀의 뒤에 가려 있던 치성과 재산을 둘러싼 악마들의 모습을 밝혀낸 수사극의 결정판 ! 김성종 추리소설의 새로운 지평 !

『라인-X』-상·중·하 | 김성종 장편추리소설

교황을 살해하려는 KGB의 지령에 따라 잠입한 스파이 '라인-X' ! 킬러의 총부리가 교황을 위협하는 절대 절명의 순간, 신출귀몰하는 라인-X와 이를 제압하는 한국 경찰의 생사를 건 한판 승부를 치밀하게 묘사한 국제적 추리소설 !

『어느 창녀의 죽음』- | 김성종 단편집

작가 김성종의 탄탄한 필력을 유감 없이 보여 주는 주옥같은 단편집 ! 신춘문예 당선작「경찰관」및「김교수 님의 죽음」, 「소년의 꿈」, 「사형집행」등을 수록. 순수 문학과 추리기법의 접목으로 독자를 매료하는 김성종 추리소설의 백미 !

● 김성종 추리소설

『죽음의 도시』- | 김성종 SF단편집

김성종 SF단편소설집! 김성종이 예견한 기상천외한 미래사회의 청사진!「마지막 전화」,「회전목마」,「돌아온 사자」,「이상한 죽음」,「소년의 고향」등 SF 걸작들! 새로운 문학장르를 개척하려는 김성종의 끊임없는 실험정신!

『여자는 죽어야 한다』-상·하 | 김성종 장편추리소설

김성종이 시도한 실험적 추리소설! 첫 장에서 독자는 예고살인 속으로 여행을 시작한다. "오늘 밤 여자 한 명을 죽이겠다. 여자는 한쪽 귀가 없을 것이다. 잘 해 봐!" 살인 예고장을 보는 순간 독자들은 숨가쁜 긴장 속으로 빠져든다.

『한국 국민에게 고함』-상·중·하 | 김성종 장편추리소설

추악한 한국 국민들에게 보내는 對 국민 경고장! "한국 국민에게 고함!─이 경고를 받아들이지 않으면 테러를 감행할 수밖에 없다"! 테러조직의 가공할 폭탄테러에 전율하는 시민들과 이를 추적하는 수사진의 필사적인 노력!

『국제열차 살인사건』-1·2·3 | 김성종 장편추리소설

이탈리아 밀라노에서 눈 덮인 알프스산맥을 넘어 스위스 취리히에 이르는 낭만의 기나긴 여로─그 여로 위를 달리는 국제열차에서 벌어지는 살인 사건! 한 사나이의 父情과 분노가 국제열차 속에서 엮어내는 눈물겨운 복수의 드라마!

『슬픈 살인』-1·2·3·4 | 김성종 장편추리소설

부산 해운대를 무대로 펼쳐지는 김성종의 새롭고 야심찬 대하 추리소설! 뜨거운 여름 바닷가를 중심으로 벌어지는 젊은이들의 애욕과 애증의 파노라마가 몰고 온 엽기적 연쇄 살인 사건! 범인을 찾아 수사진이 벌이는 추리극의 백미!

김성종

1941년 중국 제남시 출생. 전남 구례에서 성장기를 보냈다.
구례 농고와 연세대학교 정외과 졸업한 후 언론매체에 종사하다가
전업 작가로 전업.
1969년 조선일보 신춘문예 단편소설 당선
1971년 현대문학 소설추천 완료
1974년 한국일보 장편소설 공모에 「최후의 증인」 당선
장편 대하소설 「여명의 눈동자」(전10권)는 TV드라마로 방영
장편 추리소설 「제5열」, 「부랑의 강」 등 50여 편의 작품을 발표하였다.

서 울 의 만 가 · 1
김성종 장편추리소설

초판발행	2007년 11월 20일
초판 1쇄	2007년 11월 20일
저자	金 聖 鍾
발행인	金 仁 鍾
발행처	도서출판 남도
등록일자	서기 1978년 6월 26일 (제1-73호)
주소	(134-023) 서울 강동구 선호동 451
	산경빌딩 B동 5층 3-1호
전화	02-488-2923.
팩스	02-473-0481
E.mail	namdoco@hanafos.com

ⓒ 2007 Kim Sung Jong. Printed in Korea
저자와의 합의로 인지를 붙이지 않습니다.

정가: 11,000원

ISBN 978-89-7265-554-6   03810
파본이나 잘못된 책은 교환하여 드립니다.